俄罗斯作家
列米佐夫创作研究

Алексей Михайлович Ремизов

张娟 魏钊 著

敦煌文艺出版社

图书在版编目（C I P）数据

俄罗斯作家列米佐夫创作研究 / 张娟，魏钊著. --
兰州:敦煌文艺出版社,2022. 12 (2025.1 重印)
ISBN 978-7-5468-2281-5

Ⅰ. ①俄… Ⅱ. ①张… ②魏… Ⅲ. ①列米佐夫-文
学创作研究 Ⅳ. ①I516.065
中国版本图书馆CIP数据核字(2022)第226606号

俄罗斯作家列米佐夫创作研究
张 娟 魏 钊 著

责任编辑：尚再宗
助理编辑：杨 雪
装帧设计：汪 静

敦煌文艺出版社出版、发行
地址：(730030)兰州市城关区曹家巷1号新闻出版大厦
邮箱：dunhuangwenyi1958@163.com
0931-2131536(编辑部)
0931-2131387(发行部)

三河市嵩川印刷有限公司印刷
开本 720 毫米×1020 毫米 1/16 印张 13.75 插页 1 字数 210 千
2023 年 4 月第 1 版 2025 年 1 月第 2 次印刷

ISBN 978-7-5468-2281-5
定价：68.00 元

目 录
CONTENTS

第一章　列米佐夫的创作及其艺术理念

第一节　列米佐夫创作概略

阿列克谢·米哈伊洛维奇·列米佐夫（Алексей Михайлович Ремизов），俄罗斯文学中杰出的大文体家之一，20世纪初“装饰散文”的代表，也是象征主义美学创作观的集大成者。其创作始于19世纪末20世纪初，在创作中既依托俄国优秀的文学传统，同时又有自己独特的艺术风格，一生可谓成就斐然。20世纪20年代起，列米佐夫开始侨居海外，期间他继续从事文学活动，并成为俄罗斯域外文学“第一浪潮”中的卓越代表人物之一。列米佐夫始终致力于挖掘古罗斯口语与民间文化的无尽宝藏，探究全新的语言表达形式；将日常生活文学化，关注处于社会底层的“小人物”生存境遇，着重刻画整整一代人的生存困境与心灵创伤，作品中显示出厚重的人道主义底色。

列米佐夫于1877年6月24日出生在莫斯科最东端的塔甘卡（Таганка）的一户商人家庭，祖辈们一直经商，可谓家境殷实。但不幸的是到了列米佐夫的父亲米哈伊尔·列米佐夫这一代时，家道中落，生意日暮西山，家境日渐衰微。于是他自己只能依靠一家百货商店谋取营生。而列米佐夫的母亲玛利亚·亚历山德罗夫娜·奈焦诺娃出生于莫斯科一个声名显赫的家族。玛利亚出生书香门第，从小饱读诗书，自幼和自己的兄弟姐妹们一起在德国人在莫斯科开办的学校里接受了西化的教育。从小就接触到西方先进思想的玛利亚成长为一名虚无主义者，又迷恋上了革命工作，但终因为对革命失望不解便与其彻底决裂。机缘巧合之下，玛利亚嫁给了商人米哈伊尔·列米佐夫，两个人的婚姻从一开始就门不当户不对，加之婚后两人志趣不投，终因感情不和而分居，随之整个家庭陷入一种不和而又困顿的局面。列米佐夫父母分开后的日子，兄弟五个随母亲玛利亚·奈焦诺娃来到了母亲的娘家奈焦诺夫家族。其实，对于列米佐夫而言，母亲的形象贯穿在他一生的创作中，并且总是被苦痛的思绪所包围，因此便成了作家很多作品中悲剧性女性角色的原型。列米佐夫的母亲后来因病去世，他的舅舅尼古拉·奈焦诺夫出于同情便承担起了兄弟五人的赡养义务。尼古拉·奈焦诺夫是一家大型银行的创始人，时任莫斯科证券交易协会主席，家境相对来说比较殷实。同时，奈焦诺夫家族是一个纯正的东正教家庭，未来的作家在这种家庭生活并接受教育，可谓是既浸染了书香气质，又接受了宗教启蒙。关于这一点，作家曾多次在他的传记作品中提到，自己童年时期的启蒙读物一直是一些圣徒行传、伪经故事等作品。此外，奈焦诺夫家族还拥有一个藏书丰富的图书馆，列米佐夫兄弟几个在这里饱览群书，沉浸在纸张与油墨的芳香中，享受着汲取智慧的美妙。其中包括一些诸如德国浪漫主义作家们的作品，这对他以后的创作影响颇大。他自幼在家中接受了良好的教育，热衷音乐、绘画与戏剧，想象力奇特，这也是孕育其写作才能的重要智慧品质之一。当然，列米佐夫童年的经历对他的日后的创作有着决定性的影响作用，正如库兹明克所言，列米佐夫的童年印象在他的创作中形成了两个极端：一个极端是“悲天悯人”，对尘世中苍生命运的缺憾具有极度悲观的意识，另一极端是“乐观精神”，面对上帝的世界惊喜交加，而这种狂喜是通过插科打诨，表现出一种荒诞离奇、谐谑调笑、玩世不恭的状态。他对生活的理解后来经常就摇摆于这两极之间。[1]

除了童年时的家庭生活以外，列米佐夫的生平还包括求学、爱情、铁窗、流放和创作等不同时期的重要事件。1895 年从莫斯科亚历山大商业中等专业学校毕业后，列米佐夫考取莫斯科国立大学物理－数学系，学习自然科学，对赫尔岑、车尔尼雪夫斯基、米哈伊洛夫斯基等人的作品表现出极大的兴趣，同时涉猎马克思、考茨基、普列汉诺夫等人为代表的马克思主义相关论著，政治上的观点接近社会民主党。大学期间，他曾出国旅行，并带回一些相关的具有民主思想的书籍，而这些书籍在当时都被列为禁书，他的这一行为引起了警方的密切关注。1896 年他因参与学潮被校方开除，并受到组织暴乱的指控，被判流放奔萨（Пенза），为期两年，他在这里与戏剧理论家梅耶荷德相识并成为挚友。其后又因试图组织工会再次被逮捕，流放至俄罗斯北部偏远的外省城市乌斯季瑟索利斯克（Усть – Сысольск）和沃洛格达（Вологда）长达三年。在沃洛格达，作家不仅结识了著名哲学家别尔嘉耶夫、卢那察尔斯基等人，还与同样遭遇流放的古文字学家谢拉菲玛·帕夫洛夫娜·多夫格洛（Серафима Павловна Довгелло）相识，两人结为终身伴侣。作家在回忆录中将沃洛格达称作“北方雅典”，认为这里的精神文化氛围有助其文学天赋的发掘，是培养自己创作的天然沃土。因此，北方流放的这段经历在列米佐夫的创作中留下了深刻的印象，尤其是在沃洛格达与科米-济良人一起生活的经历，济良民间神话的浸润，都反映在他后期的创作中，也成就了列米佐夫创作的北方文本。

1902 年，六年的牢狱与流放生活结束，列米佐夫与妻子辗转于基辅、哈尔科夫、敖德萨等地，最终于 1905 年定居彼得堡，在象征主义杂志《生活问题》编辑部任职，直到革命爆发。作家惊愕于社会转型时期的战争暴力与社会动荡的悲剧，基于此，他无法理解和接受十月革命，内心踌躇不安。革命和战时共产主义时期他居住在圣彼得堡，1921 年夏天携妻出国以便接受治疗，先在雷瓦尔度过一段时间，又移居柏林，后因经济危机于 1923 年末迁至巴黎。列米佐夫终生的遗憾就是在出国时因为一些特殊的原因未能将自己的独生女带在身边，未曾料到这次与女儿的分别竟成了终生之别。1943 年，女儿娜塔莎在基辅去世，同年，列米佐夫之妻逝于巴黎。这件事成为作家一生难以言说的离殇。身在异国他乡的列米佐夫始终认为自己是属于俄罗斯的一部分，他心系祖国，始终关注民族与人民的命运，忧思俄罗斯的现状与未来。在生命的末期，他获得了苏联公民身份，于1957年在巴黎逝世。

五十余年的笔耕生涯，列米佐夫的创作始终围绕着人与人，人与自然，人与世界，人的命运等基本主题进行，自传性一直是列米佐夫创作的主要特点，并贯穿整个创作生涯。其创作观的形成有多方面原因，其一，与俄罗斯社会文化背景、时代语境直接相关；其二，与果戈理、列斯科夫、陀思妥耶夫斯基等古典作家有直接或间接的关系。此外，在创作的早期，列米佐夫明显受到象征主义，尤其是别雷的影响；其三，俄罗斯民间文化也是作品重要的精神来源；最后，他的作品明显受到欧洲现代主义哲学和美学概念的影响。同时列米佐夫创作中一个很重要的特色就是"语言风格"，他更倾向于在散文的语体中创建出一种更为"口语化"的文体风格。正如著名学者德·米尔斯基所言："列米佐夫的散文是口头故事，也就是说，它会再现口语的句法和调性，而且是最少文学意味、最具原始状态的口语。对于词，包括单个词汇和语法结构，他具有敏锐感觉。他的散文往往是刻意而为的精雕细琢，却永远新鲜，从不落俗套。他教会俄国作家重视词汇，将词汇当作独立之存在，而不仅仅是可供使用的符号或现成的词组。他在这一方面时常走得过远，他难以抵制诱惑，会使用他在旧文献中偶然碰到的某个漂亮旧词，或杜撰出一个符合其用意的新词。"[2]正是这一特点使得列米佐夫成为俄国散文的重要代表作家，成为一个重要的大文体家，大散文家。

列米佐夫的创作可追溯至1896年，1902年，他的第一部书籍得以出版，这是作家与梅耶荷德共同翻译的《霍普特曼与尼采》(Гауптман и Ницше)，由德国哲学家埃·罗杰所著。同年，他以尼古拉·摩尔达诺夫（Николай Молдаванов）为笔名发表了自己的处女作《待嫁姑娘哭婚歌》(Плач девушки перед замужеством)，这是一部改编自济良民间神话的作品。这一时期他还发表了《迷雾》(Мгла)、《秋日之歌》(Осенняя песня）等作品。此后，列米佐夫永远告别了革命活动，逐渐成长为一名职业作家，专业从事文学创作。

1905年从流放地回到圣彼得堡后，他立即加入文学圈，特别是象征主义团体的活动中，并在那里结识了别雷、勃洛克、布宁、安德烈耶夫、索洛古勃等人。而他一生与象征主义者之间的关系是被很多研究者所认可的，可按照文学流派来归类的话，他“又不仅仅是一位象征派，他有别于其所有同时代人之处，即他坚实地植根于传统的俄国土壤。”[3]

在彼得堡，列米佐夫的文学生活才真正得以展开，这一时期他的各种作品开始被刊登在各种现代主义期刊上，创作风格也日趋成熟，同时致力于探索俄罗斯民间神话、古老书籍和古旧语言等古罗斯精神文化遗产。他的早期作品由童年、青年时代和流放时期的生活印象组成。1907 年，第一本伪经故事《柠檬园，又名精神牧场》(Лимонарь,сиречь:Луг духовный)(下文简称《柠檬园》)问世，这部作品从体裁上看并非小说，而是由许多古老传说和传奇故事聚合而成。作家的语言充满抒情色彩，具有崇高的斯拉夫风格与气质，在语言上力求去拉丁语化，去法语化，试图将语言表达恢复到“彼得一世”之前的形式，从而恢复俄罗斯的民族性。《循着太阳运行的方向》(Посолонь, 1907)、《尼古拉的寓言》(Николины притчи,1917)、《篇章》(Страница,1918)、《莫斯科人喜爱的传说：三把镰刀》(Московские любимые легенды. Три серп,1929) 等作品也是改编自民间传说、神话故事、奇闻轶事及宗教典籍，其中也包括对伪经的处理。作家认为这是一种全新的叙事方式，认为这种全新创作的主人公不是个人而是整个国家，整个民族的发展，而时间则跨越数个世纪。《循着太阳运行的方向》可视为一部童话故事集，正如书名所指示的那样，遵循着太阳的运行，会产生春夏秋冬一年四季的变化，文本也因此切分为四个部分，分别是：“明媚的春天”(Весна-красна)、“艳丽的夏天”(Лето-красное)、“晦暗的秋天”(Осень тёмная)、“严寒的冬天”(Зима лютая)。每一个季节都对应着古老的民间仪式，隐藏在诸多童话、谜语和游戏之中，童话主人公则在充满诗意的自然界中开始了自己的冒险。这部作品给列米佐夫带来了极高的声誉，不仅得到别雷、勃洛克、伊万诺夫的高度赞扬，还荣获科学院普希金奖的提名。《循着太阳运行的方向》创作之后，列米佐夫又创作了另一部童话故事集《走向大海》 (К морю-океану)，这可以说是对上一部童话集的接续之作。但是这部作品在当时的影响力却不及上一部童话集。除此以外，列米佐夫还创作过为数不多的具有中世纪神秘剧思想的戏剧作品，如《魔鬼的演出》(Бесовское действо,1907)、《加略王子犹大的悲剧》(Трагедия о Иуде,принце Искариотском,1908)、《马克西米利安王》(Царь Максимилиан,1919）等，其中《魔鬼的演出》于1908年被搬上舞台。以上剧本均取材于传奇、轶事，民间文化元素在其中得到了充分体现。

1908年，列米佐夫发表了第一部长篇小说《池塘》(Пруд)。《池塘》取材于作者童年在外祖父家生活的印象，以一个商人家庭的后裔——尼古拉·奥戈列雷舍夫的命运为基础，穿插了母亲离家以及自己流亡的故事，创作出一部关于生存无望的悲剧作品，其中蕴含着存在主义哲学思想，作家也因此被视为现代文学中陀思妥耶夫斯基的继承者。他的早期作品《在囚禁中》(На этапе,1903)、《银匙》(Серебряные ложки,1906)、《堡垒》(репость,1906)和《钟表》(Часы,1908）也同样揭示了造成人类灾难的原因，以及寻求摆脱人类灵魂中饱受煎熬的恶的道路。《钟表》这部长篇小说是根据作家在外省偏僻地区生活的印象写就并发表，同样描写外省生活的还有另外两部中篇小说，分别是《永不熄灭的鼓铃》(Неуемный бубен,1910）和《第五场瘟疫》(Пятая язва,1912)。列米佐夫的早期作品并未拥有庞大读者群，甚至有时创作出的作品却得不到出版，直到《永不熄灭的鼓铃》面世，他才声名鹊起，备受欢迎。这部原名《伊万·谢苗诺维奇·斯特拉季拉托夫的故事》(История Ивана Семеновича Стратилатова）的小说讲述了作为抄写员的“小人物”斯特拉季拉托夫毁灭的悲剧故事。这部作品堪称列米佐夫最好的作品之一，文本体现了作家在创作中经常运用的奇特、怪诞和异想天开等叙事手法。1910年，中篇小说《教妹》(又名《背着十字架的姐妹》(Крестовые сестры）发表，这是列米佐夫最受欢迎的作品之一，也是他认为最有意义的作品之一，这部里程碑式的作品使作家跻身文学精英的行列。作品中延续了普希金、果戈理、陀思妥耶夫斯基等人书写的圣彼得堡文学主题传统，同时以一种全新的方式诠释了作家对“命运”这一主题的理解。主人公彼得·马拉库林是俄罗斯文学“小人物”画廊中的一员，他所居住的“布尔科夫院落”，是圣彼得堡的隐喻，从更广泛的意义上来说，是彼得大帝建立的俄罗斯帝国的象征。列米佐夫以精炼的叙事形式，富有音乐性的语言展现了背负着十字架生活的人们的不幸、生活的可怖以及世界的苦难。在《第五种瘟疫》中，列米佐夫透过调查员博布罗夫的故事探讨了历史中展现出的俄罗斯民族性格的本质。

1912 年，列米佐夫的 8 卷本文集出版，展示了作家艺术世界的完整性。从中不难发现其创作的复杂性与多面性，他的作品时而呈现出充满幻想和梦境的童话世界，时而传导出日常现实生活的梦魇、怪异与恐怖，时而又显现出戏谑与幽默，对列米佐夫而言，这两方面同样重要且严肃，因为生活本身就是既荒谬又艰难的。

北方流放之后，列米佐夫始终与政治保持距离，在第一次世界大战期间，他为那些具有爱国主义立场的杂志工作。1917 年，甚至在布尔什维克上台之前，他就发表了《俄罗斯大地毁灭记》(Слово о гибели русской земли) 一文，追忆 1237 年蒙古鞑靼人突袭导致罗斯陷落的历史事件，这一时期的结束给俄罗斯民族和古罗斯人民带来了沉重灾难。次年又发表文章《对俄罗斯人民讲的心里话》(Заповедное слово русскому народу)，表达自己对革命的看法，为“神圣罗斯”的遭遇而痛苦呐喊。在列米佐夫看来，革命是一种摧毁旧事物、诞生新事物的大火的手段，可是这场大火本身却无法改变现实，只有当人民的道德复兴之后，社会改造才能达到理想的效果，这才是充分必要条件。

1921 年夏天，列米佐夫离开俄罗斯，在侨居海外期间笔耕不辍，进行了富有成效的文学创作工作，“记忆”成为作家创作的源泉。此时的作品多以对故国家园的怀思为主题，不仅与古代文学中的相应主题形成互文关系，而且也具有深刻的个人意义，如中篇小说《奥莉娅》(Оля,1927) 以及长篇小说《前景灿烂》(В розовом блеске,1952)，创作灵感皆是来源于作家的家庭故事，主要以民意党人、古文字学家的妻子的一生命运为基础，展现了个人命运在宏大历史中的变化。1922 年，列米佐夫发表《文字记载中的俄罗斯》(Россия в письменах)，记述了他对民族生活、时代事件以及古典文学中有关俄罗斯精神形态的思索，并将这一思索延续到《万物的火光》(Огонь вещей,1954）一书中，使普希金、果戈理、屠格涅夫、陀思妥耶夫斯基等作家作品中的梦境以及梦境之间的联系成为重要主题。此外，列米佐夫还书写了一系列自传以及有关在彼得堡的生活、有关革命的文学回忆录，如《风雨飘摇的罗斯》(Взвихренная Русь,1927)、《凭窗远眺》(По карнизам,1929）、《用稍加修正的眼睛去看》(Подстриженными глазами,1951）等。列米佐夫在《用稍加修正的眼睛去看》中谈到了自己创作的起源和具体特点，并指出了“梦”这一概念的重要性，梦境是列米佐夫创作的重要源泉，决定了他许多作品结构的构建方式。列米佐夫对世界的理解是碎片化的，他试图通过对世界的感性认识，通过他敏锐感受到的最初记忆，来记录时代变迁，传达个人及人类的精神记忆，重构世界图景。《风雨飘摇的罗斯》是列米佐夫流亡期间的一部重要作品，小说在 1917 年两次革命的背景下展开，再现了处于历史变动时期混乱的彼得堡以及普通居民日常的家庭生活，蕴含着“抗议不公”“绝望”“无家可归”“精神净化”“爱”与“人道主义”等主题。作家在小说中描述了人类渴望在地球上打造一个自由王国的热烈梦想，然而却在现实中遭遇种种暴力、残酷的战争、灾难和不幸。通过广泛摘引可靠的文献材料，列米佐夫将自己在圣彼得堡最后几年接触最多的人物悉数引入到故事中，其中包括勃洛克、梅列日科夫斯基、哲学家舍斯托夫和年轻的散文作家普里什文，他们都以真实的名字出现。总的来讲，作家在这一期间所著的大量书籍在商业上并未取得成功，从 20 世纪 30 年代起至 20 世纪 40 年代末，列米佐夫的著作均未能得到出版，甚至二战前的许多作品直到他去世后才得以出版。但他通过宗教故事来重建一个完整的民族精神图景的尝试，对本民族语言的精妙运用，富有诗意的神话思维范式以及对人物隐秘个性的持续探索，对同时代许多作家产生了重要影响。

苏联时期，列米佐夫的作品被束之高阁，鲜有出版，但自 20 世纪 80 年代末开始又重新回归大众视野，著作被广泛再版。茨维塔耶娃曾经表示，列米佐夫不仅是最活跃的俄罗斯作家，而且是俄罗斯灵魂和言语的鲜活宝库，堪称俄罗斯的“人民作家”，他在保存、保护俄罗斯民族语言与文化方面作出了巨大贡献。的确，列米佐夫散文的一大显著特点是充分发掘本民族语言的潜能，体现在作家既擅于使用现代流行的成语俗语及习惯用语，又积极复苏古罗斯编年史及民间故事中古旧语言的活力。列米佐夫继承了俄罗斯民族的优秀文化传统，再现了俄罗斯人民的生活状态与精神空间，促进了俄语语言艺术的发展进程，这直接影响了扎米亚京、皮利尼亚克、普里什文、阿·托尔斯泰的写作，推动了20世纪初俄罗斯散文的发展。其多变的创作风格，丰富的创作体裁，为俄罗斯文学文库提供了一笔宝贵的精神财富。从这个意义上来讲，列米佐夫其人其作是不会被文学史所遮蔽，更不会被广大读者所遗忘的。

列米佐夫作为独树一帜的艺术家、优秀的文体大师、散文家，他的创作已然成为连接古罗斯经典文学与现代散文巨大链条上的一环，他是坚守经典俄罗斯精神文化财富的骑士，也是开创现代文学的先锋。在他的创作中珍藏并传承着那些散落在俄国民间的文化精髓，比如民间神话、童话、伪经故事、仪式、歌谣、儿童游戏、谜语、谚俗语，等等。这些东西散落在俄罗斯民间文学历史的长河中，犹如一颗颗璀璨的宝石，而列米佐夫还淳反古，探源溯流，把这些东西一一捡拾起来，然后如同一位能工巧匠一般将其镶嵌在自己编织的文学华锦之上。在这一点上，列米佐夫那灿若星辰的光芒在俄罗斯文学的巨大星空里熠熠生辉。

第二节　列米佐夫艺术理念的形成及其影响因素

一、俄国旧礼仪派的由来及其思想观点

列米佐夫艺术创作理念的形成与19世纪末20世纪初的欧洲、俄罗斯的社会文化背景和社会思潮之间有着千丝万缕的联系。但是在某种程度来看，列米佐夫“崇尚古风”的艺术创作理念更多是受到俄国“旧礼仪派”及其思想的影响。

列米佐夫与“旧礼仪派”之间的渊源始于大司祭阿瓦库姆，“阿瓦库姆”这一形象于20世纪中叶进入到列米佐夫的艺术世界。此时初涉文坛的列米佐夫清楚地意识到自己亟需从一位地地道道的俄罗斯作家那里接过文学传承的衣钵，开启自己文学创作的事业。可以看到，在他创建的神话化的生活文本中，总是会忆及童年时期读过的各类传记作品，也印证了作家的这一想法。在回忆录随笔《用稍加修正的眼睛去看》中描写了作家与大司祭阿瓦库姆的这次浪漫的隔时空“相遇”，在其中一段中作家写到了自己曾经读大司祭阿瓦库姆的《自传》(Житие,им самим написанное) 作品时的感性体验与理性思考。在这一段文字中，作家有意将孩子的直观感受和成人的情感价值判断有机地交织在一起：“当我听到阿瓦库姆的传记故事时，顿时感慨万千，这是一本多么神奇的书啊！它言语的宝库对我来说简直如同莫斯科圣母升天大教堂里的那婉转悦耳的唱经咏叹调，也像是克里姆林宫红钟所发出的悠扬回荡、经久不息的钟声。后来我把这种语言特色称为新的‘俄罗斯风格’，这种风格与现代化的壮士歌、比利比诺的‘仿造品’截然不同，也有别于那令人难以理解的‘伊戈尔远征记’。那些现代哼唱的歌调，那些穿着麻鞋的古斯里琴手，以及那些哗众取宠的、自吹自擂的所谓的‘现代俄罗斯人’，这一切总是令我感到无比尴尬，每逢此时总是不由自主地想去讲几句德语来缓解。而一读到阿瓦库姆的《自传》时，我整个人瞬间就能被书中非凡的字眼所点燃，如同置身于童话世界般呓语。文中的一切看起来如此鲜明生动，传记中传达的不幸其实代表的是不屈不挠的信仰和阿瓦库姆身上的桂冠：一个燃烧的火焰，一个火热的死刑。”[4]列米佐夫被阿瓦库姆《自传》文本中那浪漫的童话氛围所感染，也为语言传达的魅力所折服，这一切仿佛在作家幼小的心灵里埋下了一粒种子。当然，除了文本本身的魅力之外，作家迷恋阿瓦库姆还有一个非常重要的原因，就是对于孩童时代的列米佐夫来说，传记的创作者是一个充满了神秘色彩的人物，是一个旧礼仪派的宗教狂热者。

“旧礼仪派”在俄国宗教史上有着至关重要的作用，而“旧礼仪派”出现主要归因于17世纪的尼康改革。17世纪40年代在沙皇阿列克谢·米哈依洛维奇的支持下，大主教尼康进行了宗教改革。改革的内容涉及修正经书，统一教堂宗教礼仪等方面，于是围绕这一问题的分歧便分裂出了两个派系，一派是以尼康牧首为首，他们得到了沙皇阿列克谢的支持，坚持要以希腊经书和礼仪为标准，而另一派则是以阿瓦库姆为首的一些大贵族，他们坚持必须以1453年君士坦丁堡衰落后未被修改过的古罗斯经书和礼仪作为标准。这场持久的论战在持续了十多年后最终以沙皇支持的牧首尼康改革为分水岭。因为这一改革也比较符合沙皇的利益，众所周知，尼康改革的目的在于消解宗教内部的混乱和派别分歧，维护君主统一，加强民众的思想巩固，进而起到维护和巩固君主统治的目的。

具体来看，尼康改革主要针对教会礼拜仪式方面提出了一些非常具体的措施，比如划十字由原来的两指划法改为欧洲东正教国家统一的三指划法，因为两指原先象征的是基督的双重身份，即圣父和圣子，而改革后的三指划法则是象征着圣父、圣灵、圣子的三位一体；祈祷吟诵“阿利路亚”由两遍增至三遍；诵读祈祷文时的叩首次数由15次增加至16次；祭坛上的圣饼数量由7块减至5块；赞美诗的唱法由莫斯科古老合唱法改为基辅圣诗合唱法；旧礼仪派使用的是造型古朴的八角十字架，而且上面没有耶稣受难像，而东正教会通用的是四角、六角、八角十字架；围绕教堂巡游的方向由原来的循着太阳运行的方向改为迎着太阳运行，等等。其中还有一项突破就是原来在祈祷仪式上不允许神甫进行布道，而在改革后新礼仪中神甫是可以进行布道的。后来官方教会在全国范围内进行改革推广，进而引发了社会各阶层的强烈不满和反对。官方教会在1666年至1667年的东正教莫斯科主教会议上，将这些反对尼康宗教改革，坚持古老礼仪、奉行旧有东正教传统和信仰的教徒们判定为异端，并被革除教籍，官方教会把这批教徒称作是宗教“分裂派”(раскольники)，而这些教徒自称为“旧礼仪派”(старообрядцы)。其实这场宗教改革表面上看来，是教会两派之间对于教会礼仪和仪式的坚持，实际上背后透视的却是当时俄国社会面临的道路选择的问题。尤其是在俄国社会受到西方国家文化的冲击和影响之后如何在原有的道路上坚持自己的特色或者选择自己的发展方向。而关于西方社会对俄国的影响，19 世纪俄国最权威的史学家瓦·奥·克柳切夫斯基对此做过如下精辟的见解："早在 17 世纪，外国的影响就以大量的新观念和利害关系震撼着人们的头脑，从而引起了这种使俄国生活更加错综复杂的现象。在此之前，古代罗斯社会的特点就是它的道德——宗教结构的单一性和完整性，但是西方影响破坏了古代罗斯社会的这一道德完整性……由于西方影响在社会各阶层渗透程度不同，俄国社会也就发生了分裂。17 世纪俄国教会分裂，是俄国社会在西方文化影响下这一道德分裂在宗教上的反映。当时，俄国出现了相互对立的宇宙观和两种敌对的观念和情感。俄国社会分裂成两个阵营——一个崇尚俄国的古制，另一个崇拜新鲜事物，崇拜外国（西方）东西……"[5]这里所表达的思想正如普列汉诺夫在《俄国社会思想史》中所提到的，"旧礼仪派热爱并传承古罗斯传统文化，具有浓厚的斯拉夫主义色彩，是俄国最顽固的反西化力量。"[6]因此，俄国旧礼仪派思想中一个很重要的方面就是对于古罗斯传统文化的热爱，是斯拉夫主义思想的典型代表。

由此看来，实质上是尼康宗教改革促使了教会的分裂，他认为那些在俄国教堂中已习以为常的礼仪是荼毒教徒们灵魂的余孽，因此，他便提出了用来拯救灵魂的信念。此时牧首尼康又下令重新印制新版经书，并要求所有神职人员使用新版经书并按照改制后的新礼仪来进行教堂事务。但是以尼康为首的教会改革者们提出的观点却刺痛了旧礼仪派教徒们宗教情绪中最敏感的一根神经。他们无法理解新的仪式和教义，认为这是对俄国教会古制的反对，于是发出了振聋发聩的呼声："当今新教义的传播者教给我们闻所未闻的新教义，好像我们是些不知道有上帝的摩尔多瓦人和车累来西人似的，看来我们还得再受一次洗礼，还得把神的侍者和显圣者从教堂中抛出去。这些外国佬说我们到现在为止还不知道什么是基督徒，他们就是这样来嘲笑我们的。"[7]几乎在同一时刻，作为反击，旧礼仪派们也提出了他们坚持自己信念的三个理由：第一，他们习惯了旧经书和旧礼仪，不喜欢教会强加的改革内容；第二，宗教改革者们提出的“第三罗马”理论实际上抨击了“第二罗马”，因此倘若按照希腊人的意图修改经书和礼仪，便是对俄国东正教的亵渎；第三，篡改伊凡四世订立的《百条宗教决议》是对传统的背叛。[8]基于此，“旧礼仪派”在形成之初也逐步提出了一些学说和理论，主要表现在新神甫学说，“世界末日论”和“敌基督理论”。他们依据《圣经》对世界末日的描述，推断世界末日的到来是在公元1492年，他们的依据除了《圣经》文本的记载以外，还有这一时期前后发生的一系列事件。在“旧礼仪派”的眼中这所有一切似乎都证实了世界末日的降临，比如蒙古鞑靼人的入侵、王公之间的内讧、当时社会的瘟疫和火灾、饥荒等，他们将当时社会中的自然现象和社会现象与世界末日的降临紧紧联系在一起。同时还推断出世界末日降临之际必然会有反对上帝和迫害基督徒的“敌基督们”。他们根据《圣经》记录的时间，一开始推断尼康就是敌基督，后来又认为彼得一世才是真正的敌基督。再后来世界末日并未降临时，他们又提出了“敌基督”是一个可以延续的特殊群体。如此一来，“旧礼仪派”的存在在一定程度上对罗曼诺夫王朝的教俗两界都造成了较大的威胁。

大司祭阿瓦库姆可谓是早期“旧礼仪派”中的重要人物，他在宗教分裂运动中就如同一名充满激情的斗士，他非常清楚地解释这些宗教分裂运动的动机所在：“在这位旧教士的行动方式和著述中，表现了在此之前已形成的古罗斯宗教宇宙观的全部实质。阿瓦库姆把西方的新风俗和新书看作是俄罗斯在宗教上遭受灾难的根源。他在一篇文章中感叹道：‘啊，可怜的罗斯呀！为什么你需要那些天主教的风俗习惯和德意志人的行为举止呢？’”[9]在大司祭阿瓦库姆看来，“那些应召到罗斯来教导他的人民和解开其宗教上的抑或是东方教会的导师，本身就需要罗斯的教导和启迪。”[10]

尼康改革后，对旧信仰传统进行了大肆的破坏，这对旧礼仪派来说，就是敌基督的到来而致使的上帝恩典的消失，他们认为世界末日一定降临。“莫斯科——第三罗马”已经变成敌基督的王国。为了在最后的审判前做好准备，也为了保护正教信仰的火种，旧礼仪派信徒们坚持使用旧书籍进行宗教礼拜。为了躲避不洁的敌基督世界，它们携带着旧书籍和古圣象，纷纷逃离莫斯科而前往俄罗斯的北方、西伯利亚等偏远地区。[11]而他们所携带的这些古罗斯书籍“不仅仅是旧礼仪派教义理论的根基，也是旧礼仪派教区传统文化的精神财富，同时也为现代俄罗斯考古学、古文献学、史料研究等学科的建立奠定基础，为古罗斯历史宗教、语言文化和民俗传统的研究提供了珍贵的研究资料。”[12]同时，旧礼仪派们对罗曼诺夫王朝文化事业的参与是广泛而又深刻的，他们大力支持罗曼诺夫王朝的文化事业，旨在保留俄国古代文化的遗产、生活习俗，崇尚古风的遗俗。他们中的很多资本家们热衷于支持文化艺术事业，根据我国学者国春雷在论文《旧礼仪派与诺曼诺夫王朝》中所提到的观点，“旧礼仪派索尔达琼科夫将毕生所收藏的书籍和画作捐献给鲁缅采夫博物馆和俄国国家图书馆；梅洛佐夫广泛结交并资助艺术家和作家，斥巨资修建莫斯科艺术剧院等艺术场所；特列季亚科夫创建了举世闻名的特列季亚科夫画廊。”[13]

在这些旧礼仪派中间，尤其是以阿瓦库姆为首，他执意坚持自己的信仰，拒不承认教会改革，因此被沙皇阿列克谢流放至梅津，后又被宗教会议判决为流放至普斯托泽尔斯克。在那里，阿瓦库姆坐了15年的“土牢”（一个在地下挖的深坑），四周围有木墙，囚徒只准吃面包和喝水，即使大小便也不能出来。[14]在上文提到的对作家列米佐夫影响深远的《自传》中大司祭阿瓦库姆详细地记述了自己在传教布道这条路上遇到的艰难险阻。“通宵值勤的鲍里斯·涅列金斯基带着几个射击兵将我逮捕。同我一起被捕的约有六十来人，他们都被投入监狱，而我在夜间戴着镣铐被关在牧首府邸。星期日，天刚亮，我被押上一辆四轮大车。他们松开了我戴的手铐，将我关进了一间没有光线的小储藏室。这储藏室像地窖一样，我在里面不吃不喝待了三天。坐在黑暗中，戴着镣铐，分不清东西南北，不知道该朝东鞠躬还是朝西敬礼。也没有人来看我，到处是耗子和蟑螂，还有蟋蟀叫着，跳蚤太多了。到了第三天我实在饿极了，很想吃东西……”[15]“我又被戴上镣铐带走了。那位矮半个头的沙皇派人带着射击兵来，把我押解到麻雀山上，拉扎尔神父和修士叶皮凡尼长老也被押送到那里。他们受尽了屈辱，被剪短了头发，像那些可爱的乡巴佬一样。有头脑的人只要看他们一眼，瞧过之后就会禁不住失声痛哭，让他们忍着吧！干吗要为他们伤感？耶稣基督比他们受的难更多，我们的人世也一样，从人类的始祖起就受苦受难，因此对今天受难的人就没有什么不可思议的了：自古以来就如此，应该怜悯那些不幸的人。”[16]在大司祭阿瓦库姆看来，手拿一柄长剑的打手“像野兽一样咆哮，朝我脸颊左右开弓连打了几耳光，接着又朝我脑袋猛击一拳，把我打翻在地，接着，他又拿起一根斧子把儿朝我后背连打三下，接着又用鞭子在我光着的背上抽了72下。我说：‘主啊！上帝之子耶稣基督啊！帮帮我吧！’”[17]阿瓦库姆在《自传》中所记述的前往“西伯利亚”的经历，详细地记录在“流放到西伯利亚”一章中，尤其是刻画了去往西伯利亚途中以及到达西伯利亚时的苦难生活。他写道：“一路上受的苦难太多了，多得简直说不完，我只能记下一小部分，伊凡·斯特鲁纳在魔鬼的唆使下，对我无缘无故地拳打脚踢……第二天，那个伊凡·斯特鲁纳集合了一群人，来教堂找我，当时我正在唱晚祷曲。他冲进教堂就到唱诗班的席位上一把揪住安东的胡子……斯特鲁纳像只疯狗一样，在教堂里转来转去……我浑身哆哆嗦嗦地想爬起来，可又一次摔倒下去，他吩咐手下把我拖到官船上。我被戴上脚镣手铐，被抛在船舷上的一块板子上。”[18]阿瓦库姆将流放去西伯利亚途中的自然环境刻画得栩栩如生，跃然纸上：“我们的面前是高山峻岭、悬崖绝壁，山路崎岖难行走，深山密林难穿行！放眼望去，令人胆战心惊！在深山老林里，会经常见到毒蛇大蟒，那里还栖息着野雁野鸭，它们的羽毛很好看；还有黑乌鸦、灰寒鸦……”[19]“后来我被拉到布拉茨克寨堡，接着被关进了监狱。他们给了我一些干草（当作被褥），在阴冷的塔楼内，我一直待到腓力节。当时已是寒冬，但上帝使我（即使没有穿上冬衣）的身子暖烘烘的。我像是一只小狗躺在干草堆里。他们有时给点吃的，有时不给……我总是趴着睡，因为后背伤口结痂溃烂。跳蚤、虱子太多了！……在这里，戴着脚镣手铐的我，和几个犯人几条狗一起住了整整一个冬天……”[20]“打人的棍棒又粗又大，笞杖带刺儿，鞭子带尖头儿，火烧的酷刑，连打带骂，加上饥肠辘辘，这时候只要稍一动刑，必死无疑！唉，真是命运多舛，生不逢时啊！”[21]但他并非因为艰苦的条件而放弃传教布道，因此他所在的普斯托泽斯尔克便成为旧礼仪派的圣地。从全国各地来的信徒被阿瓦库姆那坚韧的品质和虔诚的思想所感动，皈依了旧礼仪派。而在沙皇看来，阿瓦库姆的传教布道行为引发了全国的宗教斗争以及内战的主要原因，因此于1682年4月将62岁的阿瓦库姆及其追随者们叶皮凡尼、拉扎尔和费多尔等人通通烧死。在世界末世论和敌基督思想的影响下，许多旧礼仪派成员作出了一种非常极端的行为——自焚。在他们看来，“自焚可以使灵魂免遭邪恶的侵害，进行赎罪和净化自己的灵魂。”[22]在17世纪后半叶，前后就出现了近三批集体自焚的事件，“据旧礼仪派追荐之人名簿证明，仅仅在1667年至1700年之间，就有8834人自焚。”[23]对列米佐夫的创作影响颇深的《自传》中有很大的篇幅是在记述大司祭阿瓦库姆所经历的苦难和坚持自己所信仰的真理的精神。这所有的一切后来都反映在列米佐夫作品中的“苦难意识”中。

而大司祭阿瓦库姆对于自己信仰的这种殉道精神，是一种成年仪式，也被称为是“过渡性仪式”。关于“成年仪式”，梅列金斯基在《神话的诗学》里写道：“这种短暂地置身于社会等级之外，可为领受加入式者营造出一种状态，即某种离群索居者集群之短暂的反结构状态。”而在研究者看来，这种过渡性仪式中最重要、最典型的就是成年仪式。成年仪式旨在使已臻于性成熟的少年脱离母亲和姊妹，脱离未受领‘加入式’的子女和儿童集团，并使其转入成年狩猎男子的集团，从而享有结婚之权利。在梅列金斯基的观点中，这种人生的过渡状态包括很多程序，诸如：身体的耐力测试，“加入式”中不堪忍受的伤残，部落智识精要的熟谙（诉诸向领受‘加入式’者演述神话的方式。）成年仪式还包括象征性的暂死和与精灵的交往；而后者则为复苏或者更确切地说，为重生开拓道路。短暂之逝的象征见诸下列情节：新加入者被魔怪吞入又吐出，赴冥世或精灵境遇，同精灵相搏，获取祭器以及宗教奥秘等。这样一来，成年仪式即从这一状态到另一状态的过渡，被描述为“旧终新始”，死而复生（即所谓重生，不确切地也被称为‘复活’）。[24]

在阿瓦库姆的描述中，他作为《自传》的主人公显示了非常刚毅的品质，得到了上帝的襄助，并且在经历了磨难之后获得了某种统摄自然的力量，比如大司祭提到的即便是在凛冽的寒冬，他自己未穿着任何棉衣的情况下，对严寒依然浑然不觉。这就使得主人公拥有了所必需的宇宙客体和文化成果，从而以降除对生活的有害的魔鬼力量。对主人公的严峻考验，往往有一种欲置于死地而后快的感觉，在文本中主人公总是饱受各种考验，往往只有一线生机可言。他们所经历的考验，通常会被阐释为一种特殊的“受难”仪式，或者是非凡的磨难，他们必然会为此付出一定的代价，从而使其自身和人类获得难能可贵的智识和力量以及非凡的经验，从而使其无论在心理上，还是在生理上，都实现了从混沌转为宇宙的史诗，将社会制约与个人情感进行了调适，从而真正得到过渡性仪式的转化。阿瓦库姆作为宗教教义，旧礼仪派的倡导者，在历经苦难劫数之后，他这种不可或缺的牺牲精神，便算得上是一种经历了堪称后世之“范例”的行程，所以他无上尊崇的德行便超越了个人心理之范畴。在宗教改革之后，以阿瓦库姆为首的大司祭对当时的社会规范中违忤行为的摒弃和抵制，他们必然要以非凡的本领来赢得造福世人的契机。因此，这种成年仪式或者所谓的“过渡性仪式”在古代社会里是每一个个体所必须要经历的，而标志着个体成型所经历的各个阶段就成了情节的标志，成为其英雄气概的象征。这种方法在神话故事中非常常见，这体现的就是一种神话思维的普遍特征，以及原始崇拜、图腾崇拜、万物有灵观念和神话媒介等。

虽然阿瓦库姆在世时曾被革除教门，数度流放，身心俱被考验，最后处以火刑，但它最终也未被追封谥为圣，就连他的《自传》也不能被称之为《圣徒传》或《使徒传》。但是在俄国的旧礼仪派中一直将他尊崇为伪宗教献身的蒙难者，而且自1991年起，在阿瓦库姆的出生地格里戈洛沃村为他竖立了纪念碑，并且每年会举办“阿瓦库姆纪念节”和祝圣典礼。

二、列米佐夫与大司祭阿瓦库姆

旧礼仪派们也积极参与了文学创作并对俄国文学产生了一定的影响。比如大司祭阿瓦库姆因其作品丰厚且作品的文学性极高被后世称为“作家”。从他的著作中可以看出，他命运多舛，但爱憎分明，对社会有一定了解且立场十分坚定。在担任各级神职工作时，他受到了古代罗斯文化和教会传统的教育和影响。他来自民间，来自社会下层，他的著述里所使用的语言是民间的语言，是所谓“俚俗”之言——这是俄国17世纪逐渐形成的俄罗斯民族语言的基础，这一语言基调成就了列米佐夫后期创作的语言风格。其实，按照当时东正教会的传统，神职人员在著述中和祈祷时应该使用俄罗斯化的教会斯拉夫语，但是阿瓦库姆一直坚持使用的是他一生所挚爱的“我们民族的语言——俄罗斯语言”。[25]阿瓦库姆一生著述六十多部，其中包含《谈话录》《教义诠释》《关于神、万物和上帝造人的语录汇编》，还有很多的训导词，最主要的作品是《自传》。后世对《自传》的评价非常高，认为文本“富有论战的气概，令人震惊的真诚，讽刺性描写的魅力，语言和问题的光彩，在最‘精湛’的修辞和表现手法面前也绝不落入俗套。”[26]就连利哈乔夫曾对阿瓦库姆的《自传》做出了如下评价：“阿瓦库姆在自己写的《自传》时，与其说是教育后世读者，倒不如说是勉励自我。通篇他从未在教导别人如何行事做人，而是将一些生活蕴含的道理向人们娓娓道来，不是在布道讲经，而是在为自己哭诉，是在其生命不可避免的终结前夕对自己生世的悲悼……”[27]他曾把大司祭阿瓦库姆称作是“17世纪俄罗斯最杰出、最著名的作家”。尤其是阿瓦库姆的《自传》，从文学价值上来看丝毫也不逊色于同时代的其他文学作品。高尔基也将其评价为“一位斗士用火热而激情的语言写成的无与伦比的典范之作。”[28]

事实上，俄罗斯文学史上对阿瓦库姆文学作品的关注却比较晚，直至20世纪初才逐渐形成气候。正如研究者巴扎诺夫（В.Б.Базанов）于1976年在一篇名为《我的祖先阿瓦库姆扬名四海》(Гремел мой прадед Аввакум)的文章中写道：“在20世纪初，大司祭阿瓦库姆出乎意料地成了一个文学现实中响当当的人物形象。”[29]巴扎诺夫在这里指的是，20世纪初的文学创作中，大司祭阿瓦库姆成了很多作家关注的对象之一。比如“阿瓦库姆”就曾出现在梅列日科夫斯基(Д.С.Мережковский)、沃罗申(М.А. Волошин)、涅斯梅洛夫（А.И.Несмелов)、普里什文（М.М.Пришвин)、库兹明(М.А. Кузмин）等人的作品中。甚至到1920年代中期时，莫丘利斯基（К.В. Мочульский）在《想象的危机：文章、随笔、肖像》(Кризис воображения: Статьи. Эссе. Портреты）中提出一种观点，他认为对于20世纪的俄罗斯文学来说，“从某种意义上看，阿瓦库姆的重要性甚至会超过托尔斯泰”。[30]

那么20世纪初在俄国文学界何以会引发一场对于阿瓦库姆的强烈关注呢？俄罗斯学者罗赞诺夫分析得到了以下几个方面的原因。首先，20世纪初时，俄罗斯文学萌发出一种所谓的“现代性”，而这一特性中一个很重要的特点就是作家对俄罗斯历史产生了浓厚的兴趣并且着意在历史长河中去挖掘那些具有魅力的人物，而阿瓦库姆就正是在这种情况下以一个“重要的历史人物”出现在作家们的视野中；其次，在阿瓦库姆以及旧礼仪派们的预言启示中，有一种很容易为世纪之交的人们所接受的末世论观点。比如阿瓦库姆曾说“撒旦向上帝祈求光明的俄罗斯，用她那充满苦难的鲜血来祈福全人类”，这一论点对于革命和卫国战争这样特殊的时期来说就显得格外有力，对当时的人们来说极为熨帖，可谓是起到了安慰灵魂、调节精神的作用；第三，在这一时期的文学活动中进行了不同形式的民间文学体裁的实践，广大作家和读者们逐渐意识到了阿瓦库姆在民间文学中作为“俄罗斯自然语言鼻祖”（Родоначальник русской природной речи）的地位，对探索他作品文体特点的兴趣与日俱增。上文我们列举到的作家都从某一个独特的视角对阿瓦库姆做了研究。但相对来说，大多数作家在创作中仅仅是以大司祭的自传情节为内容去进行创作，因此也就受到当时精通古罗斯文献的批评家们的诟病，比如库兹明曾经针对梅列日科夫斯基创作的关于阿瓦库姆的史诗批评道：“对作家（指梅列日科夫斯基　本文作者注）文本中遗失的古风倍感遗憾，阿瓦库姆的《自传》里充满了真挚的诗意，令人愉悦的笔调以及朴实和温柔的感情，本身文本的语言流畅而又朴实自然，但是在这位具有正统思想的诗人（指梅列日科夫斯基　本文作者注）笔下，所有的诗意都消失殆尽，如同那来自异处的恶魔一般。”[31]

同样，列米佐夫几乎对所有试图将“阿瓦库姆现代化”的举措嗤之以鼻。无论是由作家将其名字用于意识形态或政治目的的尝试，还是60年代的革命者，比如赫尔岑、巴枯宁等人对旧礼仪派的青眼有加以及20世纪诗人对阿瓦库姆的《自传》所做的诗歌化创作，在列米佐夫的眼中都是不成熟的，都是没有领悟阿瓦库姆精神精髓的举动。列米佐夫在自己的《万物的火光》(Огонь вещей）一书中针对20世纪诗人们对阿瓦库姆的生平所做的诗意化创作进行了评价：“诗意并不能在荒野中过夜。当诗人们将阿瓦库姆的作品译成现代文时，呈现出来的就完全是另外一个样子，就好比一些古代的壮士歌，还有阿瓦库姆《自传》中的有些篇章其实是无法用现代的俄罗斯语言风格所传达的。”[32]

那么对列米佐夫来说，阿瓦库姆对现代文学到底意味着什么？在很多同时代人看来，列米佐夫当之无愧是大司祭文学上的追随者。关于这一问题曾经在俄罗斯侨民界不断引发争论，而争论也逐渐进入到文学史领域，大家一致认为，在列米佐夫文本中出现了辨识度很高的“阿瓦库姆”精神文化层。除了用创作去揭示自己对于阿瓦库姆文化精神思想的领悟，列米佐夫还曾在“巴黎的俄罗斯人文学晚会”上公开朗读阿瓦库姆的《自传》，并且当众给大家提出了一种新的解读思路，这就为人们留下了深刻的印象，文学家逐渐开始认可大司祭文学上的继承人便是列米佐夫。评论家波托茨基(А.Потоцкий)在一篇关于作家“古罗斯中篇小说”的书评中写道：“一时间大家都开始崇尚古风，仿佛是一种已经过时的风格在后来的创作中又复活了……但最令人欣喜的是，大司祭阿瓦库姆那精彩的语言再次在列米佐夫的笔下栩栩如生。”[33]但当时也有一些批评家们，他们其实更加注重探索的是列米佐夫创作的现代主义风格，有意忽略那些对古代文本的修复工作，但无论如何，我们都将列米佐夫与阿瓦库姆并置比较，他们认为“阿瓦库姆是彼得前旧散文的杰出代表，而列米佐夫是新世纪的未来主义者。”乌利亚诺夫（Н.Ульянов）于1957年在列米佐夫周年纪念时在《俄语新词》(Новое русское слово）中写道：“是否可以将他文本中那些含糊不定的跳跃片段、充满呐喊声的怪腔怪调与阿瓦库姆的作品相提并论，这一问题值得商榷。”[34]因此，列米佐夫所创作的关于阿瓦库姆的很多作品都尚未被研究清楚。但是其中有一个文本被当作是对旧礼仪派文学传统的直接继承的最好例证，这就是列米佐夫于1926年在巴黎《天平》出版社发表的《大司祭阿瓦库姆自传》(Житие протопопа Аввакума,им самим написанное）一文，这篇文章占据了杂志第一期很大的篇幅，将近七十多页。这一版本的“自传”是由列米佐夫根据早期的三个版本进行改编的，在注释部分作家道出了自己的写作意图：“这份传记作品还是在阿瓦库姆的生活时期完成的，在《自传》首次出版后（1861年），莫斯科的志愿抄写员们不止一次地去抄写。现如今巴黎天平出版社发表的这一版本是1926年根据主编苏夫钦斯基（П.П.Сувчинский）的倡议完成的。其间我花了33个小时来改编《阿瓦库姆自传》，并不仅仅是简单地用眼睛去看作品，而且是逐字逐句去大声朗读，用心去体味，试图保留‘全俄大司祭’作品中的每个单词所蕴含的意味。”[35]列米佐夫在此清楚地表达了自己所发表的关于阿瓦库姆自传的作品是他对于阿瓦库姆本人自传的一个解读，而且在他看来，是最大程度保留原作者意味的一种解读思路。列米佐夫的注释是刊登在正文之后，注释中包含了文章的名称，杂志订购客户的姓名，写作的时间以及表达了作品完成的喜悦之情。同年，作者开始在公众场合朗读阿瓦库姆的生平，列米佐夫的首次朗读被刊登在《天平》上，“列夫·舍斯托夫的周年纪念日用俄语来庆祝，花了整整三个晚上的时间。第三晚是哲学的盛宴，而我便化身为一名音乐家：一整个晚上都在朗读，三个小时不间断地读《大司祭阿瓦库姆自传》，这是一本足以鼓舞人心的书，书中的主题就是通往自由的死亡之路。”[36]后来，在列米佐夫定期举行的文学晚会上，他开始朗读并重印出版那些包含历史文学价值的书目。

大司祭阿瓦库姆（1621—1682）作为旧礼仪派的领袖和导师，是一个具有强大毅力，对生命和文字都充满了信心的人，在《自传》和《致沙皇阿列克谢·米哈依洛维奇》中，其语言特色独具一格，因为文本中除了既定的文学言语的范式，即书面的教会斯拉夫语以外，还有很多是自然地道的古俄语。而其语言风格在列米佐夫文本中的呈现，得到了很多批评家们的关注。比如美国著名的列米佐夫研究专家斯洛宾·格列塔（Слобин Грета）在他的作品中提出一种观点，他认为列米佐夫就是那个在传统的自然俄语与俄罗斯现代散文之间架起了一座桥梁的人，他认为在这座桥梁的一端是阿瓦库姆，另一端就是俄罗斯现代散文，列米佐夫就成了桥梁本身。同样在1990年的马利舍夫读书会上，利哈乔夫院士强调，18世纪的旧礼仪派文学是古罗斯文学传统的延续。如果把彼得时期视为是这一文学传统的断裂，由此便产生了两个流派：世俗文学和民间旧礼仪派文学。而文学发展的这两条线，在利哈乔夫看来，是非常有特色地融合在列米佐夫20世纪初的创作中，甚至也出现在先锋派的造型艺术中。[37]列米佐夫在自己的作品中也无时无刻体现着这种思想。就像作家在《用稍加修正的眼睛去看》一书中所描写的那样，在此作家用一种充满激情的语调写道："在雅科夫·伯麦和帕斯卡的时代，在俄罗斯自然语言最辉煌的时代，大司祭阿瓦库姆自己曾经坐在铁链子上。"[38]而他仿佛是亲眼目睹了这一切，他们之间这一跨越时空的相遇，对作家来说，可以说是作家存在主义体验的原初动力。"我想说的是，我所感受到的精神生命的延续以及对生命深处的渗透性，源于卢布廖夫的艺术，源于阿瓦库姆的苦难和话语。"[39]

综上所述，列米佐夫的创作及其创作的艺术理念与旧礼仪派的观点和阿瓦库姆的思想有着千丝万缕的关系，从某种程度上可以说，列米佐夫在创作中的"尚古"思想以及其自然的语言风格就直接来源于旧礼仪派，来源于阿瓦库姆。因此，在本章中通过缕述旧礼仪派的发展及其特点以及阿瓦库姆的思想观念，有助于我们更好地把握列米佐夫的创作及艺术理念的形成。

参考文献：

[1]俄罗斯白银时代文学史(1890年代—1920年代)卷三[M]. 俄罗斯科学院高尔基世界文学研究所集体编写 谷羽 王亚民等译. 兰州:敦煌文艺出版社. 2006:317.

[2](俄)德·斯·米尔斯基.《俄国文学史·下》[M].北京:人民文学出版社.2013:293.

[3]同上:292.

[4] Ремизов А.М. Собрание сочинений: В 3т.Т.3.М.,2000. С.112.

[5](俄)瓦·奥·克柳切夫斯基.《俄国史》左少兴等译[M].商务印书馆.第三卷:360.

[6](俄)戈·瓦·普列汉诺夫.《俄国社会思想史》(第一卷)[M],孙静工译,郭从周校,北京:商务印书馆,1996年版:328.

[7](俄)瓦·奥·克柳切夫斯基.《俄国史》左少兴等译[M].北京:商务印书馆.第三卷:265-266.

[8]乐峰.《俄国宗教史》(上)[M].北京:社会科学文献出版社2008年版,102/275.

[9](俄)瓦·奥·克柳切夫斯基《俄国史》左少兴等译[M].北京:商务印书馆.第三卷:266.

[10]同上:266.

[11]刘旭.《俄罗斯旧礼仪派的书籍文化》[J].俄语学习.2018(6):6.

[12]同上:7.

[13]国春雷.《旧礼仪派与罗曼诺夫王朝》[J].俄罗斯学刊,2020年5期:132-133.

[14](苏) 尼·米·尼科利斯基.《俄国教会史》丁世超等译[M].北京:商务印书馆,2000年版:185.

[15](俄)阿瓦库姆《生平》.左少兴译.[J].世界文学,2011年第3期:255.

[16]同上:260.

[17]同上:264.

[18]同上:267.

[19]同上:263.

[20]同上:265.

[21]同上:265-266.

[22]乐蜂主编.《俄国宗教史·上卷》[M].北京:社会科学文献出版社,2008年版:369.

[23]同上:370.

[24](俄)叶·梅列金斯基.《神话的诗学》[M].魏庆征译.商务印书馆,2006:243-244.

[25]转引自阿瓦库姆.《生平》.左少兴译.[J].世界文学,2011年第3期:277.

[26](苏)约·阿·克雷维雷夫.《宗教史》(下):27.

[27]同上:281.

[28]同上:281.

[29]Базанов В.Г."Гремел мой прадед Аввакум!"(Аввакум. Клюев, Блок)//Культурное наследие Древней Руси: Истоки. Становление. Традиции. М.,1976. С.338.

[30]Мочульский К.В.Кризис воображения: Статьи. Эссе. Портреты. Томск,1999. С.200.

[31]Кузмин М. Проза и эссеистика: В 3т. Т.3. Эссеистика. Критика. М.,2000. С.92-93.

[32]Ремизов А. Огонь вещей. М., 1899. С.141.

[33]Русские новости (Париж). 1951. 7 июня.

[34]Новое русское слово (Нью-Йорк). 1957. 23 июня.

[35]Версты (Париж). 1926. № 1. Раздел "Материалы".С.73.

[36]同上:81.

[37]Рождественская М. В. Малышевские чтения 1990 г.//Русская литература. 1991. № 1. С.221.

[38]Ремизов А.М. Собр. соч.: в 10 т./А.М. Ремизов. - М.,2000. - Т.8.С.209.

[39]同上:167.

第二章　列米佐夫创作的二元对立思想研究

结构主义作为一种兴起于20世纪60年代法国的人文社会思潮，其特点并不强调事物之间的因果关系，而是更加注重事物内部的结构组成。狭义来讲，结构主义就是人类学、语言学和文学批评常用到的一种方法。结构主义的主要代表有：罗兰·巴尔特、克劳德·列维－施特劳斯、雅克·拉康、福柯、阿尔都塞以及雅各布逊、热奈特、格雷马斯和普罗普等人。结构主义内部并无统一的纲领和宗旨，但他们普遍认为，“事物的真正本质不在于事物本身，而在于我们在各种事物之间的构造，然后又在它们之间感觉到的那种关系。”[1]而在文学批评领域，结构主义－符号学一度成为风行一时的批评方法。

结构主义符号学有其深刻的语言学根源，瑞士语言学家费尔迪南·德·索绪尔（1857—1913）根据语言现象之间的关系，提出了四组二元对立的概念术语，即语言和言语、能指和所指、组合和聚合以及历时与共时。索绪尔关于语言内部要素对立的理念，也就是“两类之间的对立可以使我们对每一类性质有更好的了解。”[2]与此同时，文学批评家们也开始尝试用结构主义二元对立的方法来分析文学作品。克劳德·列维－施特劳斯将结构主义方法从语言学引入到人类学的研究，尤其是运用在神话研究之中。他认为不同民族地区的神话充满了相似性的主要原因是“神话素”的存在。在研究古希腊的俄狄浦斯神话时，他先从不同的神话中抽象出了“神话素”，然后将抽离出来的神话素按照历时与共时的方法进行重组，最终发现了“语言”和“言语”之间的二元对立关系，即对爱的高估与对爱的低估。对此可以推而广之于其他文本之中。就好比在莎士比亚的戏剧作品《李尔王》中，李尔被大女儿高纳里尔和二女儿里根的巧舌如簧所蒙蔽，因而他高估了她们对自己的爱与孝敬，于是放权给她们，以期在自己晚年之时得到两个女儿的精心照料。而他同样也低估了小女儿考狄利娅对自己的爱与价值，因为女儿诚挚的话语就驱逐了她，最终导致了自己的悲剧。这些神话素对于读者来说是显而易见的，同样也就构成了文本的二元对立。因此，在列维－施特劳斯看来，“所有的神话都存在着二元对立的关系，无论神话怎样衍变、发展，这种内在结构保持着不变，从而建立起了将隐藏在神话之后的自然地理、经济技术、社会家庭组织、宇宙哲学等因素包蕴在内的复杂结构。”[3]后来罗兰·巴尔特在著作《S/Z》中指出了巴尔扎克的《萨拉辛捏》(Sarrasine) 中的音位“S”和“Z”是由相同的发音器官在相同的发音部位发出的最小的对位体，也就是巴尔特所谓的二元对立。因为在他看来，“唯有通过辨识文本中的代码或者二元对立，才能解释文本中加密的信息。”[4]此外，俄国的弗拉基米尔·普罗普从俄国民间传说和神话故事开始，将所有故事的叙事功能进行简化，从而确认其英雄人物、反面人物、助手以及对反面人物的惩戒等所有主题情节的呈现合乎逻辑结构。格雷马斯同样受到索绪尔的影响，在普罗普故事形态与语义功能分析的基础上，探究了故事叙事结构中的行动模式。从而研究了叙事结构语法中的三组二元对立关系，即主体和客体、发送者和接受者以及帮助者和反对者。后来托多洛夫在格雷马斯研究的基础之上，将其神话与民间故事的研究拓展至小说层面，对文本进行语法分析，彻底呈现隐藏的二元对立结构。

此外，尤里·洛特曼是俄国结构主义理论的重要领袖人物，他的研究方法与上面提到的欧美结构主义有很大不同，是具有俄国特色的结构主义理论研究。洛特曼结构主义理论研究的一个重要内容就是文化符号学，而文化符号学里一个非常重要的内容就是我们在此研究的二元对立思想。他的二元对立思想是以人类大脑的思维机制为出发点演化而来的。在他看来，人类思维以离散型符号和混成型符号之间的转换互译为根本机制。他借鉴了控制论中关于人脑非对称结构的研究成果，从生理机制上对此进行了具体论证。他通过研究发现，“人脑的左半球负责抽象思维，右半球负责形象思维，由此形成两种符号体系——离散型和浑成型符号体系。但是左右脑并不是各自独立地发挥功能，而是相互影响，密切合作，共同为人类思维服务。相应的，两种思维符号体系也不断地进行着交流互动、相互补充、互相转换。”[5]

总之，在结构主义者看来，二元对立依然是“那些基本指意系统（signifying system）的基础，读者依靠这些二元对立组织评价和阐释文本。”[6]由此可见，二元对立是自 20 世纪 50 年代至 60 年代以来最常用的一种文学批评方法。但是总体来看，挖掘文本深层的二元对立结构并不是文学批评研究的目的所在，而只是通过这种手段来把握研究对象的结构，以及结构深层所蕴含的社会文化、哲思图景以及思维模式，等等。这种二元对立的方式主要用于阐释文本的叙事结构与主题。通过对文本深层结构系统的挖掘，对其具体的主题进行分解，然后抽象出二元对立结构来。而这种蕴含了二元对立的主题模式有其无限的可能性，比如光明与黑暗、男性与女性、善良与邪恶、个人与社会、外省与首都、文明与野蛮、宇宙与混沌、弱者与强者、传统与现代、罪恶与救赎、灵魂与肉体等。本文立足于结构主义二元对立的理论架构，对列米佐夫文本创作中的一系列二元对立形象进行分析，进而阐释作家创作的诗学特点。

第一节　人物形象的二元对立

一、精神与肉体的对立

使徒保罗曾从亚历山大城学派那里借用概念，将人的本质划分为：肉体部分、灵魂部分和精神部分。第三者是前两者的联系环节，是某种中间性的、双重的、过渡性的和阴暗不明的，已经不是肉体，却也不是精神，肉体以其终结，灵魂以其开始，是半动物的，半神的。托尔斯泰针对此做过更为精辟的表述，有一种人既非肉体的，亦非灵魂的，而是肉体兼灵魂的“有精神的人”——转向灵魂的肉体之部分和转向肉体的灵魂之部分的人，这是一个隐秘的领域，兽与神在人身上、在这里进行着斗争。这就是他一生的斗争和悲剧，因为他自己首先是“精神的人”，既不是彻底的异教徒，也不是彻底的基督徒。他不断复活、转变，却不能够复活和转变为基督徒，只落得个半异教徒，半基督徒。[7]这种关于人的本质的三分法在文学作家们的创作中司空见惯，比如梅列日科夫斯基在分析托尔斯泰和陀思妥耶夫斯基的创作时，提出了托尔斯泰更加注重“肉体的人”的书写，而陀思妥耶夫斯基则更倾向于对“精神的人”的创作与刻画，这几乎构成了俄罗斯经典文学人物形象对立的典范。

列米佐夫作为世纪之交的作家，作为俄罗斯现代主义文学的杰出代表，他的创作中有明显的俄罗斯经典文学的痕迹，就比如在他所创作的人物形象中，依然是对俄罗斯经典文学的致敬。接下来就以文学中亘古的两种形象——男性形象和女性形象为例进行分析，透视作家创作的深层思维逻辑以及对于人的本质的探索。俄罗斯文学中对于男性形象的塑造在 19 世纪以前几乎是一脉相承的。俄罗斯经典文学的研究者们根据社会文化因素对男性形象大致分为“多余人”“小人物”和“新人”。尤其是对“多余人”的塑造肇始于俄罗斯伟大的作家普希金，此后作家们源源不断地为“多余人”形象的塑造贡献力量。相形之下，“女性形象”一个显著的特点便是文学中的“女性崇拜”，这种意识是有别于其他文学的。在俄罗斯文学的发展中，一系列值得嘉许的女性形象被创造了出来。从早期的《伊戈尔远征记》中的雅罗斯拉夫娜到《往年纪事》里的女大公奥莉加，都在歌颂着女性主人公的睿智果断、聪慧过人，她们往往具有高贵的出身和良好的品德，内外兼修，美丽动人。尤其是自普希金开始的《叶甫盖尼·奥涅金》中的塔季亚娜，作家们一直沿着塑造美好的俄罗斯女性品质的传统砥砺前行，于是就有了所谓“屠格涅夫家的姑娘”，托尔斯泰的“舞动的娜塔莎”，陀思妥耶夫斯基的“善良的索尼娅”等，这些美好的俄罗斯妇女形象就在俄罗斯文学的人物长廊里熠熠生辉。但是究其本质来看，这些所谓的“美好女性”无疑是受到俄罗斯千百年来所形成的根深蒂固的“男权文化意识”的影响，这些男性作家们试图用自己的笔触去塑造男性心目中的“完美女性形象”，这些形象在很大程度上是符合男性认知的。她们绝大多数美丽绝伦、纯洁无瑕且品德高尚。就好比是古希腊神话中的皮格马利翁用象牙雕刻的精美女郎的化身。可从另一个方面来看，这些女性形象却又非常单薄而又片面，几乎是毫无生命力和个性而言的“象牙美女”。到了 19 世纪末 20 世纪初，俄国文学中的“女性形象”才逐渐丰富饱满起来，一些个性复杂的女性被创造了出来。其中列米佐夫在继承前人传统的同时也不断打破常规，对个性较为复杂的女性进行了刻画。

列米佐夫在文本中塑造了大量的男性形象和女性形象，这些形象在很大程度上都肩负起言说作家真理认知和世界观的功能。尤其是在作家革命前创作的《池塘》《钟表》和《教妹》中，作家有意将男女形象并置对立，刻意突显了彼此之间的“精神”与“肉体”的对立，是深层的二元对立思想的体现。而这种两性对立在文本中的表现格外突出，作家在描写男性现实时，总是充满了一种自发性的“肉体”意识。这种肉体意识首先表现为作品的行文语言格外沉重，尤其是对于尼古拉、谢尔盖、齐甘诺夫、马拉库林等人的描写，文本中的这些人的语言似乎很苍白乏力。作为语言大师的列米佐夫在描写到男性主人公时刻意将言语词汇降格处理，让男性主人公的语言词汇极度贫乏，甚至大量使用无意义的虚词重复，使得整个语言就像是脱离了灵魂的躯壳，呈现出一种干巴巴的无力感，语言中透视出一种干涸、乏力和挫败感。在中篇小说《教妹》中主人公马拉库林的语言里充满了间断和重复，而在读者看来这些间断和重复实则是毫无必要且没有意义的，更多就像是无意识的呓语或者表达上的磕巴不连贯。比如“错误，我是说……我没有错误，我是德国人……错误在哪儿？”[8]“哈哈……哈哈……哈哈！”[9]“只是看，只是听，只是感觉！”[10]“我会好起来吗？会好起来吗？”[11]“当人们说‘是’的时候……当人们说‘是’的时候……当人们说‘是’的时候。”[12]这里的马拉库林总是吞吞吐吐，缺乏自信，但他的话语的独特性就正表现在这一方面，即经常出现重复的是相同类型的句子结构。在这里作家将主人公的语言反反复复，就像一幅油画作品一般不断着色，不断涂色，将色彩弄得非常厚重，其主题也凸显得异常明显。而且在读者读到马拉库林在和上司阿威里雅诺夫、同事格洛托夫之间以及乞丐老头子的聊天时，文本中就很难区分出他们各自的话语单元，因为他们的语言和声音基本上没有任何辨识度，缺乏应有的多样性。虽然在文本中贵族和乞丐之间的语言是有差别的，但这是一种外在的，等级上的差别，而不是内在的个性差异，不足以引起读者的重视。事实上，列米佐夫笔下所有男性人物的语言系统基本上都是如出一辙的。甚至是作品中的那些动物性的呻吟也混杂着人物的语言，使读者大多数时候难以分辨，到底是一种人所发出的类似动物的声音还是动物本身发出的声音。比如在《教妹》中具有象征隐喻含义的一只名为穆尔卡的猫以及它那具有代表性的“喵喵”的叫声。这种“喵喵”的叫声几乎贯穿了整部作品。第一章当格洛托夫派来的乞丐老头子出现时，他“一直是满脸堆笑，他的嘴唇上的笑容仿佛是那只名叫穆尔卡的雌猫躲在什么地方喵喵叫出来的。”[13]后来作家又写到，在那只雌猫被摔死之后，马拉库林总是觉得“猫在喵喵叫，穆尔卡在喵喵叫……马拉库林突然明确地想到，以前从来没有如此明确地想过，穆尔卡一向是这样喵喵叫，不是昨天，而是在封丹卡的布尔科夫大院里五年以来一贯如此，只不过是他没注意到罢了，并且不仅仅是在布尔科夫大院——在封丹卡，在涅瓦大街喵喵叫，而且在莫斯科，在他所出生和长大的塔甘卡——在塔甘卡的复活教堂旁，凡是有活人的地方，都喵喵叫。”[14]再到后来，当布尔科夫大院里来了两个流浪乐师时，两个人中打手鼓的少一条腿，就像穆尔卡一样。作家反复强调，“他拄着拐杖，在碎石子上一瘸一拐地走着，向前伸着手鼓，仿佛是在绕着整个院子转一圈，他那质朴的洁净的脸上没有笑容，朝上面望着各家的窗户，就像当时雌猫穆尔卡一边在石头上痛苦地翻转着，一边朝上面望着各家窗户一样。”[15]

因此，在文本中重要的已经不是男性的语言，不是他们说了什么，而是他们的语音、语调以及词汇中混同着这种半动物性、半人的呓语，更加能体现出他们身上只见肉体，完全不见灵魂的特征。就比如“喵喵”(мяукала)一词的反复出现，使得“а,у,я”等元音多次重复，以及辅音“к,м,л”的多次重复，按照俄语语音修辞理论来看，语音是语言的外壳，而语音又可以通过以下几个层级来揭示其内涵：音（звук）、音节（слог）、语音词（фонетическое слово）、语段（синтама）、语音句（фонетическая фраза）等，而音节是几个语音层级中最基础的一级。俄语十分重视字母音的修辞功能，在罗蒙诺索夫编纂的《口才简明指南》（Краткое руководство к красноречию）第 72、73 章中说："元音'а'宜于描写辉煌、广袤、高大、深厚之事，以及骤然的恐惧；元音'е,и,ю'宜于描写温情、爱怜和凄婉可怜之物；元音'о,у,ы'宜于描写可怕而强烈之物：愤怒、嫉妒、恐惧、忧伤；辅音'к,п,т,б,г,д'宜于描写迟钝而懒散的行为；辅音'с,ф,х,ц,р'宜于描写强大、响亮、可怕的事情；'ж,з,в,л,м,н'宜于描写温柔、柔软的东西和行为。"[16]因此上述列米佐夫在《教妹》文本中的语音重复表现出一种绝望、恐怖而又充满了动物性的复杂情感和对死亡的预示，是一种可怕而又强烈感情的再现。

此外，在上述所列举的男性话语的例子里，同一个句子里多次重复的虚词实则是毫无必要的，而且总是出现不合时宜的断断续续，严重影响了读者的理解，但更为重要的其实是体现了男性形象语言的苍白无力感。作为语言修辞大师的列米佐夫，在描写到男性人物的语言体系时一再出现了词穷的现象，这里就存在着很明显的人为痕迹，读者可以清晰地感受到作者的有意为之。

因此，在描写刻画男性人物的本质时，作家的语言就如同一只虽然被驯服，但是却依然渴望自由和野性不改的猛兽，它"仍然凝望着森林，有时候突然恼怒，最后则拒绝为他服务。艺术家与它进行猛烈的斗争，让它服从生疏的思想与情感体系，折断它、肢解它，使它破相，硬是把它放在基督教'推理'的普罗克拉斯特斯之床上。没有什么场面比伟大作家与自己的语言进行的这场斗争更为悲惨和富于教训意义了。"[17]列米佐夫笔下的男性主人公是一种还未完全形成个性的个体，他们总是被一种自发的力量所吞噬，是一种赤裸裸的肉体上的存在物。

而相比之下，女性则处于二元对立的“精神性”“灵魂”的一端，女性总是能找到与精神的、灵魂的契合点。这些女主人公们是一些精神的肉体，是活的灵魂，她们具有高度的精神特征。此时作家的语言总是表现出高度的精准性和张力感，词汇丰富多彩，充满了力度。比如《教妹》中的女主人公阿库莫夫娜为大家讲述游历地狱的故事：“我到了一个建筑，这是一座大房子：地板腐烂了，堆放着一些单块的木板，地上是垃圾，放着各种各样的鱼，都腐臭了，让人恶心，还有肉、骷髅，全都不是好东西，还有死人、骨头、人体的各个器官，也有死的动物，全都腐烂了，发臭了。我很痛苦，我念诵祈祷词，可是他们不放我走，牛尾巴和牛蹄子、狗爪子。放我出去……主啊，主啊，让我领圣餐吧，我痛苦极了！……他亲自拿起一种干的圣餐，不是湿的，亲手递给了我。可是我却咽不下圣餐，我噎住了……”[18]在此阿库莫夫娜梦游的经历就与 12 世纪的伪经故事《圣母游地狱》（Хождение Богородицы по мукам）互文对话，将阿库莫芙娜的形象提升至圣母的地位，是对人物形象的放大升格处理。在这里她的语言十分精准细致，详细地再现了游历地狱的所见所闻。除此之外，小说中的“三个薇拉”中的薇拉·尼古拉耶芙娜也代表着二元对立另一端的“灵魂”，她擅长吟唱古老的歌谣，这些歌谣中总是散发着古罗斯的气息。她那些古老的歌谣总是从圣诞节晚会持续到主显节期间，她咏唱的楔子讲的是七只野山羊和它们的母亲牧野山羊的故事，“七只金角野山羊来到蓝色的大海边上，游过了蓝色的大岸，登上了美丽的布扬岛，它们在布扬岛上遇到了一只母野山羊——那是它们的母亲。野山羊们向它讲了它们经过基辅，经过沃斯克列先斯克教堂时发生的事情，它们看见了什么样的奇迹：从教堂里走出一个少女，头上顶着一本金书，她走进齐腰深的涅瓦河里，把书放到一块白色的石头上，一边读书一边哭泣。母野山羊向野山羊们解释了这个奇迹：少女就是圣母，她读的金书就是《圣经》，她一边读一边哭泣，是因为她听到了笼罩在基辅和整个神圣罗斯上空的灾难。”[19]在这些语言中我们感受到某种神圣的、具有深刻民族主义精神的特点。在此列米佐夫并未着力去刻画人物的肖像特点，而是用语言词汇的特点、吟诵的声音让读者感受到了一个虔诚的形象，这是一种超自然的灵魂特点的再现。而且文本中女主人公的语言和声音都具有非常强烈的辨识度，似乎可以通过语言和声音走进人的灵魂深处，让人体验到一种令人心痛的悲哀。除了语言之外，作家也格外强调薇罗奇卡的声音，她“声音悦耳……语调柔和而舒展，但又刚劲，体现了莫斯科话那种特殊的亲切感。”[20]在这里的女性的话语体系中出现了五花八门的语言修辞层面，女性主人公形象生动，具有自己独特的语言表现力和非常明显的个性特色，其句法结构也不拘泥于一种单调的形式，这就再次与上文中所述的男性干巴巴而又枯燥单调的语言特色进行了对比，突出再现了二元对立中女性的柔美，赋予了强烈而又丰富的文化内涵，而在语言的背后则体现的是作家二元对立的意志。因为在哲学家和语言学家们看来，“语言最初为任何动物共享，是把思想与感受联系起来的喊叫，是思想的天然音符……由此看来，语言并非脱胎自神的语法书上的字母，而是源于人类自由器官所发出的野性的声音。”[21]因此，在语言这中抽象符号下面隐藏着一些潜在的思想，会将人们的感性认识转化为理性思考，也会赋予文学语言以形象性特征。

其次，在这种男女性别形象塑造的二元对立中，男性总是代表着一种思想上的盲目，在基督教思想中常常与传统的魔鬼形象相联系。而这是与女性形象的象征意义截然相反的。在研究者特雷什金看来，列米佐夫作品中的女性是一种远离魔鬼的形象，她们经常是作为受苦受难者的代表，总是为了别人而牺牲自我，因此，她们在灵魂上更接近上帝。[22]女性形象就更立体丰满，充满个性。而相比之下，这种代表魔鬼形象的男性形象却显得单薄干枯。小说《池塘》(1905) 中的每一个人可以说是作者“自我”与“小我”的形象。小说的情节是以尼古拉·菲诺格诺夫的生平里程碑式的事件为线索。他的性格和外表在很多方面都与作者列米佐夫极为相似。尼古拉的家庭谱系是从两个方面展开的：一方面是男性，他们代表着与强权进行残酷斗争，另一方面则是柔弱的女性，他们往往是自我牺牲与蒙难的代表。[23]尼古拉是一个不够虔诚的信徒，无论是面对宗教还是爱情，他总是心猿意马。他渴望探索生命的意义和存在的价值，但却一无所获，终归沦为“多余人”的代表，也导致了母亲、玛莎和舅舅的悲剧发生。此外，当另一位男性主人公科利亚爱上被拐卖的女孩玛尔加丽特卡时，文本中首次出现了天堂的形象和天使的翅膀。但是翅膀却被一团血迹污染，自此科利亚开始堕落，无论是黑色的翅膀，还是翅膀上的斑斑血迹，都象征着死亡的不可避免性。逝去的天堂与玛尔加丽特卡的形象紧密相连。这也是女性与男性形象的二元对立的再现。因此，列米佐夫创作中男女形象的对峙可以视为一个完整艺术体系内的两种不同形态，他们之间在某种程度上就组成了相融共生的动态发展的二元对立关系。

二、善良与邪恶的对立

列米佐夫在塑造童话人物形象时非常关注二元对立。这种二元对立关系通常表现在不同人物之间的对抗或者个体在成长过程中的两面性等。比如在童话故事集《俄罗斯妇女》(Русские женщины) 中经常让善恶对抗，在《诽谤者》(Оклеветанная)、《情人》(Желанная)、《美丽的小松树》(Красная сосенка) 中大多让代表正义的一方和代表邪恶的一方对抗，并最终让正义和善良战胜了邪恶。

童话《诽谤者》主要讲述的是：很久以前有一个富人，他育有两个孩子——儿子米哈伊尔和女儿帕拉格雅。父亲弥留之际告诫儿子不要娶同村的女人为妻。待父亲亡故后，兄妹俩相依为命，和睦生活，感情一直很好。就这样过了三年，有一天哥哥从外面回来就跟妹妹讲自己要娶村子里的一个女孩为妻。妹妹跟他争辩，希望他不要忘记父亲的遗嘱。但是米哈伊尔却固执己见，拗不过的帕拉格雅只好依了哥哥。就这样，米哈伊尔娶了同村的女孩瓦尔瓦拉。虽然结了婚，但是兄妹依然相处得十分融洽，这就遭到了瓦尔瓦拉的嫉妒。几年之后，瓦尔瓦拉生了儿子，帕拉格雅与这孩子十分亲近，将他视如己出，这也引起了瓦尔瓦拉的极度不满。她无时无刻都要嫉妒地发疯。时刻都在想着如何去离间兄妹之间的感情，怎么去折磨帕拉格雅。终于有一天，瓦尔瓦拉抓住了米哈伊尔最喜欢的一条狗，并把它杀了。等到米哈伊尔从外面回来给妹妹打招呼时，瓦尔瓦拉忙不迭去向米哈伊尔说是妹妹帕拉格雅杀死了他最心爱的狗。这件事情让米哈伊尔万分沮丧，但是他念及兄妹之情仍然没去责怪妹妹。当第二天米哈伊尔再次出门去干活时，瓦尔瓦拉又杀了他的公马，这是一匹不错的良马，简直是米哈伊尔的心头肉。米哈伊尔回来之后，瓦尔瓦拉又将这一切推到妹妹身上。这一次米哈伊尔内心十分痛苦，但也没有责怪妹妹一句话。而此时的妹妹帕拉格雅却对一切一无所知，仍然带着小侄子一起嬉戏玩耍。第三天，当米哈伊尔离开时，妻子瓦尔瓦拉狠心杀死了自己的儿子，待丈夫回来后，将这一切嫁祸于帕拉格雅。这简直激怒了米哈伊尔，米哈伊尔对妹妹勃然大怒，将她的衣服脱光并驱逐到荒野中去了。无依无靠的帕拉格雅从荒野走到森林，爬到一棵树上休息。这时被出来打猎的国王的三个儿子来遇见。三兄弟脱了自己的外衣，并把她带到了王宫里见国王。大王子见到国王后请求自己娶了帕拉格雅。国王应允并操办了盛大的婚宴。

婚后大王子去全国各地传达国王的指令。不久，帕拉格雅生下了儿子，这个孩子“膝盖到脚就像金子似的，两条胳膊是银子般的，后面散发着月亮的光芒，身体中间散发着太阳的光辉，每一根头发丝儿都散发着珍珠般的宝气。”[24]国王看到自己的孙子之后大喜过望，赶快派信使去给大王子送报喜信。信使上路前往远方的城市，入夜之时恰巧来到了帕拉格雅曾经生活过的村庄，又恰好投宿在米哈伊尔的家里。当瓦尔瓦拉得知，她曾经费尽心机杀死了自己的孩子用以离间兄妹之间的感情，但是备受折磨的帕拉格雅却依然活在这世上，并且成了王后，最重要的是还生下了一个很棒的孩子后，她的嫉妒之火燃烧了起来。于是她趁着信使睡觉的功夫，偷偷拿出了信件，把信件的内容更改为：“你的妻子帕拉格雅生了一个狗崽子。”[25]信使浑然不觉，将被偷换过的信件送到了大王子手中，大王子读完信之后十分愤怒，眼中的光芒顿时消失殆尽。但是他写了回信，希望父亲在他还没有回去之前不要惩罚帕拉格雅。使者在返回的途中再次来到米哈伊尔家里留宿，瓦尔瓦拉故伎重演，又偷偷拿出信件，将内容改为：“在我回家之前让她滚得远远的。”[26]

国王收到信后感觉莫名其妙，但是也无计可施，只好按照儿子的意思将帕拉格雅赶出了家门，把孙子留给自己。于是帕拉格雅再次被驱逐到了第一次自己被抛弃的那片森林。帕拉格雅想到自己被哥哥抛弃，被丈夫抛弃，儿子被剥夺，伤心欲绝。但她却不知道还能做什么。后来她决定要去一个远离哥哥和丈夫的地方，靠着自己的双手去劳动生活。

当大王子办完了所有的事回到家之后，发现家里多了一个可爱聪明而又健康的儿子，他惊讶至极。后来发现他和国王都被人愚弄了，于是去森林找帕拉格雅，却怎么也找不见。帕拉格雅在这三年里靠给别人打工为生。但是她日渐思念自己的儿子，于是有一天她女扮男装来到了王宫。王宫的人都没有认出她来，她就扮作锅炉工人留下来工作。她每天看到儿子活蹦乱跳，开心极了。有一天儿子跑着差点撞到了炉子上，她赶紧抱住了孩子并哭了起来。不料这一切却被国王看到了眼里。在国王的再三询问下，她道出了实情，讲述自己如何被瓦尔瓦拉诽谤陷害等。国王最终派送信的使者前去带来了米哈伊尔和瓦尔瓦拉。瓦尔瓦拉的所有罪行被大家识破，国王命令将她杀死。最后帕拉格雅回到了王宫里，和自己的丈夫和孩子一起过上了幸福的生活。

这是列米佐夫所创作的典型的善良与邪恶二元对立的童话。根据格雷马斯的行动模式，我们可以勾勒出《诽谤者》中人物之间的内在关系。《诽谤者》中的人物可以分为两组，一组是帮助者角色，如国王以及他的善良的三个儿子，他们是帮助女主人公帕拉格雅走出困境，追求理想的重要角色；另一组则是对立者角色，如嫉妒心极强、残忍心狠的瓦尔瓦拉，她在主人公成长和追求理想的道路上不断设置重重障碍，阻止对方通往幸福生活。这两组人物之间的冲突造就了强大的艺术张力，最大限度地展示了善与恶之间的对峙，引起了读者的阅读期待。

其次，在个体形成人格的过程中也具有两面性，比如童话故事中的大王子，他在女主人公陷入困难时毫不吝惜地伸出了援手，对对方的遭遇充满了同情，并且最后娶她为妻。但是当他离开妻子外出时，因为听信了瓦尔瓦拉的谗言，对妻子的态度发生了巨大的转变。作者在刻画童话人物时，并未简单地让正反人物进行对峙，而是让童话主人公经受波折而得以成长，包括次要人物的成长。

综上，列米佐夫在创建文本时非常关注人物形象的二元对立，这种二元对立既可以表现在外部的人物语言层面，也可以表现在人物内在的性格特质，而这种二元对立的思想在很大程度上既促进了文本情节的发展，也与俄罗斯民族深处的二元价值判断不无关联，尤其是在童话作品中，这种二元价值判断总是教人向善、向真、向美、宽容，人与人之间的真诚，人与自然之间的和谐，对现代社会的价值取向是一种富有教益的反思。

第二节　城市形象对立

一、列米佐夫的文学导师——陀思妥耶夫斯基对于城市二元对立的探索

在俄罗斯文学中，城市文学占据了一席之地。有很多论文专著都在论述关于“莫斯科文本”“彼得堡文本”等。而这也是列米佐夫的文学导师陀思妥耶夫斯基在创作中所关注的焦点。接下来首先来分析陀思妥耶夫斯基在《罪与罚》中所阐释的一组二元对立，即“没有圣母”的彼得堡与“亚伯拉罕时代的”西伯利亚之间的对立。

彼得堡是西欧文明高度发达的集中体现，但是陀思妥耶夫斯基笔下再现的却是穷困潦倒的下层边缘人物视角中阴沉灰暗的彼得堡大街，破败不堪的房屋、肮脏混乱的干草广场、各式各样的灰色建筑、橱柜一般的斗室、地下室、形形色色的小酒馆。小说一开篇就道出了故事发生地彼得堡的城市景观：“街道热得可怕，而且气闷，拥挤不堪，到处都是石灰浆、脚手架、砖头，灰尘，还有那种夏天的特殊臭气——每个无法租一座别墅的彼得堡人都熟悉的那种臭气，所有这一切无不震撼着这个青年人本已很不正常的神经。在城市的这一部分，小酒馆特别多，从这些小酒馆里冒出的臭气，还有那些尽管是在工作时间，却不断碰到的酒鬼，给这幅街景添上了最后一笔令人厌

恶的忧郁色彩。”[27]在这个感官上十分令人厌恶而且整个基调都无比灰暗的城市里，主人公拉斯柯尔尼科夫又会呈现出一种什么样的生活状态呢？拉斯科尔尼科夫于三年前离开母亲和妹妹杜尼娅，离开生活了十多年的外省故乡，来到彼得堡求学。靠着母亲一年 120 卢布的养老金和微薄的兼职家教薪酬维持着学业和生活，可是约在半年前，由于教书和其他收入来源都已经断绝，拉斯科尔尼科夫不得不辍学，像只“口袋”样整天躺着。他在彼得堡租了一间斗室，是一幢高高的五层楼房的顶间，就在房顶底下，与其说像间住房，倒不如说更像个大橱。或者说，通过小说中其他人物的视角来打量这个房间，则更像口棺材或者船舱。他的这间屋子十分狭小，连一张床也没有，他经常和衣睡在沙发上，没有床单，把自己上大学时穿的那件已经破旧的大衣盖在身上，对他来说，这间小屋是恶一般的存在，在小说中，他不止一次恶狠狠地，而且憎恶地看着自己的小屋，因此，在这个基调灰暗无比的城市的贫民窟里，主人公永远也不可能享有“家”的感觉。正如巴赫金所指出的：“拉斯科尔尼科夫生活在边沿上，因为他那狭小的棺材般的房间，紧挨着楼梯口，且从来不锁。马尔梅拉多夫一家也生活在边沿上，在紧挨着楼梯的过堂屋里。”“门槛、过道、走廊、楼梯口、楼梯、阶梯、朝着楼梯口敞开的房门、院子大门，而在这些之外，还有城市：广场、街道、建筑物的正墙、小酒铺、罪犯窟、桥梁、排水沟……这些便是这部小说的空间。”[28]小说中除了为读者展示彼得堡表层的、外在的空间形象之外，这个城市空间又有什么样的深层内涵和寓意呢？

在小说第二章第五节，我们似乎找到了答案。也就是在拉斯柯尔尼科夫杀人之后的某一天，他再度出现在“放高利贷老太婆”的那栋房子里时，房子显然正在被装修，两个工人在一起正谈着什么话题，但是此处从表面上看起来微不足道的谈话主题却寓意深刻、内涵丰富。两个工人中年轻的一位询问年长的叔叔什么是时装杂志，在叔叔给他解释了一番后，年轻人随即便发出了感慨“在这个彼得堡，什么东西没有啊！除了圣母，什么都有！”“除了这个，我的老弟，什么都有。”[29]那个年龄大些的教导似的结束了这场谈话。在这场让主人公拉斯柯尔尼科夫充当了听众的谈话中，我们读到了彼得堡社会中的下层工人对于彼得堡这个城市形象和现状的认识。

众所周知，彼得堡是 18 世纪初在彼得大帝的命令下按照欧式文明创建起来的城市，正如周朝虹所言，“在 18 世纪到 19 世纪初的俄罗斯文学家的作品中，彼得堡的文化形象呈现出了欧洲文明和东方专制传统的双重特征：一方面，彼得堡是奇迹之城，是人征服自然的美丽城市；另一方面，彼得堡是万恶之城，是反基督的城市。”[30]这座具有双重性格的城市发展到 19 世纪下半叶时，又具有了一些什么样的文化特征？而更让人好奇的是，在当时的社会里，在这个城市里充斥着什么样的思想，能让一个法律系的大学生以身试法，铤而走险去杀死放高利贷的老太婆。首先，从时间来看，拉斯柯尔尼科夫在彼得堡学习大致是 1863 年至 1865 年间，而此时在西方正盛行着拿破仑主义，正如学者刘亚丁所言：“拉斯科尔尼科夫杀人与拿破仑的推动作用的内在关联，应当联系当时拿破仑主义的流行史实来看。路易·波拿巴复辟后实行‘拿破仑主义’，1865 年巴黎出版他写的《尤利·恺撒传》，后来在俄国出版了其俄译本。1865 年 2 月 21 日的《莫斯科公报》发表了其序言的部分内容。在那里路易·波拿巴提出了‘伟大人物’的‘使命’：‘他们’秉承神意，成为‘在历史的时代中脱颖而出的灯塔式的杰出人物’，‘强有力的个性’有权破坏普通人必须遵守的道德规范。”[31]因此，也正是在这种西方个人主义价值观思潮的影响下，二十来岁的大学生拉斯柯尔尼科夫形成了自己独特的人生价值观，并构建起一套强大的“超人理论”，即所有的人都被分成了“平凡的”和“不平凡的”两类。“平凡的人必须听话，没有犯法的权利，因为他们是平凡的人。不平凡的人却有权犯各式各样的罪，有权任意违法，为非作歹，而这只是因为，他们是不平凡的人。”[32]从他的理论来看，拉斯柯尔尼科夫把自己的杀人行为等同于拿破仑、梭伦、穆罕默德之辈的创举，也正是因为在这一强大理论的支撑下，拉斯柯尔尼科夫完成了实践理论的第一步，即杀死“放高利贷的老太婆”。在他看来，“不平凡的人有权允许自己越过自己的良心这道障碍……越过其他障碍，而且这仅仅是为了让他的思想（有时也许是可以拯救全人类的思想）得以实现。”[33]但是在犯罪之后，他时而觉得自己必死无疑，时而噩梦缠身，几近疯狂，犯罪导致他走向毁灭。所以，他只是在自己创建的理论中迈出了一步而已，而接下来却无论如何也跨越不过去，这便造成了他内心精神的自我惩罚，具体表现为热病、呓语、梦魇以及内心受到的其他折磨和煎熬，随后便发出了“难道我杀死的是老太婆吗？我杀死的是我自己，而不是老太婆！我真的是一下子结果了自己的姓名，永远杀死了自己！”的呼声。其次，从小说中卢任、拉祖米欣他们之间的辩论来看，卢任来到彼得堡的目的就是为了接触新事物、新思想，用他自己的话来说就是“所有这一切，我们在外省也接触到了。不过要想看得更清楚，什么都能看到，就必须到彼得堡来。”[34]而在此他所谓的新思想、新见解正是“个人主义”和打着“务实主义”幌子的“虚无主义”，对此拉祖米欣给出了强烈的反击：“根本没有什么务实精神……要有务实精神，那可难得很，它不会从天上飞下来。几乎已经有两百年了，我们什么事情也不敢做……思想嘛，大概是正在徘徊。”[35]他针锋相对提出了在当时的社会中最缺乏的便是“务实精神”，而他所提到的两百年的时间恰好与彼得大帝执政以来，向西欧学习改革的时间相吻合。很显然，西方的“个人主义”和“虚无主义”在当时社会造成了负面的影响，从而也影响了像拉斯柯尔尼科夫这样的年轻人的成长。也正是在这种社会思潮的影响下，使得彼得堡“没有圣母”。学界惯有的观点认为，“小说的另一根语义轴是索尼娅对拉斯柯尔尼科夫的救赎。”[36]但是本文看来，索尼娅对于拉斯柯尔尼科夫的精神救赎仅仅流于形式，趋于表面，因为在这个“除了圣母，什么都有”的彼得堡，在这块肮脏的土地和“被污染了的空气里”，根本不存在实现“宗教精神救赎”的道德土壤。

那么如何理解第四章第四节所描写的情节，即拉斯柯尔尼科夫半夜去索尼娅的住处，要求索尼娅为自己读“福音书”中“拉撒路”复活的故事。当拉斯柯尔尼科夫去找索尼娅时，他的内心情感是十分复杂的，他一方面十分同情这个沉沦的社会底层女子，另一方面却又觉得他们同样都属于“被诅咒的人”，所以他从最初听到索尼娅的故事开始，内心就燃起了要用自己的“超人理论”去教化索尼娅的想法，换言之，他更多是想为自己的“超人理论”寻求志同道合的实践者，用他自己的话说便是，“我不是来求你宽恕，只不过是告诉你，我早就选中了你，要把这告诉你，要把这告诉你，还在你父亲谈起你，莉扎维塔还活着的时候，我就想这样做了。”[37]所以在他要求索尼娅为自己讲了“拉撒路”复活的故事时，他“伏在地板上，吻了吻她的脚”，但他“是向人类的一切苦难下拜”。他把索尼娅看作是人类苦难的化身，同时却深深质疑着这个“狂热的信徒”所虔诚信仰的宗教，他步步深入列出索尼娅所面临的惨淡现实局面，道出了“卡姐琳娜·伊万诺夫娜会死，波列奇卡也会这样的”沉沦的潜在事实，然后发出了“也许根本就没有上帝”的质疑声，在这一切之后他向索尼娅道出了自己的心声，“你本来可以靠精神和理性生活，可现在却要死在干草广场上……不过如果你仍然独自生活，你会支持不住的，准会像我一样发疯。现在你就已经像个疯子了；所以我们要在一道走，走同一条路！咱们走吧！……因为不能再这样下去了——原因就在这里！终于到了该正视现实，认真考虑一下的时候，不能再像小孩子那样哭喊，说上帝不允许了！……做什么？破坏应该破坏的，一劳永逸，再没有别的了。自己肩负起受苦受难的重担！怎么？你不懂吗？以后会懂的……自己和权力，而主要是权力！统治一切生灵的权力，统治人类社会的权力！……这就是目的！”[38]

正如上文所述，拉斯柯尔尼科夫并不是来祈求索尼娅这个“狂热的信徒”用自己的宗教来救赎他，此时也绝非出于对索尼娅这个初始女子的爱情。这里主流的情感更多是主人公对于这个“被侮辱”之人的同情而引发的同病相怜。因此，在第二天当他准备向索尼娅坦白自己内心的秘密时，他再次向索尼娅证明自己的理论：“谁的精神刚强、坚毅，谁的智慧超群出众，谁就是他们的统治者！权力只会给予敢于觊觎并且夺取它的人。这里只有一个条件，仅仅一个条件：只要敢作敢为！于是我产生了一个想法，有生以来第一次产生这样的想法，在我以前，从来没有任何人想到过！谁也没想到过！我突然像看到太阳一样，清清楚楚地看到，怎么直到现在从来没有一个人敢于蔑视这一切荒谬的东西，摆脱它们的束缚……”[39]

小说中的索尼娅是陀思妥耶夫斯基着力刻画的一个极富自我牺牲精神的虔诚的东正教信徒形象，她生性善良、宽容大方、与人为善，深深地爱着自己家庭里的每一个人，即便是在罪恶和所有的苦难一下子降临时，她也没有放弃最终对于上帝的信仰和对生活的殷切希望。所以当拉斯柯尔尼科夫向她坦承自己杀人后，她出于本能开始了对于拉斯科尔尼科夫的宗教救赎，她提出了“现在，立刻就去，站在十字路口，跪下，首先吻一吻被你玷污的大地，然后向全世界，向四面八方叩拜，高声对大家说：‘我杀了人！’那么上帝就又会把生命赐给你。”并且提出了要把自己的十字架给他，“要一同去受苦，一同去背十字架！”[40]

但是，综合来看，无论是索尼娅真诚的爱情还是宗教救赎，都不是促成主人公去自首的真正原因。真正的内在驱动力便是他犯罪以后极度痛苦的精神心理状态，就是所谓的“他能创造理论，却不能毫不犹豫地跨越过去，可见他不是个天才。”以及波里菲尔和斯维德里盖洛夫反复提到的“需要换换空气，需要去受苦”，种种因素综合起来，才让“他跪倒在广场中央，在地上磕头，怀着喜悦和幸福的心情吻了吻这肮脏的土地。”[41]

除此之外，《罪与罚》中其他的一些次要人物，在向彼得堡这一西方文明的产物进军的时刻，也不同程度各自遭遇了各种精神或肉体上的痛苦与劫难。其中最典型的就是马尔梅拉多夫一家人，他们于一年半以前从外省来到了彼得堡，在“经过长途跋涉和数不尽的灾难之后，终于来到了这宏伟壮丽、用无数纪念碑装饰起来的首都。”他们住在这个城市里的“所多玛”，万般无奈之下，只好让索尼娅去卖淫补贴家用。索尼娅自己租住的房子就如同一个“畸形的怪物”。马尔梅拉多夫在酒后意识不清的情况下死于非命，而妻子卡姐琳娜·伊万诺夫娜也在丈夫去世后不久，这个“贵族出身”富有自尊心的妇女与德国房东发生争执，失去理智的她如同被抢劫了“外套”的“巴士马奇金”一样跑去找某个将军提出诉求，遭到拒绝便发疯一般带着孩子们沿街卖艺，后咳血而死。但是文中反复提到，这位落魄的“贵族后裔”一直有一个美好的夙愿，就是要和索尼娅一起回到故乡去，为贵族出生的女孩子办一所寄宿中学，开始过一种十分美好的全新的生活。所以他们的出路还是要离开彼得堡回到外省故乡去，到那里去寻找自己精神生活的归宿。就连杜尼娅和拉祖米欣，他们“狂热的头脑里坚定不移地确定了这样一个计划：在三四年内，尽可能至少为未来打下基础，至少攒一些钱，迁居到西伯利亚去，那里土地肥沃，资源丰富，缺少的是工人、创业的人和资本。他要到罗佳将要去的那个城市定居……大家在一起开始新的生活……他们俩不断地制定计划，两人都对五年后迁居西伯利亚抱有坚定的希望。”[42]

最后在小说中，作者也借由斯维德里盖洛夫之口道出：“我深信，彼得堡有许多人走路的时候都在自言自语。这是个半疯狂的人的城市。如果我们有科学的话，那么医生、法学家和哲学家都可以根据自己专业做一次极有价值的调查研究。难得找到这么一个地方，像在彼得堡这样，对人有那么多忧郁的、强烈的和奇怪的影响。但是气候的影响就令人吃惊！然而这是全俄罗斯的中心，它的特征应该在一切事物上都反映出来……”[43]

小说中对于西伯利亚这一空间形象的正面展示并不多，仅仅是在小说的结尾部分，当拉斯柯尔尼科夫被流放至西伯利亚时，其中有一段文字为读者呈现西伯利亚的景象：“又是晴朗而暖和的一天。大清早六点钟的时候，他到河对岸去干活了……从高高的河岸上望去，四周一大片广袤的土地都呈现在眼前。从遥远的对岸隐隐约约传来了歌声。那里，洒满阳光、一望无际的草原上，游牧民族的帐篷宛如一个个黑点，依稀可辨。那里是自由的天地，那里住着与这里的人全然不同的另一些人，那里的时间似乎停止了，仿佛亚伯拉罕的时代和他的畜群还没有成为过去。拉斯柯尔尼科夫坐在河边，目不转睛地凝神眺望着，他渐渐陷入幻想和想象中……”[44]晴朗的天空、温暖的阳光、高高的河岸、广袤的大地、隐隐约约的歌声、一望无际的草原，所有浮现在读者眼前的这一幅幅田园牧歌的景致，彰显了游牧民族在草原大地上和整个大自然之间的亲密和谐，时间似乎凝固停止，甚至穿越至亚伯拉罕的时代，仿佛回到了那个人类共有的幸福乐园里。而置身于这一境地，此情此景之下，索尼娅又突然出现在他的眼前，“他们热泪盈眶。他们俩都面目苍白，两人都很瘦。但是在这两张仍然带有病容的、苍白的脸上已经闪烁着获得新生的未来的曙光。爱情使他们获得了新生……”也正是在这一时刻、在这种情境下拉斯科尔尼科夫自己无意识地拿出了枕头底下的福音书，并且有一种想法闪过他的脑子：“难道现在她的信仰不能成为我的信仰吗？至少她的感情，她的愿望……”在这个仿佛是亚伯拉罕时代的西伯利亚，在索尼娅和拉斯柯尔尼科夫之间发生了心心相印的爱情，而拉斯柯尔尼科夫本人也开始不由自主地要开启自我拯救以期获得新生之路。然而作家对于西伯利亚空间形象的认识并不是一蹴而就的。

西伯利亚自16世纪末期以来便是俄罗斯犯人服苦役的流放之地，自然条件恶劣，但是三个世纪以来，“大批政治流放犯的到来，为荒凉的西伯利亚带来了先进文明的一道道曙光，为其社会文化发展注入了汩汩流动的新鲜血液。同时，在西伯利亚的切身经历和体验也让流放者产生了深深的思考，西伯利亚成为政治流放者新思想的策源地。从这个意义上说，这片土地为政治流放者提供了完成精神涅槃的土壤。”[45]而在这众多的政治流放者中间，作家陀思妥耶夫斯基就是其中的一员，由于在1849年他参加彼特拉舍夫斯基小组牵扯到反动沙皇的革命言论而被捕，先被判处死刑，临刑前被改为流放西伯利亚，直至1858年被释放。九年的流放苦役和军营生涯在作家的创作生活中占据了重要的位置。流放途中对于西伯利亚和未来认知的不确定性而导致惴惴不安、伤心难过、迷茫无措的心绪。“越过乌拉尔是伤心的时刻。马和带篷马车陷在雪堆里。风雪迷漫。我们下了马车，这是在一个夜晚，我们站着等候马车从雪堆里拉出来。周围冰天雪地，下着暴风雪，这里是欧洲的边界，前面是西伯利亚和神秘莫测的命运，后面的一切都已成为过去——我感到悲伤，难过地掉下了眼泪。”但是后来在途中随着遇到一些可亲可爱的人，尤其是“十二月党人的妻子们”对他们所表现出来的如待家人一般的热情和同情，渐渐地化解了他内心的悲伤和不安。关于这一点，从

1854年他从鄂木斯克写给哥哥米哈伊尔·陀思妥耶夫斯基回忆性的信件中就可以看到，“我只是想指出，同情、热情的态度使我们感到幸福极了。旧时代的流放犯（不是他们本人，而是他们的妻子）像对亲人一样关心我们。多么美好的心灵，经历了25年的痛苦和自我牺牲的考验！”[46]四年的牢狱生活对于作家本人来说确实是噩梦一场，但是四年后他出狱来到了塞米巴拉金斯克，期间他结识了自己后来的妻子玛丽娅·伊萨耶娃，他给哥哥米哈伊尔·陀思妥耶夫斯基的信中多次提到，自己感到非常幸福，对于即将迎来的新生活也充满了希望。尤其是于1861至1862年间完成创作并发表的西伯利亚流放犯题材的小说《死屋手记》，其中展示了苦役犯的悲惨处境和苦闷的精神状态，这部根据作者切身经历来展示苦役犯优秀品质的小说，从社会和生活的因果深入剖析了人性中的“善与恶”。俄国思想家赫尔岑曾说“以戴着镣铐的手为自己的难友画像，竟然将西伯利亚一座牢狱的风尚习俗，创作成米开朗琪罗式的壁画”，屠格涅夫更是把它比作但丁《神曲》的《地狱篇》。同时在这部作品的引言部分，作家更是直接用一大段白描的文为我们展示了“西伯利亚”的空间形象：“西伯利亚虽然天气寒冷，在这里当差却非常舒心。居民都很朴实，安分守己。牢固的旧秩序世代沿袭而备受尊崇……凡是懂得生活诀窍的人几乎总是留在西伯利亚，满怀喜悦地在这里扎下根来。他们以后都收获了丰盛甘美的果实。然而那些轻佻而不懂得生活诀窍的人，很快就对西伯利亚感到厌倦……不仅在职务上，而且在很多方面都可以在西伯利亚获得人生的享受。气候好极了，有很多慷慨好客的富商、非常富足的异族人。夫人小姐都花枝招展，而且在道德上全无顾忌。野兽在大街上乱飞，会自动撞在猎人的身上。香槟酒喝得出奇多，鱼子是非凡的美味。有些地方的收成达到种子的15倍之多……总之，这是一片人间乐土啊，只要善于利用它就行。”[47]“一座这样快乐的自给自足的小城，有非常可爱的居民，他在我的心里留下了不可磨灭的回忆。”[48]

由此可见，对于作家来说，西伯利亚不仅仅是流放苦役之地，更是了解对他来说并不熟悉的外省风尚、习俗和生活方式的地方。这里空气清新而又凛冽，居民可爱而又自足，土地富饶而又宽广，人与自然和谐共处，宛若人间天堂，充满了活力与希望。分析至此我们也就不难理解为何在《罪与罚》中陀思妥耶夫斯基会选择让作品中的大多数人物在彼得堡寻求真理的过程中遭遇挫折，最后又指出了一条前往西伯利亚去受苦受难、去建功立业的道路。正如陀思妥耶夫斯基在1881年《作家日记》中写道："俄罗斯不仅仅在欧洲，也在亚洲……而很可能，亚洲给予我们的希望超过欧洲……我们的未来——亚洲，极有可能就是我们的出路。"[49]

当然，陀思妥耶夫斯基对于西伯利亚形象空间的揭示并不仅仅限于这几部作品，他在整个创作中对于西伯利亚的空间形象都有不同程度的展示，而在《罪与罚》这部作品中陀思妥耶夫斯基艺术创作的诗学特征也不仅限于此，本文仅仅是借助空间形象以管窥其文化内涵在作品中的反映以及与主人公精神救赎之间的关系。

二、列米佐夫的文本中彼得堡与莫斯科的二元对立

托波洛夫(В.П.Топоров)在俄罗斯文学中首次提出了"彼得堡文本"的概念，并于1984年将其规范为一个科学术语。而"莫斯科文本"虽然并非当做一个科学规范的术语来使用，但是很多学者们在研究相关主题时都会不自主地将"彼得堡模式"应用于莫斯科的时空构建中，从而按照"彼得堡文本"的构建模式推演出"莫斯科文本"来，持上述观点的有著名学者琉森和马雷金娜等人。而根据我国研究者傅星寰的观点，纵观整个俄罗斯文化的发展历程，其文化发展史上素有"两个中心"的传统。研究者一一列举了俄罗斯历史上文化中心的二元对立，比如在基辅罗斯时期北方的下诺夫哥罗德和南方的基辅之间的对立，莫斯科公国时代莫斯科与诺夫哥罗德的对立，以及后来俄罗斯的两个首都，即彼得堡与莫斯科之间的对立。而在研究者看来，莫斯科与彼得堡之间完全形成了"以对话为主体和以独立系统的丰富内容为基础的二元对立形态，而独立系统的质量不仅受制于它的组成部分，而且与它的结构休戚相关。如此一来，莫斯科与彼得堡就构成了一个独立的社会文化的元系统。"[50]

在列米佐夫的创作中既有属于“彼得堡文本”这种独立系统的最艳丽的篇章，比如《风雨飘摇的罗斯》，其中有“彼得堡文本”和“莫斯科文本”之间持久的二元对立张力，构成一种独特的社会文化系统。《风雨飘摇的罗斯》于 1927 年在巴黎出版，正是在这部作品中作者讲述了自己与亲人在革命期间的遭遇，以及自己的祖国在革命期间所遭遇的一切。在他送给作家瓦季姆·安德烈耶夫作品中扉页所写的一段话就是最好的证明：“这部作品是我对俄罗斯的临终忏悔，里面是关于俄罗斯的传说，古罗斯的形象与苏联时期俄罗斯的鲜活的生活结合在一起。这本书里我与旧生活彻底告别，而在新的国家里，我过去、现在、将来都生活在这里。而这本书写得最多的依然是革命……”[51]具体来看，作品中呈现的是 1917 年至 1921 年之间发生在俄罗斯的革命事件。其中的彼得堡形象在近一个世纪以来依然具有中心象征意义。而彼得堡对于列米佐夫来说，是人们身体与精神受苦受难之地，体现的是对彼得大帝前旧罗斯的一去不复返的悲哀和遗憾，而那个彼得前的罗斯却充满了信仰的整体性、语言的纯粹性、智者的使命感等以及精神的独立性。彼得堡是列米佐夫与城市建造者之间永恒争执与对话的主题，几乎贯穿了作家创作的始末。关于彼得堡本质的争论中列米佐夫要更倾向于一些哲学家、诗人和作家的观点，他们认为彼得堡就是魔鬼的产物，是一个注定要毁灭的城市。列佐夫把彼得大帝的改革视为类似于鞑靼入侵一样的事件。在作者看来，彼得堡是彼得的产物，对于欧洲荒诞的模仿。在他看来，彼得堡这个城市在生活中处处模仿欧洲，无论是艺术还是现实生活。而俄罗斯的很多文学作品都发生在这个城市里，比如卡拉姆津的《苦命的丽莎》、普希金的《叶甫盖尼·奥涅金》《青铜骑士》、萨尔蒂科夫－谢德林的《一个农民如何养育两个将军》(Как один мужик двух генералов прокормил)、果戈理的《彼得堡小说集》《鼻子》以及陀思妥耶夫斯基的《白夜》《罪与罚》和《白痴》等。在不同作家的笔下，彼得堡再现了这座城市不同的类型学符号，不同的城市意象，不同的意识形态隐喻以及城市景观形态等。

普希金笔下的彼得堡是一座令人惊奇与兴奋的城市，同时也充满了无限的希望与憧憬，堪称彼得大帝的杰作，但同时彼得堡城市中的“洪水”意象又直接体现了作者对于彼得堡这座城市的矛盾性以及城市发展本身的悖论性；果戈理在《鼻子》中对于彼得堡这一城市形象的构建完全是基于魔幻而又荒诞的情节，旨在强调彼得堡诞生的蓄意性，也是对这个“异类”城市面目的展现，强调其“异化”本质。因此，果戈理笔下在彼得堡生存的人被异化成了“我”与“非我”，“整体”(人）与“部分”(鼻子)，“人类”与“物质”，甚至是双重人格的频繁再现。而在这荒诞情节的背后隐藏的则是彼得大帝妄图以现代化的欧洲为蓝图的强国计划，因此，彼得堡就成了实施这一计划的起点，也成了实现其功能的载体；陀思妥耶夫斯基在创作中对彼得堡的刻画充满了现实主义手法的特点，他笔下的城市景观都如同报道般纪实，所以所承载的更多是对这座城市的记忆。而小说中作家更多寄神话情节于现实城市，在此，彼得堡更多的是各种情节发生的时空体；象征主义者笔下的彼得堡是一个矛盾的、摇摆不定的“北方的巴尔米拉”。而列米佐夫所创设的“彼得堡文本”篇章，赋予了城市以新的隐喻意义，使得在历史发展中形成的彼得堡文本意蕴的代码激增。

列米佐夫对于“彼得堡文本”和“莫斯科文本”的共同呈现是1909年发表的中篇小说《教妹》，这部作品又被认为是“莫斯科作家”眼中的彼得堡。列米佐夫生活在彼得堡，作品中的彼得堡充满了自传性，不仅是作家生存命运的体现，有时甚至都呈现出详尽的纪实性特点。列米佐夫关于彼得堡城市的自觉延伸书写，构成了其创作中独特的艺术画幅，与前人对于彼得堡的书写相比，列米佐夫的创作更具有特色。在《教妹》中缺少对于彼得堡整体景观的刻画，而是将所有的笔触都集中到“整个彼得堡的缩影——布尔科夫大院”的刻画上来。关于“布尔科夫大院——整个彼得堡”这一论断在文本中三次重复出现，所以“布尔科夫大院”就成了彼得堡所有象征意蕴的投射地，成了彼得堡的本质。

“布尔科夫大院”实际上是处于文本描述的核心地位。在布尔科夫大院里生活着主人公彼得·阿列克谢维奇·马拉库林，他本来和自己的好朋友出纳员亚历山大·伊万诺维奇·格洛托夫供职于一家公司，但是因为一次工作的失误，马拉库林被辞退后就陷入了暗无天日的抑郁中去，继而感到绝望。但是“布尔科夫大院”并未在小说一开篇就引入，比如作家在介绍主人公马拉库林时写道：“马拉库林本来在封丹卡河的奥夫霍夫桥旁有一套住宅，虽然小一些，但毕竟是自己的。”但在他意外丢失工作以后，“他不得不放弃这套住宅，搬到单人房间去，在同一个楼梯口再上去三层找到了一个房间。”此处马拉库林虽然生活在布尔科夫大院里，但是作家仅仅提到了布尔科夫大院的地理学位置——封丹卡河边。后来在作品中象征性地引入了“雌猫的不幸”，再一次提到了封丹卡这个地方，也是在此时，作家第一次提到了“布尔科夫大院”。这个地方与其说是一个现实意义的地方，倒不如说是一个象征的受难地，因为从雌猫穆尔卡遇难开始，就开启了“布尔科夫大院里”的一系列悲剧故事。而作家也是明确地感受到了这一点，“马拉库林突然明确地想到，以前从来没有如此明确地想过，穆尔卡一向是这样喵喵叫，不是昨天，而是在封丹卡布尔科夫大院里的五年来一贯如此，只不过是他没有注意到罢了，并且不仅仅是在布尔科夫大院——在封丹卡，在涅瓦大街喵喵叫，而且在莫斯科，在他所出生和长大的塔甘卡——在塔甘卡的复活教堂旁，凡是有活人的地方，都喵喵叫。”[52]

文本中对于“布尔科夫大院”地理学位置上的描述是十分具体的：“布尔科夫大院两侧不挨着墙，对面是奥布霍夫医院，大楼和医院之间有两个大院：布尔科夫大院和比利时人协会大院，右手是比利时人协会的工厂——四个装有避雷针的砖烟囱整天冒着黑烟，因此窗户框上落满了烟尘……比利时人协会大院里出现了一些浑身黢黑的人，如同苦役犯一般，一个接着一个，用黑色的独轮车从封丹卡河上推来煤炭，大院一天一天地变成一座黑山……布尔科夫大院就是整个彼得堡！人们站在布尔科夫大院里喜欢这样说。大楼正面的一端朝着通往兵营的小巷——是有钱人的住宅。”[53]在对于布尔科夫大院的地名学阐释中，多次提到了“封丹卡河”“奥布霍夫医院”“比利时人协会大院”，等等。作者在此似乎在刻意强调布尔科夫大院存在的真实性，尤其是在下文中作家明确指出了从布尔科夫大院向周边辐射的一些道路名称，一边是奥布霍夫桥通向远方，另一边是谢苗诺夫斯基大街伸向远处。从这个点开始条条辐射出去的道路通向了城市的四面八方，在这段描述中无疑强调了布尔科夫大院作为彼得堡的中心的特殊地位。而在接下来的行文中作家集中描写了布尔科夫大院里富人生活中地理空间的富足感与穷人生活的逼仄与紧迫。“房主布尔科夫住在那里，他当过省长，从他身上的制服就可以看出来，上面装饰着如同电灯一样闪闪发光的肩章和纽扣。上面一层，住着律师阿姆斯特丹斯基，他占用两套住宅。再往上，是奥舒尔科夫一家，丈夫和妻子，占用十个房间，十个房间都摆满各种各样的小摆设和养鱼缸，并隔三岔五地更换一次仆人。”[54]“大楼后面的一端是一些面积小的住宅，住着中等房客，而更多的是下等房客。这里有鞋匠、成衣匠、面包匠、澡堂服务员、理发匠、洗衣妇、两个缝制内衣的缝纫女工、三个女裁缝、奥布霍夫医院的看护妇、公交售票员、司机、制帽匠、修伞工、制刷工、店铺伙计、水道工、排字工和各种各样的技工、拖家带口的电气技师及其各种破烂、瓶瓶罐罐和蟑螂，还有豌豆大街和扎戈罗德内伊的各类小姐、裁缝姑娘、茶馆的女招待、澡堂里的英俊年轻人，他们应招上门为女士们效力。这里也还出租小单间，也就是在房间里间壁起来的一角……”[55]“这里有在澡堂里卖葵花籽、角豆、用粉红纸包着的挂着白霜的水果糖、熏鲱鱼、渍山梨的老太婆，也有找不到工作的厨娘，有类似于不安分的格沃兹杰夫老头那样的各色人物，也有油漆匠、木匠、卖热蜜水的人，这里还有摆摊的小商贩们。小商贩们的货柜——摊床一一摆在存放劈柴的地窖上面，一边靠着泔水池，另一边紧挨着垃圾坑。”[56]

在这里对于布尔科夫大院环境的介绍令人想起了陀思妥耶夫斯基的长篇小说《罪与罚》的开篇，当拉斯科尔尼科夫经过干草广场的时候，“所有摆摊的、顶着托盘的小贩，还有在大小铺子里做生意的商贩，全都关上店门，或者收拾起自己的货物，像他们的顾客一样，各自回家了。开设在底层的那些饭馆附近，还有干草广场上一幢幢房子的那些又脏又臭的院子里，特别是那些小酒馆旁边，聚集着形形色色、各行各业的手艺人和衣衫褴褛的人。”[57]而列米佐夫作品中布尔科夫大院里生活的小商小贩们似乎就像是从《罪与罚》中走出来一般，他们“一大清早，清扫工清理和打扫院子的时候，小商贩们工作得热火朝天：把苹果、橙子、杏干、李子干、黑枣以及其他一些干鲜甜食小心翼翼地摆到货摊上，翻过来调过去，让这些诱人的食品闪耀着鲜艳的光彩，散发出香甜的气味，然后运到封丹卡河岸去，这一切如此香甜可口，让人馋涎欲滴，简直是无法拒绝这种诱惑，不能不购买一些供茶水时食用，哪怕是买些黑枣或者散发着霉味的方块水果糖也好。”[58]这些场景与陀思妥耶夫斯基小说中的描写如出一辙。那些小商小贩的生存环境、动作行为、语言特点都极为相似，给人一种时空上的错觉。《教妹》里布尔科夫大院里的小商小贩仿佛就是《罪与罚》中干草广场的那些贩夫走卒，他们只不过是睡了一觉，醒来后又依然如故地开始了热火朝天的生意，让读者的体验毫无违和感和不适感。由此看来，列米佐夫关于彼得堡城市景观的描写在很大程度上都承袭了陀思妥耶夫斯基的创作风格，这也是作家对彼得堡这座城市的写实性之一。

总之，在布尔科夫大院的后院里几乎住了彼得堡所有的下层人群。列米佐夫在此所展示的是处于一片拥挤、肮脏、破烂与忙乱的彼得堡下层市民的生活，作品的全部情节由此渐次展开。在作家的笔下，工厂那冒出的黑烟，窗框上的灰尘，小吃摊上的蜜糖水所散发的气味，以及苹果干、李子干、杏干、黑枣以及其他一些干鲜甜食那诱人的色彩，都代表的是时下彼得堡的风味。同样在小说《教妹》中，作家经常突破传统小说对于时空体的构建，情节的发展充满了跳跃性，时而急促向前，时而又停滞不前，更重要的是，其中真实的时空场景与充满隐喻性的象征场景交替出现，相互融合，不断切换，回忆与真实，梦境与现实相互交织，时隐时现，引起读者的难以理解。如小说第二章，在介绍马拉库林的女房东阿多妮娅·伊沃伊洛芙娜·茹拉甫廖娃时曾这样写道：

阿多妮娅·伊沃伊洛芙娜占用紧把头的房间：走进过道，往右一拐，就是她的房间。她整天待在家里，从不上街。她下楼梯很困难——腿脚无力，往上爬就气喘，她还害怕电车。在家里猫一个冬天，她能够坐得住，由于她足不出户，大院里的人都把她叫作蚂蚱，春天一到，她就不在彼得堡了。整整一个夏天，她云游四方，走遍了各种圣地。

她到过基什涅奥夫城外，见到了疯癫的长老，听过他讲的关于末日审判和罪人受苦的可怕故事，朝圣者们听了这些可怕的故事之后，发狂了，疯疯癫癫地走了，也有一些人被地狱的受罪吓得当场死了——这些可怕的故事。

她也到过乌拉尔，见到了马卡里，这个长老住在鸟舍里，照管鸟类，跟鸟类谈话，牲畜都来了——转动着长角的、长胡子的头，朝着长老祈祷的那个方向，站在那里一动不动，一声不响。

她也到过维尔霍图里耶，见到了费多图什卡·卡巴科夫，此人用祈祷呼唤来自天上的声音。

她还见过一个长老，他只要触动你一下，就能传给你天使的洁净——让你进入天堂的幸福状态。

她也见过基塔耶夫的先知……

她走遍了俄国的海洋，在穆尔曼斯克栖息着鲸鱼的北冰洋上航行过，并且也终于看见了地中海。

冬天，阿多妮娅·伊沃伊洛芙娜在封丹卡自己那间气闷的屋子里时常回忆白海——自己的故乡，黑海——温暖的、翡翠般的地中海，一边回忆着大海，一边重复着帕拉莎说过的语言“船，船！”[59]

这里把现实中阿多妮娅·伊沃伊洛芙娜在彼得堡布尔科夫大院里的逼仄紧迫的真实生活与她在广阔的俄罗斯大地上漫游朝圣的不可靠记忆结合起来，形成了明显的对比关系。如梦境一般的回忆对于文本时空体的描述充满了潜意识的自由联想，其中呈现的场景、情境和出场的人物都明显被赋予了一种独特的象征意义，而作家的叙述无疑也充满了非理性、无逻辑的特点。真实的存在与梦境般的记忆两相对照，更加凸显了彼得堡象征了灾难城市的隐喻意义。

小说中多次运用“反复”的修辞手法，深化着彼得堡与莫斯科二元对立的主题。在19世纪的俄罗斯文学传统中，莫斯科与外省城市总是作为真正的、未受外国风俗侵袭和压迫的俄罗斯风尚的典范代表，而彼得堡则是作为欧洲文明的化身，成了“腐化、堕落、虚假、肤浅、物质至上”的代名词。正如英国学者奥兰多·弗吉斯所指出的，“18世纪晚期，人们为莫斯科和外省由来已久的乡绅文化辩护，以对抗彼得大帝所建立的欧化国家……19世纪俄罗斯民族叙事的基调的核心就是对脚下土地一种古老而浪漫的理想——一个未被文明腐蚀过的纯净、‘自然’的俄罗斯。圣彼得堡充满欺骗和虚荣，如同一个自恋的败家子，在涅瓦河边顾影自怜。真正的俄罗斯只存在于外省，那里没有人惺惺作态也不受外来风俗的影响，保存着纯粹的‘俄罗斯人’的美德。”[60]

而这一切在文本中就被体现得淋漓尽致。马拉库林在去莫斯科之前做了一个梦，梦里自己被割了头。而到了莫斯科之后，他发现自己的梦应验了，“普洛特尼科夫的办公室被隔成了两半，一面挂着一些复制的涅斯捷罗夫的绘画，另一面放着两个装着猿猴的笼子。普洛特尼科夫坐在《神圣的罗斯》和猿猴之间，喝得醉醺醺的，不知为什么全身涂着蜂蜜，像隐修士一样无限悲伤……他没有头了，嘴长在脊背上，眼睛长在肩膀上。他在圣诞节期间扑到蜂蜜上了，吃蜂蜜，带着蜂蜡一起吃，吃了很多，因此招来了蜜蜂——一窝蜜蜂，他就是蜂房。他感到害怕——他嗜好甜食！他感到害怕——他要被吃掉，他的蜜蜂都将被毁掉，蜂房将被摧毁，他将被吃掉！夏天出现第一只苍蝇的时候，他将要利用苍蝇当作动力。整个俄国将要分成两个部分，每个部分都有自己的苍蝇总督，拥有督军全权的总督将要管理苍蝇群，苍蝇将通过特殊的机械化包装放在装甲汽车里，从俄国的四面八方运到莫斯科的塔甘卡。俄国的苍蝇将战胜蒸汽和电气，俄国将把英吉利和美利坚碾成粉末。他没有头，嘴长在脊背上眼睛长在肩膀上。他是蜂房。他不懂得俄语，也不会说俄语。‘我不需要你的大象！’普洛特尼科夫说，用醉醺醺的目光从头到脚打量着马拉库林，用纯正的俄语骂人话谩骂起来，让人听着祖国语言的铿锵有力，不能不目瞪口呆。”[61]

列米佐夫在此展现的场景中有一个重要的标志就是涅斯捷罗夫(M.B. Нестеров）的画作《神圣的罗斯》。“神圣的罗斯”是贯穿小说《教妹》始末的形象，而对于这一形象的展开则是围绕几个女主人公的命运展开的，其中薇拉·尼古拉耶芙娜的命运占据了核心地位。首先，在文本中，作者在描写薇拉·尼古拉耶芙娜的外貌时多次反复强调：“一位瘦削的小姐，如此瘦削，简直让人替她担心，特别是看到她整夜读书。一个人靠什么才能活着，脸上一点儿血色都没有，目光惘然若失——那是四处飘零的神圣的罗斯的目光。”[62]许多研究者们都把薇拉·尼古拉耶芙娜的形象与涅斯捷罗夫的画作《神圣的罗斯》(Святая Русь）对照起来，比如恰尔玛耶夫在自己的作品《命运的权力》(Власть судьбы）一书中就提到了这样的观点。涅斯捷罗夫的画作《神圣的罗斯》创作于1901至1905年间。作品一经面世，就得到了很多的关注。画家在谈到这幅作品时曾说道：“在北方的冰天雪地里，隐隐约约显现出一座修道院，来自世界各地的老老少少大多奔赴于此。他们中间有身患重疾的人，他们在苦苦追寻着自己的上帝，我们神圣的罗斯有很多如此虔诚而又充满理想的教徒们。为了去迎接前来朝拜的人群，眼神明亮、心怀仁慈、善良的基督和他的追随者们圣尼古拉、谢尔盖和格里高利都来到了修道院门口。这就是我创作这幅作品的主题之一。”[63]诚如画家所言，画布上展示出来的正是这样一个场景，就像是打开相机按下快门的那一瞬间就捕捉了这一画面。

如果将列米佐夫文本中薇拉·尼古拉耶芙娜的形象与艺术家在画布上呈现的世界进行比较的话，就会发现很多共同点。首先，画面背景呈现的是冬季景观，安静的教堂与村庄相互掩映，难以区分。基督和他的使徒们都身着浅色长袍，而前来朝圣的人们大多脸色苍白，在寒冷的映衬下毫无光泽可言，就像是薇拉·尼古拉耶芙娜那“一点儿血色都没有的”苍白的脸庞与瘦削的身子。其次，这幅画作中展示了很多人的面孔和眼睛，他们似乎以不同的方式看待基督，一个披着白色披肩的少女，神情异常安详，一个没有任何头饰的女孩脸上那惊恐万状又难以置信的表情，女人身旁的老者目光柔和，男孩的大眼睛盯着基督的脸，一个裹着头巾的年轻女人悲伤而睿智的模样，似乎在找寻着生命中最重要的东西。画面中的人物与基督对峙于画布的两侧，他们期望从耶稣那里获得更多的希冀和真理。但是评论家莫恰洛夫对此却有不同的见解，他认为：“在观看这幅作品时，观众可能不由自主地想从画面中获得某种解决问题的关键信息，但是在我看来，他们只能在自己的想象中完成这一切。画面中的人物与基督之间的对立是无法去解决的，他们之间的对峙无任何出路可言。这是朝圣者们对于自己人生真谛的探索，但是无路可走，也毫无办法。”[64]可在评论家看来，这并非画家艺术观念上的错误，只是因为神圣的罗斯在历史的发展中一直在徘徊，一直在寻找，以至于到最后都忘了自己在寻找什么，探索什么。而基督也并非太过“傲慢”或者“没有灵魂”[65]，他只是不知道该如何去对待那些长期徘徊的朝圣者们，正如不知道如何去对待那些“四方飘零的神圣的罗斯”一般。就像列米佐夫作品中所展示的那样，涅斯捷罗夫的画作也令人感到绝望。这些朝圣者们的漫游寻觅根本就是无果的。这也就是列米佐夫在文本中反复强调，薇拉·尼古拉耶芙娜总是“哭了整整一夜，一直哭到天亮，她不是啜泣，而是哀号，仿佛是绳索套在她的脖子上，勒得紧紧的。”[66]这就是以薇拉·尼古拉耶芙娜来象征神圣的罗斯，对于未来道路的迷茫以及未知事情的不可预见性的失望，也是对俄罗斯命运的担忧。世纪之交的俄罗斯的出路在哪里？接下来又会发生什么事情？无论是作为作家的列米佐夫，还是作为画家的涅斯捷罗夫，他们都在深切关注着俄罗斯未来的发展走向，他们同时又提出，俄罗斯是否会在宗教中得以重生。由此看来，薇拉·尼古拉耶芙娜的形象就有了这样一层暗淡的象征意义。

此外，作品中的另外一个角色，“虔诚的”阿库莫芙娜，在我们看来也是具有双重象征意义的。作者称她为“虔诚的阿库莫芙娜”，因为她长久地祈祷、漫游、朝圣。阿库莫芙娜的体貌特征完全符合俄罗斯文学中对于“圣愚”形象的界定：“阿库莫芙娜身材矮小，皮肤黝黑，脸非常黑——一只金龟子，笑起来和看人的时候有些像颠僧，不是直视，而是斜睨，头略略地歪向一侧，她很温顺，从来不生任何人的气。”[67]另一方面，阿库莫芙娜以她不幸的命运强调了神圣罗斯的绝望。在“四方飘零的神圣罗斯”的形象中特别富有表现力的是阿库莫芙娜——一个漂泊者，漫游者。作者其实在文本中并未着力去刻画她的“温顺”与“虔诚”，而是侧重强调了她的“无根性与不幸”。她从小时候就遭到了父亲的诅咒，父亲临终前给她的馈赠是让她“像块石头在大千世界里滚来滚去”。她虽然出生在普斯科夫，但她又算不上是普斯科夫人，因为她很小就离开了自己的家乡。她一直处于“无住所”的漂泊状态，小时候在家里生活时她总是不得不住在菜园里，父亲死后，经不住嫂子的折磨，她跟着弯角村的布亚诺娃太太去了布亚诺娃庄园生活，在那里她喜欢生活在牛棚里。可是随着布亚诺娃太太的离世，她又成了孤零零一个人，于是她就从弯角村沿着大路直接朝前走，此时此景正是应验了父亲的临终赠言，后来就一路干活从弯角村走到了彼得堡。在彼得堡的九年里她又只生活在厨房里。阿库莫芙娜的这种漫游寻觅不仅意味着人物身体处于漂泊状态的生存形式，更主要指的是他们的精神在流浪，失去了归依，这就造成了身体与精神的双重漂泊。俄罗斯的文学创作中比较钟情“漫游寻觅”主题，因此也才创作了大量的相关作品。而究其深层原因，可以说是因为“东斯拉夫人自古以来的生存之地并不利于长久居住。”因此，这就导致了“俄罗斯人日常生活的无根基性，故而，他们在内心深处对住所和家乡始终保留了一种流浪者或漂泊者的态度。”[68]

与阿库莫芙娜、薇拉·尼古拉耶芙娜一样，阿多妮娅·伊沃伊洛芙娜的形象同样也被打上了宗教的烙印符号。作者强调“阿库莫夫娜白天和黑夜也跟阿多妮娅·伊沃伊洛芙娜一样打发日子。”[69]如果说阿库莫芙娜的形象令人联系到圣愚，那么阿多妮娅·伊沃伊洛芙娜则更像是“圣徒、长老、师兄以及先知。”[70]这个角色身上有更多的“漫游、寻觅”的特点。她也曾四处游荡寻找她的神圣真理：“在家里猫一个冬天，她能够坐得住，由于她足不出户，大院里的人都把她叫作蚂蚱。春天一到，她就不在彼得堡了。整整一个夏天，她云游四方，走遍了各种圣地。”[71]但她和其他许多人一样，一直在探寻者求而不得的东西，“阿多妮娅·伊沃伊洛芙娜喜欢圣徒和颠僧、长老和师兄以及先知。她愿意听他们那些不可理喻的谈话、谶语预言，听上一辈子，他们的净室里神灯跟耶路撒冷的蜡烛一样，不用点就能发光，她愿意在那里祈祷一辈子，可是让她痛苦的是：他们不跟她说话，不跟她讲任何非同寻常的话。”[72]小说中“布尔科夫大院里”聚集了太多不幸的人，而其中的教妹们，诸如阿库莫芙娜、阿多妮娅·伊沃伊洛芙娜和薇拉·伊万诺夫娜，都是最虔诚的教徒，最终还是希望教兄教妹们能够在东正教的感召下追求共同的宗教认同感，这在某种程度上体现的就是俄罗斯文化宗教精神的“聚合性”(соборность）特点。根据霍米亚科夫的观点，这种“聚合性”强调的是精神与意志方面的凝聚与统一，所以侧重的是内部灵魂的和谐统一。同时，这也是一种个性的体现，正如俄国宗教思想家维亚切斯拉夫·伊万诺夫所言：“聚合性是一种独特的结合，即结合与其中的所有个性都可以充分敞开，取得自我唯一的、不可复制的、别具一格的本质规定，取得自我完整俱在的创作自由定义，这种自由使每一个性都成为一种说出来的、崭新的，对所有人都需要的话语。”[73]而列米佐夫笔下塑造的每个人物意识中，布尔科夫大院里的教兄教妹们，在作者看来，应该以“爱”和“宽恕”为桥梁聚合起来。因为在这里有秉持“不可怪罪任何人”的维护基督博爱精神的虔诚的信徒，有相亲相爱的教妹们彼此之间的关心和维护，也有诸如丧失了“爱”的格洛托夫一般的背叛，还有像将军夫人霍尔莫戈罗娃如“虱子”一般鱼肉人民的反基督存在等。

综上，小说《教妹》中的“教妹们”的身上都承载着双重的语义负荷：一方面她们传达的是神圣罗斯的宗教性和父权制，另一方面，她们悲惨不幸的命运就表达了在探索真理的无望。而这种无望更多要通过“爱”与“宽恕”去追求一种对东正教的认同感。尤其是结合文本故事创作的社会文化背景来看，俄罗斯正从一场革命迈向了另一场革命，“四方飘零”而又徘徊许久的俄罗斯，正从一个极端赶往另一个极端。在这个过程中，俄罗斯早已迷失了自我，盲目地寻求所谓的真理，可是什么才能帮助他们寻找到正确的道路呢？毫无疑问，作家列米佐夫以小说回应了画家涅斯捷罗夫作品中所表达的无望与迷茫。

本章我们的研究对象是结构主义的二元对立思想与列米佐夫创作中的主题与文本，分列米佐夫创作的“人物形象对立”研究与“城市形象对立”两节进行论述。首先从结构主义二元对立的文本观出发，主要对作品中男女形象的言语单位进行区分分析，考查了文本的信息传递功能。同时运用格雷马斯的行动模式理论对列米佐夫童话创作中的主题对立进行分析研究，探索了文本的开放性与无限性。因此，结构主义二元对立的思想理论用于分析列米佐夫创作的实例具有一定的合理性与可行性。其次，从托波洛夫提出的“彼得堡文本”的概念出发，探索了列米佐夫这位莫斯科作家眼中的彼得堡形象，尤其是分析了作家在小说《教妹》中创设的莫斯科与彼得堡形象的对立。列米佐夫创作的“彼得堡文本”以及他的很多作品在内容和方法上都是对俄罗斯现实主义文学传统的继承，他对于城市形象在传统文学中的投射这一母题格外关注。综上，列米佐夫创作中的二元对立文本、二元对立主题的探究分析可以窥视作家创作的思想意蕴和审美机制，并为进一步深入分析列米佐夫创作的诗学特点奠定了基础。

参考文献：

[1]霍克斯.《结构主义和符号学》[M].上海：上海译文出版社，1987：8.

[2]索绪尔.《普通语言学教程》[M].高铭凯译，北京：商务印书馆，1982：170.

[3]邱运华.《文学批评方法与案例》[M].北京：北京大学出版社，2006：179.

[4]查尔斯·布莱斯勒.《文学批评：理论与实践导论(第五版)》[M].北京：中国人民大学出版社，2015：126.

[5]罗苹.《二元对立的重新思考——从洛特曼的意义创新机制说起》[J].//载王立业主编《洛特曼学术思想研究》哈尔滨：黑龙江人民出版社，2006：46.

[6]同上：129.

[7](俄)梅列日科夫斯基.《托尔斯泰与陀思妥耶夫斯基》[M].杨德友译.北京：华夏出版社.2016：167-168.

[8](俄)阿·列米佐夫.《教妹》[M].刁绍华译,沈阳:辽宁教育出版社,2001:5.

[9]同上:5.

[10]同上:17.

[11]同上:85.

[12]同上:82.

[13]同上:12.

[14]同上:14.

[15]同上:122.

[16]转引自:刘永红.《论俄语诗歌的语音修辞》.《中国俄语教学》[J]. 2007 年 2 月第 1 期:36–37.

[17](俄)梅列日科夫斯基.《托尔斯泰与陀思妥耶夫斯基》[M].杨德友译.北京:华夏出版社.2016:167–168.

[18]同上:34–35.

[19](俄)阿·列米佐夫:《教妹》[M].刁绍华译,沈阳:辽宁教育出版社,2001:53.

[20]同上:55.

[21]转引自:刘永红.《论俄语诗歌的语音修辞》.《中国俄语教学》[J].2007 年 2 月第 1 期:36.

[22]Тырышкина Е.В.Крестовые сестры А.М. Ремизова: концепция и поэтика. – Новосибирск,1997.С.79.

[23]Слобин Грета Н. Проза Ремизова,1900 – 1921. – СПб,1997. С. 59.

[24]Ремизов А.М. Собр. соч.: в 10 т. /А.М. Ремизов. – М.,2000. – Т.2.С. 201.

[25]同上:202.

[26]同上:202.

[27](俄)陀思妥耶夫斯基.《罪与罚》.非琴译[M].上海:上海文艺出版社,2007:2.

[28](俄)巴赫金.《陀思妥耶夫斯基诗学问题》. 白春仁 顾亚玲译[M].北京:三联书店,1988:27.

[29](俄)陀思妥耶夫斯基.《罪与罚》.非琴译[M].上海:上海文艺出版社,2007:166.

[30]周朝虹.《18 世纪至 19 世纪初期俄罗斯诗歌中的彼得堡城市形象》[J].中国俄语教学.2015,34(2):50.

[31]张变革主编.《当代中国学者论陀思妥耶夫斯基》[M].北京:北京大学出版社,2012:249.

[32](俄)陀思妥耶夫斯基.《罪与罚》.非琴译[M].上海:上海文艺出版社,2007:251.

[33]同上:251.

[34]同上:141.

[35]同上:142.

[36]张变革主编.《当代中国学者论陀思妥耶夫斯基》[M].北京:北京大学出版社,2012:251.

[37]同上:321.
[38]同上:321–322.
[39]张变革主编.《当代中国学者论陀思妥耶夫斯基》[M].北京:北京大学出版社,2012:406.
[40]同上:408.
[41]同上:512.
[42]张变革主编.《当代中国学者论陀思妥耶夫斯基》[M].北京:北京大学出版社,2012:523.
[43]同上:454.
[44]同上:532.
[45]王超.《试析19世纪西伯利亚政治流放者在俄罗斯思想形成中的作用》[J].西伯利亚研究.2012,39(1)54.
[46](俄)陀思妥耶夫斯基.《人不单靠面包活着 陀思妥耶夫斯基书信选》[M].冯增义,徐振亚译.上海:上海译文出版社:258.
[47](俄)陀思妥耶夫斯基.《死屋手记》[M].娄自良译.上海:上海译文出版社,2015:3–4.
[48]同上:4.
[49]Достоевский,Ф.М.Полное собрание сочинений:в 30 томах.Т.27.Ф.М.Достоевский–Ленинград: Наука,1984. С.459
[50]傅星寰.《两个“超级文本系统”——莫斯科文本与彼得堡文本的协同机制研究》[J].中国社会科学报.2021.8.31(006)
[51]Андреев В.История одного путешествия. Повести. М.: Советский писатель,1974. С.303.
[52](俄)阿·列米佐夫.《教妹》[M].刁绍华译,沈阳:辽宁教育出版社,2001:14.
[53]同上:19–20.
[54]同上:20.
[55]同上:21–22.
[56](俄)阿·列米佐夫.《教妹》[M].刁绍华译,沈阳:辽宁教育出版社,2001:23.
[57](俄)陀思妥耶夫斯基.《罪与罚》[M].非琴译.上海:上海文艺出版社,2007:59.
[58](俄)阿·列米佐夫.《教妹》[M].刁绍华译,沈阳:辽宁教育出版社,2001:23.
[59](俄)阿·列米佐夫.《教妹》[M].刁绍华译,沈阳:辽宁教育出版社,2001:29–30.
[60](英)奥兰多·弗吉斯.《娜塔莎之舞》[M].郭丹杰等译,四川人民出版社,2018:75.
[61](俄)阿·列米佐夫.《教妹》[M].刁绍华译,沈阳:辽宁教育出版社,2001:103.
[62](俄)阿·列米佐夫.《教妹》[M].刁绍华译,沈阳:辽宁教育出版社,2001:42.
[63]Мочалов Л.Неповторимость таланта. Л.–М.,1996. С.15.
[64]同上:15.
[65]同上:15.

[66]（俄）阿·列米佐夫.《教妹》[M].刁绍华译，沈阳：辽宁教育出版社，2001:48.

[67]同上:33.

[68]马洛丹.《"在路上"：俄国经典文学中的旅行写作探索》[J].《外国文学动态研究》. 2019年底3期:98.

[69]（俄）阿·列米佐夫.《教妹》[M].刁绍华译，沈阳：辽宁教育出版社，2001:33.

[70]同上:29.

[71]同上:28.

[72]同上:29.

[73]转引自：万海松.《死屋手记》中的"不幸的人"与东正教认同感[J].外国文学研究，2018年第2期:34–35.

第三章　列米佐夫童话创作的母题研究

——以童话集《循着太阳运行的方向》为例

第一节　文学中的母题

所谓“母题”(motif)，其词根溯源可追至拉丁语“moveo”，也就是“图案或花样”，最开始这一概念是出现在绘画和音乐作品中用来表示所有特定的内容要素和最小的旋律单位。后来文学家们将其慢慢引入到文学研究的范畴，尤其是民间文学的研究中去。比如德国的格林兄弟、乌兰德等人是从不同民族、不同时代的神话传说、民间口头故事的角度切入，加工并提炼了各种不同的文学母题。这个阶段的母题主要限制在无署名的民间文学创作中，强调的是母题在不同文学体裁中的表现形态，以及不同母题所表达的不同民族的相同意识。[1]所以“母题”一般指的是“一部艺术作品中反复出现的显著（主要）的主题成分。”[2]因此，在某种程度上来看，母题是主题的派生概念。是“显著的、重复出现的主题成分或特点，中心主题的决定性意义。”[3]或者是“与主题相关的某种特别的情境或特别的观点。”[4]后来俄罗斯民俗学家普罗普也将母题称为任何叙述中最小的且不可再分割的单元。

综上所述，母题指的是文学作品中反复表现的人类基本行为以及在周围世界中人类可感的情感状态和精神现象，比如生与死，爱与恨，聚散离合以及喜怒哀乐等。由此，母题是作品中最小的不可再分解的元素，正如我国学者杨乃乔主编的《比较文学概论》中所言，母题就是把一系列情节概括为最小单位，一般以包括一个主语和一个谓语的句子结构表现出来，有强大的生成力，会在不同民族的文学中不断地重复出现。由此看来，母题是客观存在的，也是十分有限的。

一、母题的研究概述

关于母题，在20世纪20年代末学术界形成了一种比较有影响的“AT分类法”。“AT分类法”主要指的是“阿尔奈－汤普森分类体系”，是利用母题这个概念，对民间故事进行类型学方面的考察。1910年，芬兰民俗学家安蒂·阿尔奈（Antti Aarne,1867—1925）出版了《民间故事类型索引》Verzeichnis der M rchentypen,FF Communications No.3,1910），阿尔奈在书中对芬兰等北欧地区不同时代的民间故事按照情节进行了分类并且统一编号。后来美国印第安纳州立大学的民俗学教授斯蒂斯·汤姆森（Stith Thompson）多次将阿尔奈的作品翻译并修订出版，并于1928年在其基础上，将研究的范围扩大至更多民族的民间故事情节，进而于1932年出版了六卷本的《民间故事母题索引——民间故事、歌谣、神话、寓言、中世纪传奇故事、轶事、故事诗、消化和地方传说中的叙事要素之分类》，从而形成了汤姆森所特有的母题索引编排结构。而在汤姆森看来，所谓“母题”是在一个故事中最小的、能够持续存在于传统中的元素，其特点就是不同寻常。几乎与此同时，俄罗斯的民俗学者弗拉基米尔·普罗普（Владимир Яковлевич Пропп,1895—1970）发表了《民间故事形态学》，他在分析了100个俄国的神奇故事的叙事结构后，对它们的故事形态进行了比较分析，从而提出了神奇故事结构的31个功能项，它们的排列组合以及它们彼此之间的相互关系等，后来普罗普把这种非常客观稳定的叙事单位便称为“功能”。这些功能是通过角色的行动而抽象出来的本质。他用以下例子对此进行了阐释说明：1. 一个沙皇送给一位英雄一只鹰，鹰把英雄载到了另一个王国。2. 一个老人送给苏申科一匹马，马把苏申科载到了另一个王国。3. 一个魔术师送给伊万一艘小船，船把伊万载到另一个王国。4. 一位公主送给伊万一枚戒指，从戒指中变出来的小伙子们把伊万带到另一个王国。普罗普从上述四个行动事件中抽象总结出一些共通的东西，即一个人可以赠予另一个人某一样东西，该东西会让他到达另一个王国。他认为，行动事件中存在着常量和变量，在此行动角色以及参与者的名字是可以变化的，赠予的东西也是可以变化的，但是“谁做”“做了什么”“怎么做”这一母题都始终稳定不变。由此，他也提出了这些功能的特点：1. 人物的功能是故事中稳定的、不变的要素，不依赖于如何完成以及由谁完成。它们构成了一个故事的基本成分。2. 神奇故事中，已知的功能的数量是有限的。3. 功能的排列顺序总是相同的。4. 就结构而言，所有的神奇故事属同一类型。

1962 年，邓迪斯以美国语言学家肯尼斯·派克的语言学中提出的“音位”等理论为基础，将汤姆森、普罗普等人的母题分类与功能结合起来，对北美印第安人民间故事的结构进行了分析，提出了“母题素”(motifema) 和“母题素变体”(allomotif) 这样两个概念，在他看来，母题素是构成母题的重要元素，他将母题与象征之间建立了联系。从而也将母题从民间文学进而延伸至一般文学的创作中去。

二、母题与原型

神话原型批评是从早期的“神话批评”(Myth Criticism) 以及 20 世纪 60 年代加拿大学者弗莱（N.Frye）在《批评的解剖》中确立的“原型批评”(archetypal criticism) 为基础发展而来。作为“原型批评”理论中的“原型”，这一术语早在古希腊时期就已经出现了。从词源学上来看，“原型”源于希腊语“archetype”，其意义为“原初（arkhe）和模型（typos）”，意指的是万物最原始的模型。这一概念所隐含的是一种追寻本原的逻格斯中心主义的思维模式。从早期柏拉图提出的“原型”概念，他认为这种万物的原初模型是派生出世间万物的“理式”，是宇宙本源“逻格斯”。根据柏拉图的“理式论”，他以“床”为例子，提出了宇宙万物中存在的三种世界：理念世界、现实世界和艺术世界。在他看来，作为世界本源的理念世界是统摄万物的最高存在，即不依赖于任何外在条件而存在，而现实世界则是物质世界，是第二性的，是对理念世界的模仿，因此便是理念世界的影子，不是真实存在的。同样，文艺世界更是对现实世界的模仿，是影子的影子，摹本的摹本，所以更不是真实存在的，这就要求要透过这些去探寻原型。后来这一概念逐渐发展到神学、宗教学、心理学以及文学等各个学科领域，在各学科中被不断地建构阐释。比如在基督教的神学思想体系中，包括早期的基督教思想家和中世纪的神学家们都在不同程度上继承并且改造了柏拉图的原型理论，从而将其从哲学领域延伸至神学领域，将柏拉图原型理论中的“理式”内涵发展成为“上帝”。因此，在希腊化时期著名的犹太思想家斐洛就对以“上帝”为内涵的神学理论做出过阐释：“神既然是神，如果他要创造一个美丽的摹本，这个摹本决不会偏离那美丽的原型，并且没有一个感性之物。如果它是完美无瑕的，不是照着那只有理智才能识别的原型被造出来的……神在动手之前，先设想出它各部分的模型从而构筑并完成一个只有理智才能识别的世界。然后，以此为原型，我们感官所能感受的世界才能创造出来。”[5]

因此，所谓“原型”，一般指的是从早期的神话、仪式、图腾、宗教现象等为研究对象，对文学现象进行起源和发展方面的考量探索。而原型批评的理论产生的主要原因是现代学术在发展过程中，不同学科打通了彼此之间高筑的壁垒，相互影响融合，因此便为原有封闭独立的各学科体系带来了研究的新视角和方法。而神话—原型批评的产生则是得益于以弗雷泽（J.G. Frazer）为代表的象征哲学以及以荣格为代表的分析心理学共同发展的结果。而后来弗莱在《批评的解剖》中的分析，“原型”可被认为是文学中一些独立的结构单位，这个单位可以是文学作品中的意象、形象、主题、人物等。如果这种独立的结构单位不断地反复出现，于是便有了一定的象征意义。

在此基础上，我们就更容易理解弗雷泽的观点，因为在他看来，神话的产生与古代的巫术仪式紧密相关。虽然随着时代的发展，各类各级的仪式已经逐渐消失了，但是用语言所记录下来的神话故事却广为流传。因为从“神话－仪式的合体之中，可以清楚地归纳出人类共同的基本生存需要。神话是文化的有机组成部分，它以象征的叙事故事的形式表达着一个民族或一种文化的基本价值观。”[6]

第二节 《循着太阳运行的方向》中的“已故的新郎”母题

19 世纪末 20世纪初的俄国象征主义时代，也被称为是白银时代，这一时代的特点与俄国的新浪漫主义思潮的出现紧密相连。但事实上，世纪之交的俄国文化的代表与 18 至 19 世纪欧洲和俄罗斯的浪漫传统有所不同。因为“比理性主义世界观发展稍晚的浪漫主义，在某种意义上，成了启蒙文化类型的对立面。”[7]在象征主义者的哲学和艺术内涵中，对于民间艺术深刻的崇拜，是民族精神的体现，而象征主义者们在浪漫主义的美学理论中找到了这种民族意识和民族精神。对自由、艺术的歌颂，在诗意的现实中寻找神圣的标志，意味着把自己从理性知识的枷锁中解放出来，也标志着对于浪漫主义者来说，已经踏上了通往自己内心的道路。新浪漫主义研究者们，比如阿·卡津（А.Л.Казин）和多罗欣（О.Н.Дорохин）指出了白银时代的“文艺复兴式人物”，以及他们对于民族和世界神话的理解，对艺术的崇拜，对历史传统的创造和感知。对此俄罗斯宗教哲学家尼·别尔嘉耶夫指出：“谢林在这方面的影响尤其重大。反过来，俄罗斯宗教哲学从德国浪漫主义和理想主义那里汲取了足够的养分。”[8]因此来说，19 世纪末 20 世纪初俄罗斯的新浪漫主义，在很大程度上都表达了诗人对于现实世界的个人体会。而这一时期的社会文化、哲学、科学图景与现实主义鼎盛时期相比的话，都发生了很大的变化。首先，象征主义的理论家们如同浪漫主义者一样，再次提出了艺术家们主观意识的创造性的功能作用，这表现在他们的美学、哲学、思想认知，以及对于民族的、个人的、普遍的所有事物的诗学阐释方面，将其视为神话书写中的自有成就以及发展一种新型的艺术思维。其次，白银时代文学创作的一个显著特征就是神话体裁的涌现，从而形成了一个神话创作的新的高峰期。白银时代俄国的艺术创作受神话的影响相当显著，取材于神话的作品数量也在激增。许多艺术家们都将神话融入到自己的创作之中，其中善用神话题材创作并达到较高艺术水平的不乏其人，其代表人物主要有维亚·伊凡诺夫、梅列日科夫斯基、安年斯基、索洛古勃、勃洛克、别雷、布宁和列米佐夫等人，而其中尤以列米佐夫为甚。列米佐夫的创作，大多数是在象征主义者们对浪漫主义文学传统探索的背景下形成的。特别需要强调的一点是，在创作中他个人对于浪漫主义作品中某些情节母题的自觉感知，这一点无论从历史方面，还是文学艺术角度来看，都是至关重要的。体验浪漫主义的形象为象征主义者的审美和文化立场都提供了一定的参考价值，这一切都在维亚·伊万诺大的作品《关于席勒》(О Шиллере)、《现代象征主义的两个元素》(Две стихии в современном символизме) 以及别雷的作品《象征主义》(Символизм) 和《阿拉伯图案》(Арабески) 等一系列作品中均有所表现。

一、“已故的新郎”母题的产生与发展

“已故的新郎”是一个非常古老的神话母题，最早出现在希腊神话中。虽然后来在各民族的文学作品中都对其进行了加工重写和置换变形，但是其核心内容依然古希腊神话中出现的“已故的新郎回到人世间将新娘带走”的故事。根据现有的资料记载，这个故事讲述的是古希腊时期失去了丈夫的寡妇劳达米亚(又名波吕多拉)所经历的悲惨故事。她深爱着自己的丈夫普洛忒西拉斯，但是普洛忒西拉斯却在旷日持久的特洛伊战争中失去了自己的生命。这个故事最早的版本是出现在公元前 5 世纪欧里庇得斯的悲剧《普洛忒西拉斯》中。后来在罗马诗人奥维德（Ovid）的拉丁文史诗《女杰书简》(Heroides)中也出现了同样的情节。奥维德的《女杰书简》共由 21 封诗体书信组成，是诗人假想古代传说中的 21 位著名妇女写给丈夫或情人的信。其中有一封就是日夜操心丈夫安危的贤惠妻子劳达米亚给丈夫普洛忒西拉斯的信，信中她恳求自己那正在特洛伊战场上的丈夫要远离危险。在这封充满了挚爱与眷恋的书信中，劳达米亚一直叮嘱自己的丈夫千万要记住神的预言，即首先下船踏上特洛伊土地的希腊人必然会惨遭死亡。从内容来看，书信的情感基调真诚万分，感人至深，情真意切。

愿你平安！

愿你强健！
这雨声听我指点，
飞向你耳畔。
这心愿随我调遣，
飞临你身边。

有人传信息，
你在奥力斯港阻风。
啊！记否你我分袂时，
伊欧拉斯睡眼蒙眬。
骇浪潜踪，
惊涛匿影。
别语千百种，
哪得仔细叮咛！
太匆匆，“珍重，珍重！”
也未便多嘱三两声。

海岸狭，海面宽，
我注视你双眸，
你凝睇我双眼，
哪堪飘飘人去也，
人去也，人不见，
我伫望白帆，
望白帆，白帆远，
只余海水苍茫一片，
月色迢遥，夜色幽暗，
我神昏脚软，

跌入沙滩，
亲人急急来救援，
冷水淋我身，浴我面，
短唤长呼，
长呼短唤，
却不能引我返人间。
……
昼间，你在我心底盘旋，
夜间，你翩然来到眼前。
我孤眠独宿，
形只影单，
只盼与远人，
梦中晤面。
呀！为何你脸色，
如此苍白？
为何你口中，
怨语喃喃？
我祈求梦神，
予以矜怜，
我祷告诸神，
赐以眷念：
请问，何时他，
平安归来？
请问，何时他，
在我枕边，
把光荣战绩，
娓娓而谈？

……

惜哉惜哉你与我，
海水无情成远隔，
忧心悄悄悲离索，
飘摇意绪怕风波，
谁晓得潮涨潮落。

夫君蜡像，
幸在我身边，
朝朝暮暮，
得见你容颜。
我的诉语，
它侧耳倾听，
在我怀里，
它依恋缱绻。
啊，万一它能，
吐语开言，
便是你我夫妻，
亲切会见。

写至此小简将终，
且听我赠言一句：
你若怜惜你爱妻，
便应怜惜你自己。[9]

从文本的背景来看，劳达米亚与自己心爱的丈夫普洛忒西拉斯新婚宴尔，琴瑟调和。但是新婚不久，丈夫便离开妻子随着希腊联军踏上了攻打特洛伊的征程。当普洛忒西拉斯离开自己的新婚妻子劳达米亚前往特洛伊战场时，劳达米亚忍受着与丈夫分开的巨大痛楚。战争断断续续持续了十年，思夫心切的劳达米亚每天都抱着丈夫真人大小的蜡像而眠，她坚信自己的丈夫是“因为爱情而生，绝不是因为战争而生的”，而另一方面，乘坐着舰船离开希腊前往特洛伊的普洛忒西拉斯则违背了爱神阿芙洛狄特的意志与众神的预言，因为众神预言“第一个踏上特洛伊领土的人必死”，普洛忒西拉斯就成了第一个下船踏上特洛伊领土而意外丧失性命的人。在他死后来到阴间时，他依然深深爱着自己年轻貌美的妻子劳达米亚。而劳达米亚也因为思念自己的丈夫，每晚与自己丈夫的蜡像相拥而眠，这具真人大小的蜡像非常逼真，除了不具有普洛忒西拉斯的声音和语言之外，其他一切都非常相似。从劳达米亚的一句“你若怜惜你爱妻，便应怜惜你自己”就可以得知，劳达米亚对丈夫情真意切。

后来又出现了这个故事的另一个版本，其中记载到：当在特洛伊战争中普罗忒西拉斯被杀死时，劳德米亚因为思念成灾，差点丧失了自己的性命。众神被劳德米亚那忠贞不渝的爱情所感动，出于怜悯让“已故的”普洛忒西拉斯还魂，与自己的新婚妻子一起度过了宝贵的最后三小时，然后让他再次回到阴间。劳达米亚为此悲痛欲绝，于是全身心投入到她丈夫的雕像塑造中去，她对自己的雕像倾注了全部的热情与爱。经常满怀深情地相拥着自己的雕像丈夫，后来她的父亲看到女儿为了这段感情在不断地折磨着自己，于是狠下决心，将这尊雕像扔进火海，以期结束这段感情留给女儿的痛苦。可是忠诚痴情的劳达米亚也随着雕像跳进了火堆，葬送了自己的性命，这一版本可算得上是“已故的新郎”还魂人间带走了自己的妻子。

这一“已故的新郎”的原型母题从欧里庇得斯的《普罗忒西拉斯》（Протозелай）到12至13世纪的意大利小说，从德国作家戈特弗里德·比尔格（Бюргер Готфрид Август,1747—1794）的作品《列诺拉》（Ленора）到18世纪俄国茹科夫斯基的作品《柳德米拉》，19世纪安年斯基的《劳达米亚》（Лаодамия），索洛古勃的《智慧蜜蜂的馈赠》（Дар мудрых пчел）等都又不同程度地再现了，并且不同民族、不同时期的作家都根据自己对于母题的理解对此进行了一定的置换变形。尤其在俄国象征主义时期，希腊神话里凄美的爱情成了美、意志和死亡的集合体，劳达米亚成为激发这三者的一场身体仪式，在火焰中，她的死亡与象征美好爱情的蜡像融汇，趋向永恒。因此，索洛古勃赞美了这场悲剧，称其为“纯净、洁白而光明的死亡”。

茹科夫斯基于1808年翻译德国诗人比尔格的故事诗《列诺拉》时，在文本的基础上创作了具有俄罗斯民族色彩的史诗《柳德米拉》。茹科夫斯基赋予了原故事的人物和环境以浓郁的俄罗斯民族色彩，使整个作品更具有俄国民间色彩和基调。这个故事完全是浪漫主义具有神秘色彩的作品。作品讲述的是一个名为柳德米拉的年轻姑娘在等待着从战场归来的未婚夫，期间，柳德米拉承受着等待的煎熬，她时而担心，时而忧虑，害怕自己的未婚夫会忘了自己，在遥远的异国他乡觅得一方栖身之地，于是她在惶恐中度日如年。后来终于迎来了从战场上归来的士兵队伍，柳德米拉站在十字路口望眼欲穿，可是在凯旋的人群中她根本没有找到自己的未婚夫，而苦苦等来的竟是未婚夫已经阵亡的噩耗。柳德米拉伤心欲绝，对生活失去了信念和希望，她决定也要随自己的意中人一同去赴死，因为她无法说服自己去爱上别人。后来母亲看到充满忧思的柳德米拉就去安慰她，劝她要学会坦然接受上帝馈赠的一切，包括灾难和痛苦。某天夜晚，柳德米拉在半梦半醒中听到有人爬上了自己的屋顶，敲着自己的门窗，随之传来了那令自己朝思暮想的熟悉的声音。柳德米拉兴奋至极，打开窗户看到一位高大的骑士要带她去寻找自己的意中人。那骑士告诉柳德米拉，她未婚夫的家远在立陶宛。于是柳德米拉随同骑士连夜疾驰，黎明之前终于到达了目的地。随后柳德米拉推开门进去，那匹马就轻松地把她带入到墓穴。在看到未婚夫尸体的那一刻，柳德米拉瞬间石化，双目黯然失色，身体里的血液也冷却了下来，于是她死一般地扑向了自己的未婚夫，献出了自己的生命。茹科夫斯基在这个故事中依然刻画了爱情、死亡和命运的主题。尤其是强调了命运的必然性，以及任何人对命运的反抗都是徒然无功，毫无意义的。

二、列米佐夫在童话文本中对“已故的新郎”母题的延伸

列米佐夫在童话集《循着太阳运行的方向》及其续集《走向大海》中运用了多个神话母题原型。比如这两部作品的主题都涉及“旅行”，而这种旅行更多是深入到梦幻童话世界、孩童意识以及梦里去。《循着太阳运行的方向》的构建基础是古老的民间历法，“太阳”这一神话要素就是其中心。而在作家的释义中，这个名称的语义中心也直指这一点。在童话集中共计 28 篇童话故事，平均分在 4 个季节系列里，每个系列有 7 篇，再加上集子前后各包含有两个催眠曲，一共 30 篇，在文本结构看来，十分和谐规整。而《走向大海》则是由两部分构成，《鼠穴》(Мышным инорами）和《蛇径》(Змеиными тропами)，每一部分有 15 篇童话作品，共计 30 篇。

事实上，列米佐夫在创作中直接借鉴了浪漫主义的代表人物茹科夫斯基作品中的文学情节，在思想、文化语境和语义各个层面上实现了两个不同时代之间的相互渗透和对话。浪漫主义对民间神话母题进行的文学加工，使得列米佐夫有机会以新的方式对童话故事情节加以改造，从而揭示艺术象征的深度。利哈乔夫对此曾经提出过一种观点，他认为 19 世纪末至 20 世纪初的俄罗斯文学创作中有新旧文学之分，但是列米佐夫被视为一个独特的作家，因为他的创作兼具了新文学和旧文学的特点和品质。在利哈乔夫看来，童话集《循着太阳运行的方向》中体现了一种新的艺术创作理念，即将民间创作和文学紧密结合起来。这一文学中的现象在中世纪文学中广为流传，虽然这两种不同体裁的创作所代表的是两种不同的世界观、艺术观和不同的艺术手法。[10]

列米佐夫的创作是从传统的“已故的新郎”的古老情节母题出发，然后构建起独特的艺术象征，这就体现了作家对俄罗斯和欧洲浪漫主义经验的理解。列米佐夫所创建的文本的新颖之处就在于象征主义流派艺术家意识的深度和多元化的表达，同时也体现在体裁和风格的动态变化上。正如利哈乔夫在《俄罗斯古代文学诗学》(Поэтика древнерусской литературы）中所言，

情节的相互交织是古代俄罗斯文学的特点之一，反映了其内部结构的相似性。因此，借用情节并将其进行移植，这在不同民族的民间文学中常常会出现，在以民间传说母题为基础的俄罗斯童话中也是比比皆是。“从本质上讲，这里的母题体现的就是一种偶然被感知到的无意识内容，从显形于其间的个人意识中获取其特质。”[11]在俄国文学中对这一母题的阐释中，尤其是在白银时期的文艺作品中，充满了对于古代文化生活的追溯，所以便有很多对于神话传说、伪经故事、民间口头创作、民间歌谣和童话等进行文学方面的改编和诠释。在文本中，他们以古喻今，常常借用古希腊神话中的经典文学母题和情节以及神秘故事的力量作为酒器，盛出承载着自己艺术价值理念和文艺观点的新酒。在这些“仿古”的创作中，希腊神话是被频繁借用改编的题材之一。

在列米佐夫对于这一原型母题的加工改造时，他特意强调了自己的美学观点，而这种观点与维亚·伊万诺夫的纲领性著作《论快乐的手艺和智慧的快乐》(О весёлом ремесле и умном веселии,1909）中的理念如出一辙，同样都表达了俄国象征主义者们对希腊艺术和希腊文化的态度，也透视了俄国象征主义者们与浪漫主义之间千丝万缕的关系。同时，列米佐夫在这个母题的应用中，与索洛古勃就俄国象征主义流派之间针对其美学意义层面的发展进行了对话。维亚·伊万诺夫在《论快乐的手艺和智慧的快乐》中就提出了这一问题，即作为俄国象征主义的一个显著特点就是作家们对于民间艺术的诉求要“深入人民的灵魂，深入到古老、原始的‘昏睡意识’的契机，而这一切原本是被启蒙时代那嘈杂的声音所淹没的。”[12]后来维亚·伊万诺夫又发展了这一思想，他认为在民间创作中所体现出来的这种精神灵魂经验，是象征主义作家们的哲学表现与美学依据。他提出了一个问题：“史诗要成为什么样的作品？是具有宏大叙事的作品，还是萌芽时期的作品，是神话创作，还是其他方面的。而无论如何‘人民性’就是通往宏大叙事的途径，‘机智’则是通往萌芽时期作品的真理和简洁的道路，人内心伟大的自由，以及生活和心灵中的爱，对世界心灵的敏锐的感觉都是通往神秘创作的必经之路。”[13]

正如上文所言，在童话故事集《循着太阳运行的方向》中“已故的新郎”是一个贯穿始末的神话原型母题，列米佐夫在自己对于《循着太阳运行的方向》中的注解中指出了文本中“已故的新郎”这一情节母题的来源。对此也有学者认为，“已故的新郎”是一种元情节，在童话集中这一元情节被切分开，进而均匀地分布在童话集春、夏、秋、冬四个系列中，分别对应出现在《灰狼捉天鹅》(Гуси-лебеди)、《库帕拉之火》(Купальские огни)、《黑暗的夜》(Ночь тёмная)、《兔子扎伊卡》(Зайка) 等文本中，从而形成一个文本综合体(布耶维奇语)。[14]而这一母题的最终呈现是在《黑暗的夜》这篇童话中，讲的是关于已故的伊凡王子和熏鱼公主之间的故事，而母题的内核正是体现在已故的伊凡王子来到熏鱼公主身边并把她吃掉这一情节上。

列米佐夫在《黑暗的夜》中运用了古老的民间母题，这一母题对于浪漫主义文学来说是司空见惯的，并且他创造性地诠释了民间母题和新文学传统之间的关系。因此，在“文学”这一概念的基础上，他与诸多艺术家们展开了对话。因而文本就体现了作家对俄罗斯和西方文学中的历史和传统的理解，借助于精确的并且富有诗意的语言展开了与读者、远古的希腊神话、古老的宇宙观等多层级之间的对话。所以，列米佐夫在童话故事中采用了古代俄罗斯文学中经常会出现的一些典型的诗学表达手段，比如其童话中所采用的一些具有特殊发音的神秘的词汇，再现的是特殊的俄罗斯式语言风格(русский лад)，也体现了文本语言的韵律特点和音乐性，关于这一点作家也常常谈到。此外，童话中这种所谓的俄罗斯式语言风格主导着列米佐夫童话文本的叙事动态和发展轨迹，同时也为童话文本中所展示的形象的进一步研究提供了一定的线索。维·维·维诺格拉多夫（В.В.Виноградов）对语言的诗意功能做出了如下的阐释：“语言的诗意功能是依赖于其交际功能所建立的，是从交际的角度出发，又凌驾于交际之上的，符合艺术美学发展和社会历史规律的言语意义及其与之关联的新世界。”[15]

在文本中，列米佐夫在比尔格和茹科夫斯基谣曲中已经塑造的形象基础之上，对此进行了置换变形，尤其是加强了该形象所具有的俄国民间特色和现实化特点。比如，在《列诺拉》和《柳德米拉》中都曾出现了高大威风的骑士形象，而在列米佐夫的作品中并没有对骑士形象过多着墨，而是浓墨重彩地描绘了之前文本中根本不存在的“塔楼”(башня) 的空间形象。文本中的“塔楼”很容易让读者联想起现实中象征主义圈子里的“塔楼”(Башня)，即在维亚·伊万诺夫家里的塔楼上象征主义者们所举行的文学沙龙。由此也便不难理解，为什么这部童话集的题词中写的正是将这部作品献给维亚·伊万诺夫与作家自己的女儿娜塔莎。除了“塔楼”，列米佐夫的童话中还具有一些俄罗斯童话作品中传统的民间人物形象：灰狼、伊凡王子、熏鱼公主(Царевна Копчушка)、女巫科谢（коща）以及雪姑娘（Снегурушка）等。

另一方面，童话中还出现了一些对于现代读者来说鲜为人知的童话人物，比如“Шавка,Шандырь-шептун,Шуды да Луды,Кок-кокоряшка,Хунды-трясучки”等。由于担心读者在阅读中对于童话人物的名称出现理解障碍，作家特意在注解中将其做了解释，比如：“‘Хунды’在白俄罗斯语中其意义为发烧，而‘Шандырь - шептун’意思是巫师，这种名字常常出现在儿童的数数游戏中……‘Шандырь-Бандырь’为驱赶山羊，德国人顺手偷了一只鸡，等等。”而也有一些名称纯粹就是借用造词法构成一种词音上的对韵，比如“Перя-меря,Шуда-луда,Пята-сота,Ива-дуб,Сизянка- полянка”[16]等。这些童话人物的体系无疑就扩大了文本的叙事功能，也加深了传统的广为人知的童话人物与这些被遗忘的民间童话以及壮士歌之间的天然联系。

的确，列米佐夫在以“已故的新郎”为母题创建童话文本时，充分考虑了茹科夫斯基的所创建的文本，并在很多方面进行了继承发展，从而在文本中营造出一种别样的气氛。列米佐夫将自己的俄罗斯童话的“风格”与19世纪浪漫主义文学的传统相结合，与茹科夫斯基的代表作《柳德米拉》进行互文对话。他还深刻地强调了茹科夫斯基叙事谣曲的现实性与多异性。他认为这种作品的特色就在于最大限度保留了民族语言的鲜活力，语言充满了自由性，这就是后来象征主义者们具有诗意性语言特点的源头之一。在列米佐夫的童话中又加入了一些抒情的母题，而这些母题很大程度上则是取决于作家自己的美学认知，文本中保留了很多浪漫主义者所具有的传统的精神符号。这也就直接说明了列米佐夫的诗学和美学特点很大程度上是受到了茹科夫斯基在内的很多浪漫主义者的影响。在创建自己的童话文本时，列米佐夫专注于人物心理化的诗学特点，这是茹科夫斯基叙事诗的特点之一，其主要表现在不断地反复交叉中出现的母题与形象，营造出一种神秘而又充满戏剧感的氛围来。

第一，列米佐夫同茹科夫斯基一样，常常借助对恶劣的自然环境的描写来象征邪恶力量以及整体压抑的气氛。比如茹科夫斯基文本中的半夜时分，狂风大作。田间大地，天气寒冷无比。松林嘈杂，乌云遮月。[17]而列米佐夫文本中也充满了对这种自然力量的描写，比如“黑暗的谣言笼罩着整个塔楼。”[18]“成群的虫子蛀坏了整个山峰。”[19]“突然传来了风的声音，风声呼啸。”[20]“乌云撞击着乌云，星星敲打着星星，遮天蔽日，阴沉一片，郁郁葱葱的花园里此时此刻像极了一部枯燥的史诗，柳枝条相互抽打着对方。”[21]除了这些表示自然环境的意象所代表的是一种邪恶的力量之外，还有在文本中利用语言的声音特色，来营造一种独特的氛围，更加加剧了文本的戏剧性特点。这是浪漫主义的叙事诗所独具的典型的叙述手段，比如列米佐夫文本中那独特的猫叫声：“出于恐惧，一只杂种猫一直在‘喵喵喵’叫个不停。”[22]此外，在茹科夫斯基和列米佐夫的文本中同样占据着十分重要的作用的是对颜色词汇的使用。比如为了营造女主人公内心的悲凉，作家特意选择了灰暗的色调，而且往往是用灰暗的色彩词汇来搭配相对应的低沉阴郁的声音词汇，共同强化了女主人公的内心状态，为整个故事的叙述赋予了一定的戏剧性基调。比如茹科夫斯基文本中的“幽黑的小屋”[23]，“黑乌鸦忽然醒了过来”[24]，“山谷幽暗，森林幽暗”[25]，而在列米佐夫的文本出现的“夜色凝重，骏马黝黑”[26]，风的形象也描述了公主的心境，“风似乎把自己所有的心思都强加到了公主身上。”[27]此外，不祥的预兆、具有预见性功能的梦境、预言和预感等，这一切都是典型的民间创作的母题，也共同构筑了文本中整体的压抑情绪：“昨晚熏鱼公主做了噩梦，睡得很不好，现在又睡不着，只见她的眼睛闪闪发光。”[28]

第二，梦的母题和神秘事件的母题。梦总是与黑夜以及黑夜中的月亮联系在一起，从而传达出一些不同寻常的信息来。在这里，生往往与死相连，比如熏鱼公主遇上了死去的新郎。茹科夫斯基和列米佐夫都擅长用一个永不终结的梦来构建情节的发展。夜半时分，梦悄然而至，凄冷明亮的月光对一切都很冷漠。然而，文本中月亮的形象并非静止不变的，它随着叙事进程的发展时隐时现，也随着梦境的发展而移动着。比如在茹科夫斯基的文本中出现了“皎洁的月光倾洒而下，整个山谷都闪烁着银色的光芒。”[29]“在午夜异象纷呈的时刻，在迷茫的云雾之中。”[30]这样的表述。而在列米佐夫的文本里同样也出现了月亮这一意象，比如“伊凡王子坐在了桌子旁，脸色苍白得如同月色一般……月亮出来了，沉入塔楼，冷清的月光洒在死去的王子的身上。”[31]因此，“月亮”的形象往往伴随着“死亡”的出现，是用来描绘一种更高尚、更超凡脱俗的存在，表达的是“已故的新郎”的母题，在叙事中也是一种最高的象征，是对生命情感一种漠不关心的状态，月亮形象的展示似乎意味着生命死亡的结局。

第三，故事的节奏性。在茹科夫斯基的文本中，节奏决定了整个民谣叙事的诗意结构。主要采用了重复、情节的反转等多种手段来表达文本的节奏感。比如文本中奔驰的骏马与明亮的月光的形象不断地重复共同创造了一种音乐与图画上的韵律特色。它赋予自然形象以独特的诗意，将人物心境的浪漫基调与戏剧性的结尾相调和。列米佐夫文本的节奏感是由童话形象的重复所营造的：“很久很久以前，在七里地外的银湖上躺着他的朋友——灰狼。”[32]灰狼成了童话集中反复重复的形象，是贯穿母题始末的形象之一。在童话《黑暗的夜》中，节奏感是通过将左右情节搁置在“已故的新郎”这一轴心上，进行不断的压抑处理，因此，“共情”的心理化使得童话的现实具有强烈的节奏稳定性以及伴随情节的声音的音乐感。

第四，深化结局的神秘感。两种文本中的“已故的新郎”情节的结局中，都引入了阴间世界那地狱般的恐惧。比如在《柳德米拉》中写道："云中出现了呻吟、尖叫，地底下也传来了尖声嘶叫和嘎吱嘎吱的响声。突然，死者从坟墓里走出来来到人群中，低沉而可怕的合唱声响了起来。"[33]列米佐夫文本中情感的核心思想就是恐惧，这种情绪推动着整个童话故事的情节，而作为叙述者，他仿佛置身于文本之外，很少去评价正在发生的事情，比如"在七里地旁，王子露出了死人般的牙齿，翻了个身。"[34]恐惧的情绪以童话梦呓般夸张的方式在文本末尾时得到了加剧，伊凡王子"啊呜"一声，把熏鱼公主吃掉了。作家在注解中强调了结尾情绪的压力，"'啊呜'，吃掉了。这一句话的阅读方式应该是真的得让读者体验到害怕。为此在读这一句话之前应该先稍作停顿，停顿之后立刻读出'啊呜'的声音。"[35]

除了上述共性以外，列米佐夫以"已故的新郎"所创建的童话文本还有其特性。在《循着太阳运行的方向》中的主线是"已故的新郎"伊凡王子与熏鱼公主之间的故事，王子偷走了她并且"吃掉"了她。但是列米佐夫在整个童话文本中又嵌入了其他魔幻童话的故事情节，比如"伊凡王子""火鸟"和"灰狼"等形象的出现。"伊凡王子和灰狼"是斯拉夫民族神话中常见的人物形象，而在欧洲的童话中关于"火鸟和灰狼"的记述最早出现在约翰·加比乌斯（Йоганн Габиус）以拉丁文写成的《天竺葵》(Scala coeli）中。而关于"伊凡王子、火鸟与灰狼"的母题情节曾经在不同的艺术家的创作中都出现过，其中包含茹科夫斯基的《伊凡王子与灰狼的童话》(Сказка о Иван-царевиче и сером волке,1845)、亚济科夫(Н.М.Языковый)的《火鸟》(Жар-птица)(戏剧童话 1857 年第一版)，以及列米佐夫的同时代人阿·托尔斯泰所创作的散文童话《伊凡王子与灰狼》(Иван-царевич и серый волк)等。

列米佐夫的文本中出现了三个主人公，即伊凡王子、灰狼和熏鱼公主，而火鸟仅仅是在《库帕拉之火》中提到了而已。这一母题在整个童话文本中是"遵循开端、发展、高潮和结局的情节布局原则，将元情节切分后分别嵌入《天鹅捉灰狼》《库帕拉之火》《黑暗的夜》和《兔子扎伊卡》四个文本中。”[36]整个故事开头部分出现在童话集的“春季”系列中的《灰狼捉天鹅》（Гуси-лебеди）里，这里出现了灰狼以及引出了灰狼与伊凡王子之间的交情，文本中这样写道：“灰狼试图偷走天鹅们，但是它们被天鹅妈妈救了下来。‘你们不要扯我的尾巴！’灰狼嚎叫道。灰狼使劲地推开了天鹅，挣脱了束缚。天鹅们也非常疲惫，再次落入湖中，它们该睡觉了。而灰狼捉天鹅的愿望也落空了，它徒然地走在回森林的路上……灰狼慢吞吞地走着，突然被石子绊了一跤，突然一下子就想起来了自己的朋友伊凡王子。而此时湖中的天鹅们在沉睡中咕咕叫着。”[37]这里的天鹅扯起灰狼的尾巴，同时灰狼又想起了伊凡王子，便建立起了三者之间的关系。因此，这篇童话可以说是“已故的新郎”出现的开端。

接下来在《库帕拉之火》中实现了对于“已故的新郎”这一情节母题的发展。在这篇童话中再现了库帕拉之夜的狂欢景象。文本中写道：“神甫伊凡来到了伊凡王子高高的塔楼里做客，他们坐在一起讨论着俄罗斯王国该何去何从，嘴里还默默念着祈祷文。伊凡王子的一只手攥着那根结婚要用的七彩丝带，另一只手把玩着珠宝戒指。而神甫伊凡从门底下伸出了那山羊胡子一般的魔鬼尾巴……这时遥远的地方传来了灰狼响亮的脚步声，它手里拿着从科谢依不死老头那里拿来的生命活水和死水……在山的那边，在峡谷的那边，水沿着蓝色的石头奔流，在昏昏欲睡的天空上喜鹊像火鸟一样燃烧了起来。”[38]在这篇童话中同时出现了两个伊凡，即伊凡神甫和伊凡王子，其实伊凡神甫“是伊凡王子的孪生人物、对立者、魔鬼的伪装者……伊凡王子和伪装的伊凡神甫对话这一情节使人联想到人与魔鬼的对话，邪恶力量的诱惑等……于是，塔楼的内部空间代表活人的世界，塔楼外部的空间代表死人的世界，形成了‘尘世—阴间’的对立。魔鬼伪装成神甫跨越边界诱惑伊凡王子的行为，使王子处于尘世和阴间的边界。因此，在这一文本中，伊凡王子处于濒危状态，整个文本充满了危险、恐惧和焦虑感。”[39]

母题发展的第三发展阶段是在《黑暗的夜》中，“在塔楼上举行着盛大的宴会……伊凡王子坐在桌子后面，他的脸色苍白得如同月色一样。由于天气糟糕，人声鼎沸，听不到伊凡王子是不是在跟他的熏鱼公主讲话，抑或仅仅是叹息了一声，再或者是他瞥了一眼熏鱼公主。而熏鱼公主的内心思绪万千。因为前一夜她做了一个噩梦，现在虽然梦已醒，但是眼皮却在不停地跳动。她等了王子很久很久，那恐怕都不是一两年的事。可是就在这时，传来了伊凡王子死了的噩耗，如水的、苍白的月光倾洒下来，照在了死者伊凡的脸上。很久很久以前，在七里地外的银湖旁躺着他的朋友——灰狼，却没人到过灰狼住的地方。灰狼的尾巴被撕了下来，它静静地躺在那里，在它旁边的是一罐子的生命活水和死水，因此他并未来得及将生命活水和死水送给王子，也没人来救灰狼的命。而伊凡王子被挂在坚固的石墙后面，他被绞死了，整整一夜过去了，没有人来救他。伊凡王子和熏鱼公主骑着马离开了，黑暗的夜晚里一匹黝黑的马，忽然‘啊呜’一声，伊凡王子一口把她给吃了。”[40]此处就彻底地确定了伊凡王子作为“已故的新郎”的状态，同时也透露出他的朋友灰狼并未来得及把生命活水送给他，灰狼也死了，“已故的新郎”回到了熏鱼公主的身边，带走了她并且将其吃掉。正如塔楼里的盛宴和欢愉都是一种象征，暗示着被俄国黑暗和邪恶势力统治时期所发生的一切，“塔楼里正举行着盛宴：炉叉突然暴动了，火钩子自己也在狂舞，所有的小丑和丑角们都在手舞足蹈，在各个屋子里蹦跳着乱窜，地板在随着他们的脚步声震颤作响。”[41]列米佐夫在文本中也描绘了一场婚礼仪式，就连其中的日常生活用品也显得栩栩如生，与小丑和丑角一起构成了童话人物。童话故事中的塔楼形象，楼上的房间都变成了俄罗斯童话所特有的农舍形象，其中的炉叉、火钩子等都是典型的农舍器具，它们的出现赋予了童话故事以欢快的气氛，甚至是中世纪狂欢节的特点。童话故事《黑暗的夜》中的艺术象征，就像谜一般呈现给大家，是正在发生事情的奥秘，是从孩子的感知角度展开的，是随着叙事的稳定、熟知的形象和主人公等展开的。

最终在《兔子扎伊卡》中情节母题发展到了结尾。“‘嗨，干亲家，干亲家！’稻草人责备地回答道：‘你为什么不事先告诉我，狼尾巴昨天会来找我，狼尾巴给我留下了一坛金子，可我要金子干什么呢？我是一个不需要金子的稻草人……’又是唱歌，又是跳舞，又是大笑，松鼠们也跑来了，拖出来了一大袋子的干果。狼尾巴自己从稻草人的通风口里爬了出来，青蛙科娃什卡用两个后腿奔来了，蠕虫切尔威亚卡在洞穴里爬，烤黄的狼尾巴笑着，摇摆着。”[42]《兔子扎伊卡》的情节中没有狼、没有让王子复活的使命，而大多数情节与谢肉节的仪式有关，其中包含了焚烧稻草人这一告别冬天的仪式。这里只出现了灰狼的尾巴，而“灰狼的尾巴作为一个独立的角色，具有矛盾的特性，它既属于死人世界，又带有明显的、积极的、充满生机的元素，这是一个赐予者的角色……狼尾巴就为已故的新郎这一母题画上了句号。”[43]

可以说，童话《黑暗的夜》的结局，在对民族精神神秘诠释的背景下，是如此令列米佐夫着迷。因为其中不乏也有怪诞的因素，甚至在某种程度来说这种怪诞中透着一定的幽默成分，这与故事的出其不意和大反转有很大的关系。这也说明了作家列米佐夫是一个才华横溢的善于讲故事的人。他知道如何吸引读者，并同时用这种既奇妙又可怕的结局来迷惑读者。毫无疑问，列米佐夫作为童话讲述者所拥有的这些天赋应该是源于他的文学导师果戈理的。因此，我们谈到童话《黑暗的夜》中所采用的浪漫主义传统时，必须要提到象征主义作家们非常熟悉的浪漫主义美学和诗学，即对正在讲述的故事神秘的感受和体验，是浪漫主义典型的创作方法。对于“已故的新郎”情节的深入渗透，帮助列米佐夫创造了一个具有象征主义特色的童话故事。

接下来我们来分析列米佐夫童话文本的创作方法，主要指的是他的文本中那些诗意化的形象和美学特点。列米佐夫与当时的大多数象征主义者一样，他们在创作中有一个共同的现象，即象征的暗示法。索边尼科夫在《安·巴·契诃夫戏剧作品中的象征手法》(Художественный символ в драматургии А. П.Чехова) 一文中指出，“契诃夫戏剧作品中的象征手法，尤其是暗示法绝不是简单的多义现象。”[44]莫里斯对此也发表过自己的见解，他认为“暗示法更多是一种象征的手段，其目的主要是让读者通过这种方法来记住一些前所未见的事物。”[45]在这些象征手法中最重要的一个便是作品的音乐性。

《黑暗的夜》的文本具有非常强烈的节奏感和音乐性，尤其是童话中各形象所具有的独特的音乐基调，营造出像《柳德米拉》一样的音乐意境，即充满浪漫色彩的心理写实。茹科夫斯基在《柳德米拉》开头部分所采用的那种哀婉的基调，那具有轻快而又非常匀称的行文节奏，重复的修辞手段等，都交织在情节所具有的悲欢离合之中。著名批评家亚努什克维奇（А.С. Янушкевич）在文章《1808 年至 1814 年茹科夫斯基的叙事谣曲及其诗学体系》（Баллады Жуковского 1808—1814 гг. Как поэтическая система）中指出："这是一篇属于中世纪风格的叙事谣曲，文本传达了女主人公同命运之间的激烈搏斗，字里行间无不洋溢着女主人公沉浸于倾听周围世界与自我内心的气氛。"[46]在文本中情节的任何转折、主人公的姿态、主人公的自省与反思都伴随着一些具体的声音上的变化，"叙事谣曲中散发出来的那种寂静，通过多种不同形式的手段而传达了出来，比如运动的动态，突如其来的状况和主人公不耐烦的表情都是通过'嗡嗡嗡'的钟声和疾驰而来的马蹄声所传达的，甚至还有夜晚的声音以及一些诸如'突然'（вдруг）和'马上就'（вот）这样的词汇，得到了非常一致的声像'чу'。"[47]在叙事谣曲中茹科夫斯基所使用的词汇的音列也很有意思，这些词汇构成了情感和直观可听到的旋律结构，比如"异国之美（чужеземная краса）、外国（чуждых стран）、铁圈（чугунное кольцо）、在异国他乡（на чужом краю）、嗅出（чую）、仿佛觉得（чудится）、跳跃（скачут），这些单词中都有一个共同的塞擦音'ч'可分解出很多的音'ш''т'等，从而营造出一种叙事谣曲所特有的统一的旋律。"[48]而在列米佐夫的童话故事中所塑造的形象在心理上得到了深化，文本中声音的整体基调具有了更强的戏剧性。其音乐象征手段最常用的就是重复，比如"山羊刹那间就失去了知觉，它害怕极了，远离了塔楼，山羊已经上山了。"[49]突然就传来了刺耳的风声、文本中童话动物的吼叫声："小狗沙夫卡不在狂吠了……沙夫卡由于恐惧而像猫一样喵喵叫着……风沙沙作响。"[50]同时，童话文本里的口语体元素就强调了其心理调性，比如说文本里魔鬼般的开头，已经代表着黑暗和深渊的旋律，"所有的小丑、丑角都喝得酩酊大醉，躺在了床上。”[51]

因此，通过“已故的新郎”的母题情节，俄国民间形象和象征主义时代的“现代声音”都整合在一起，其文本就非常符合瓦格纳的象征主义交响曲的特点：多声部、充满激情的世界中的音乐的普遍性和宇宙主义，在童话《黑暗的夜》中就结合了经验的神秘和旋律基础的多义性。《黑暗的夜》作品中激荡着一种回声，是德国的比尔格所代表的西欧浪漫主义色彩，因此，可以从音乐感受层面来了解浪漫主义作家和象征主义作家之间的关系，了解他们的内心精神世界在音乐层面的亲近感，艺术象征和理想形象之间的哲学普遍性。毫无疑问，《黑暗的夜》中的声音、颜色以及色彩的韵律都展示了列米佐夫个人的特殊的视听感受，对“已故的新郎”的情节的戏剧性和叙事的音乐基调进行了反映。童话《黑暗的夜》中特殊的象征暗示法就表现在民间史诗形象的多层次性上，而这些形象则是在作家创作意识的发展过程中形成的。“俄罗斯式风格”将这些形象都联系在了一起，使得作家讲述了一个个童话故事，给孩子们讲述了一部史诗。但是最重要的是需要去研究作家的主观意志在塑造民间形象的过程中所起的重要作用，这就使得我们可以将列米佐夫的象征主义作品理解成一部重要的音乐作品，理解成一种神秘的艺术象征。正如马拉美所言：“象征就是一种暗示，在逐步的猜测和多次的解读中就会抽茧剥丝般地显露出来。”[52]因此，艺术象征是诗意的谜语，包含了多层次作品的潜力。

指出象征的暗示性质，强调了列米佐夫童话故事对儿童感知所具有的独特的魅力。因此，《黑暗的夜》中那感情的戏剧化，童话人物所特有的神秘性以及不同寻常的行为都是重要的手段，比如“山羊刹那间就失去了知觉，它害怕极了，远离了塔楼，山羊已经上山了。”[53]那些童话中的民间形象和主人公就如同孩子一般会用人类的语言同读者之间建立起了一条交流的通道。女巫科莎（Коща）在列米佐夫的作品中都成了家庭化的人物，甚至他们都具有传统上极其幼稚的善恶习惯。“女巫科莎围着塔楼走来走去，似乎在窃听着什么。”[54]而在童话故事的结尾：“啊呜！吃掉了！！”[55]这种出乎意料的结局在民间童话故事和寓言中就很常见，是在神秘和黑暗的氛围中讲述的睡前故事。

童话中的主人公和形象之间的相互作用使得形象更为简洁易懂。因此，也证实了一种观点，人在童年时期更容易理解并且接受童话故事中最令人费解的秘密和童话故事中的情境和事物特点。于是，《黑暗的夜》中的诗学和美学就体现在艺术象征和儿童心理相结合的微妙变化中。文本中投射出来的儿童对自然感知的观点表明，俄罗斯民间传说的形象的多义性对作家来说何等重要。列米佐夫童话的功能之一就在于，要在孩子身上培养那种童话般和谐的诗意感。因为作家善于运用孩子般稚嫩而又奇妙的语言，同时通过世界、宇宙和自然的形象来传达自己的理念。而根据中世纪童话的表达方式，其情节与实践是紧密相连的。因为中世纪的很多童话本身所讲述的就是时间，从一个片段过渡到另一个片段的时间。但是《黑暗的夜》的时间并非具体的，而是通过其他景物的描写而渲染的，“大风呼啸，发出沙沙的声音，整个天空中风卷残云，肆虐着，咆哮着……”[56]文本中通过声音，通过独特的自然现象来展示出一种超越过去、现在和未来的时间范畴的观念。然而童话的时间也是在随着剧情的发展而不断地发展着，并且在故事情节发展至结束时时间也便停滞了。文本中对于时间的展示是多维度、多层次的，有些时候读者甚至能够在文本中体验到两种截然不同的时间：一种是静止不动的，而另一种则是处于动态之中，运动向前的时间。比如“伊凡王子坐在了桌子旁，他静默地坐在那里，宛如一尊雕像。”[57]而整个时间似乎也随着人物形象的静止画面而凝固了，但在另外一处，“他们一直在等待着伊凡王子，等了很久很久，不止一两年，直到黑暗的谣言笼罩了整个塔楼。”[58]贯穿童话时空的艺术象征，具有多重含义。为了让童话的情节发展更加自由，文本中使用了各种魔法的手段以及引入了不寻常的事件的发生。可以说，《黑暗的夜》表现了两个层次的童话时空：第一个是属于中世纪文学的特点，第二个则属于浪漫主义时代文学。因为近代文学已经具备了空间历史视角，作者的观点表明了这一点。倒计时和叙述者的视角被移到了一个新的时代，当作者已经知道故事情节，跟随它的发展，可以根据新的现实做出调整和改变神话。总之，童话《黑暗的夜》中组织时间和空间的艺术符号，就以历史、哲学和文学概念的形式呈现出来。列米佐夫在童话故事《黑暗的夜》中特殊抒情的叙述，与对“已故去的未婚夫”情节的民谣感知相关联，而这就源于茹科夫斯基的《柳德米拉》神秘的艺术象征，神秘扩大了对过去的哲学和历史理解的界限，与俄罗斯民间传说的神话形象相关联。列米佐夫将这些浪漫主义传统文学中的形象与现实结合了起来，并推动了发展。

综上所述，列米佐夫的创作在象征主义哲学和美学的基础找到了文本与戏剧之间的精神契合。在历史的发展中，由于个人意识与整体趋势之间的裂痕，这一因素也反映在象征主义的世界观和宇宙观里。在一定的情况下，哲学家们和象征主义的作家们通过内在的心理洞察力看到了理解真理的方式，即通过想象和生存的心理图景来表达对于宇宙认知的突破。这种经验模式是广泛存在于世界文学的浪漫主义潮流中，特别是呈现在民间谣曲体裁里对于民间形象的展示中。正如文学批评家亚努什克维奇（A.C.Янушкевич）所言：“这个世界中至关重要的一点就是处世态度的新特点，因为这是一个被各种思想和感情充斥的世界，是抒情叙事的世界。”[59]对于浪漫主义者来说，“关于人的命运的主题”决定了人物和冲突的戏剧性，其中不乏主人公尘世的欲望和情感，他们对幸福生活的渴望，与社会环境那无情力量以及生活的奥秘之间的碰撞，等等。俄国的象征主义者和浪漫主义者极为相似，他们注重人物内心世界的发展，他们的道德标准也非常接近，其特点就是对道德伦理的广泛兴趣。[60]

参考文献：

[1]参见 高永.《母题理论探析——在比较文学主题学视域中》[D].天津：天津师范大学：2007.

[2](美)马利安 ·韦伯斯特有限公司.《新大学生辞典》第 9 版，斯浦林菲尔德出版社. 1984年版：774.

[3](美)《韦伯斯特大辞典》第 3 版:1745.
[4](加)《约克文学术语及词源辞典》,约克出版社,1976 年版。
[5]斐洛. 论《创世纪》寓意的解释[M].王晓朝 戴伟清译,温斯卡校.香港:汉语基督文化研究所出版,1998:20.
[6]叶舒宪.《神话-原型批评》[C].西安:陕西师范大学出版总社有限公司,2011:8.
[7]Воскресенская М.А. Символизм как мировидение Серебряного века. Томск: Изд-во Том. ун-та,2003.С.32.
[8]Дорохин О.Н. Серебряный век как историко-культурная и историографическая проблема: Дис. канд. ист. наук. Томск, 1999.С.47.
[9](古罗马)奥维德.《女杰书简》[M].南星译,北京:三联书店,1992:165.
[10]Лихачев Д.С. Поэтика древнерусской литературы. М.: Наука,1978.С.76.
[11](瑞士)卡尔·古斯塔夫·荣格.《原型与集体无意识》[M].//荣格文集:第五卷.北京:国际文化出版公司. 2018:7.
[12]Иванов Вяч. По звездам. СПб.,1909.С. 243.
[13]同上:244.
[14]参见 王璐瑶.《论情节布局连续统的特征——以循着太阳运行的方向为例》[J].《欧亚人文研究(中俄文)》,2021 年第 4 期:74.
[15]同上:112.
[16]Ремизов А.М. Посолонь // Сказка серебряного века. М.: ТЕРРА,1994. С. 119.
[17]Жуковский В.А. Баллады. Электросталь: Советская Россия,1983. С.10.
[18]Ремизов А.М. Посолонь // Сказка серебряного века. М.: ТЕРРА,1994. С. 67.
[19]同上:68.
[20]同上:66.
[21]同上:67.
[22]同上:68.
[23]Жуковский В.А. Баллады. Электросталь: Советская Россия,1983. С.10.
[24]同上:13.
[25]同上:8.
[26]Ремизов А.М. Посолонь // Сказка серебряного века. М.: ТЕРРА,1994. С. 68.
[27]同上:67.
[28]Ремизов А.М. Посолонь // Сказка серебряного века. М.: ТЕРРА,1994. С. 67.
[29]Жуковский В.А. Баллады. Электросталь: Советская Россия,1983. С.13.
[30]同上:13.
[31]Ремизов А.М. Посолонь // Сказка серебряного века. М.: ТЕРРА,1994. С. 67.

[32]同上:67.

[33]Жуковский В.А. Баллады. Электросталь: Советская Россия, 1983. С.16.

[34]Ремизов А.М. Посолонь // Сказка серебряного века. М.: ТЕРРА, 1994. С. 68.

[35]同上:119.

[36]王璐瑶.《论情节布局连续统的特征——以循着太阳运行的方向为例》[J].《欧亚人文研究(中俄文)》,2021 年第 4 期:75.

[37]Ремизов А.М. Собр. соч.: в 10 т. / А.М.Ремизов. – М., 2000. – Т.2. С.19.

[38]同上:30.

[39]王璐瑶:《论情节布局连续统的特征——以循着太阳运行的方向为例》[J].《欧亚人文研究(中俄文)》,2021 年第 4 期:76.

[40]Ремизов А.М. Собр. соч.: в 10 т. / А.М. Ремизов. – М., 2000. – Т.2.С. 44.

[41]同上:67.

[42]同上:44.

[43]王璐瑶:《论情节布局连续统的特征——以循着太阳运行的方向为例》[J].《欧亚人文研究(中俄文)》,2021 年第 4 期:76.

[44]Собенников А.С. Художественный символ в драматургии А.П. Чехова. Иркутск: Изд–во Иркут. ун–та, 1989.С.18.

[45]同上:18.

[46]Янушкевич А.С. Этапы и проблемы творческой эволюции В.А. Жуковского. Томск: Изд–во ТГУ, 1984. С.91.

[47]Янушкевич А.С. Этапы и проблемы творческой эволюции В.А. Жуковского. Томск: Изд–во ТГУ, 1984. С.92.

[48]同上:92.

[49]Ремизов А.М. Посолонь // Сказка серебряного века. М.: ТЕРРА, 1994. С.67.

[50]同上:66–69.

[51]同上:69.

[52]Собенников А.С. Художественный символ в драматургии А.П. Чехова. Иркутск: Изд–во Иркут. ун–та, 1989.С.18.

[53]Ремизов А.М. Посолонь // Сказка серебряного века. М.: ТЕРРА, 1994. С.67.

[54]同上:67.

[55]同上:68.

[56]Ремизов А.М. Посолонь // Сказка серебряного века. М.: ТЕРРА, 1994. С.66.

[57]同上:67.

[58]同上:67.

[59]Янушкевич А.С. Этапы и проблемы творческой эволюции В.А. Жуковского. Томск: Изд–во ТГУ,1984.С.83

[60]同上:85.

第四章　列米佐夫创作的北方文本研究

第一节　俄罗斯北方与北方文本

“俄罗斯北方”这一概念首次出现在9至14世纪古斯堪的纳维亚的文献里，也就是在中世纪的文学作品中，比如在《冰岛史诗》中就出现了这一概念。“俄罗斯北方”作为一个地理和文化历史共同体的概念，是俄罗斯对诺夫哥罗德、罗斯托夫－苏兹达尔等地区的殖民化以及对土著芬兰－乌戈尔人同化的结果。这是一个具有高度普遍性和理论性的术语，指代的不仅仅是地理学上的含义，还具有特殊的象征隐喻意义。在民族文化概念中，大约两个世纪以来，“俄罗斯北方”一直是一个与社会思潮紧密相关的术语，对民族文化的发展具有十分重要的意义，所以在俄罗斯民族自我意识的形成中发挥着重要的作用。我国学者葛静深在关于俄罗斯国家的身份建构中也提出了“北方研究”的概念，主要指称的是广义的俄罗斯北极地区区域人文社会科学的研究，具体指的就是“北方”(север)和“俄罗斯北方”(Русский север)的概念。在研究者看来，“俄罗斯北方”的概念同时表现了俄罗斯国家的北方边界、北极空间，以及一个独立且具有特殊价值的民族文化空间。与“北极”概念相比的话，“俄罗斯北方”这一概念就更加多元化、更加广泛。在俄罗斯学者看来，俄罗斯北方虽然不及首都城市那样具备政治、文化、教育、科技和经济等各个领域中心功能的作用，但是在俄罗斯人的民族文化生活中也占据了一席之地。对此俄罗斯研究者们的研究更多，比如费多尔·阿布拉莫夫（Фёдор Абрамов）曾将北方比作是民族文化的宝库，为俄罗斯的发展做出了不容忽视的巨大贡献。在研究者看来，时至今日古罗斯语言的灵魂和精髓依然蕴藏在“俄罗斯北方”这一词汇里。而利哈切夫院士认为北方在俄罗斯文化中发挥了突出的作用。它使人们对那些被遗忘的俄罗斯史诗、俄罗斯古代习俗、俄罗斯木结构建筑、俄罗斯音乐文化、俄罗斯劳动传统等记忆复苏，而这里生活着地道的俄罗斯农民、手工业者、航海家、极地探险家以及坚强的战士等。据统计，在俄罗斯科学院编纂的《俄罗斯民间创作汇编》（Свода русского фольклора）25 卷本的壮士歌中，其中有 20 卷是属于“俄罗斯北方”的壮士歌。而 2005 年俄罗斯科学院俄罗斯文学研究所（普希金之家）编纂了三卷本作家图书索引辞典《20 世纪的俄罗斯文学·散文家·诗人·剧作家》（Русская литература XX века.Прозаики.Поэты.Драматурги），这几乎是 20 世纪最完整的作家纲要，其中有 1130 篇文章，涉及 90 位俄罗斯北方的作家，几乎占到了整个篇幅的十分之一，其中详细地介绍了俄罗斯北方在文学中的地位与作用。由此可见，俄罗斯北方在很大程度上都丰富了俄罗斯文学。因此，历来俄罗斯北方这一概念就进入了研究者和作家们的视野。而关于俄罗斯北方的特点，学者柳博穆德洛夫（А.М.Любомудров）写道：“俄罗斯北方有着悠久的历史，这里自古以来就潜藏着伟大的文化，一种独特的俄罗斯生活在这里诞生并繁衍。这些地区的人们不知何为农奴制，在这里形成了一种独特的道德礼制，直至今日，这里农村还保留着夜不闭户，路不拾遗的习俗。这是一个真正意义上的精神中心，很多苦行者都慕名来到奥洛涅次、沃洛格达、乌斯秋格等地，于是这里便成了修道院的北方忒拜城。这也就是为什么在信仰崩塌的新时代，会在沃洛格达地区诞生了伟大的神学家伊格内修斯·布莱恩查尼诺夫（Игнатий Брянчанинов），而在皮内加河畔诞生了全俄神父约翰·喀琅施塔茨基（Иоанн Кронштадский）。”[1]

而“北方文本”（Северный текст）作为一种超级文本（сверхтекст）是学者托波洛夫和洛特曼以及其他莫斯科－塔尔图语义学派在提出的“彼得堡文本”的概念的基础上进一步演化发展而来的。1984 年“彼得堡文本”这一概念被正式引入学术圈。主要是根据托波洛夫（В.Н.Топоров）在《俄罗斯文学中的“彼得堡”与“彼得堡文本”》(Петербург и Петербургский текст русской литературы) 以及洛特曼 (Ю.М.Лотман) 在《彼得堡象征意义和城市语义问题》(Символика Петербурга и проблемы семиотики города) 中提出的概念，按照语义学派的传统，“彼得堡文本”在最初的研究者看来，主要指的就是彼得堡这座城市整体的文化空间，所以这一术语也就远远超出了文学范畴，而是延伸到了文化、哲学、艺术、建筑等多个层面中去。在研究者们看来，此处提到的“彼得堡文本”中“文本”一词并不局限于文学作品文本，其研究范围会更加宽泛一些，涉及各种针对彼得堡的书面文献记载、民间口头创作，包括“建筑、城市仪式、礼仪、城市布局、街道名称等。”[2]因此从洛特曼的观点来看，这里的彼得堡文本其实是一个关于彼得堡的各种文化总称的复合概念。而“北方文本”这一概念的提出要晚得多，直至 2003 年北德文斯克 (Северодвинск) 召开的一次国际学术会议上，会议中学者尼古拉耶夫 (Н.И.Николаев) 首次使用了“北方文本”(Северный текст) 这一术语，全名是“俄罗斯文学中的北方文本”(Северный текст в русской литературе)，参加本次会议的有文艺学家、文化学家、历史学家、民俗学家、人类学家以及语言学家们。在这次会议上，各位学者们力图厘清学术界对于北方文本的界定、源头、发展、内涵与外延，等等。在这次会议中，各位学者们针对这一问题提出了如下几种观点：

第一，科舍廖夫 (В.А.Кошелёв) 在自己的著作研究中将俄罗斯文学作品中自《往年纪事》起所有对北方的描述都归结为“北方文本”的范畴。在学者看来，“北方文本”应该是一个非常宽泛的概念，但凡涉及俄罗斯北方主题的、对俄罗斯北方进行描写的作品都属于北方文本，研究者还举了一个例子，比如在《往年纪事》中使徒安德烈 (Андрей Первозванный) 对于诺夫哥罗德的拜访就构成了的“北方文本中的神话”。而这种神话的基础就是俄国起源中非常重要的南北对立，即南方的基辅和北方的诺夫哥罗德之间的对立。与此同时，正如研究者所言，18、19 世纪时在神话语境中整个俄罗斯就成了北方的代表，而法国、希腊、意大利等地方构成了南方。所以从这个观点来看，整个无论是“北方”还是“北方文本”都是就其广义而言，外延非常广泛。研究者还指出，在 19、20 世纪以前对于“俄罗斯文学北方文本”都没有确定其内容意义，只有在 19、20 世纪之交时许多俄罗斯作家创作的世界图景中，对这一内涵进行了确定和限制，也反映了每个作者独特的世界观以及一些共同的特征。因此，根据科舍廖夫的观点来看，“北方文本”的概念经历了自宽泛至精确，包含范围越来越小的趋势。但是最终研究者也并未对“北方文本”的具体内涵做出准确的阐释。

第二，对于北方文本的界定，利哈乔夫和雅尼内（В.Л.Янины）有着不同的见解。他们指出，所谓“北方文本”，首先指的是阿尔汉格里斯克和沃洛格达地区，以及通往白海的河流流域。[3]而后来的研究者加利莫娃（Е.Ш.Галимова）指出，事实上北方会更大，包括卡雷利和科米共和国，诺夫哥罗德的北方地区、基洛夫州、彼尔姆和科拉半岛等。上述研究者已将俄罗斯北方进行了地理上的具体界定，因而显得更加准确。

第三，加利莫娃在研究中指出，“北方文本”就是属于俄罗斯北方文本的艺术统一体，是一种区域性的超级文本，在其复杂的结构中蕴含着整体性、共同性，深层次中甚至也有超验性的含义。[4]这种更高意义的本质确保了超级文本的完整性，将俄罗斯北方视为一个神话空间，其中充斥着俄罗斯生活、俄罗斯文化、俄罗斯历史、俄罗斯精神，甚至还蕴含着俄罗斯诗歌的全部奥秘。

此外，学者罗沙科夫（А.Г.Лошаков）所言：“今天，北方文本这一概念已经进入文学家们的学术日常，更宽泛点讲，也成了人文学者们的研究对象，俄罗斯北方的文化、俄罗斯北方文学的命运引起了他们的强烈关注。”[5]同样，尼古拉·特里亚普金对于他在俄罗斯北方的见闻描写得非常详尽：“这里（指俄罗斯北方，本文作者注）有地道的俄罗斯生活方式、地道的俄罗斯语言、地道的俄罗斯人……在这里我第一次正视俄罗斯和俄罗斯那独有的诗意，因为在这里就会对所有的一切用一种独特的、发自内心的眼光去审视。也正是在这个地方，美丽的维切格达与德维娜融合在一起，到处都是充满了伟大传说的森林……在这块热土上，我第一次写出了令自己着迷的诗歌……在这里我好似重生了一般，或者就像有人为我浇灌了神奇的生命之水。”[6]

而从18世纪开始，学界对“俄罗斯北方”的兴趣日渐浓厚。这一方面是因为伟大的学者罗蒙诺索夫的文学和学术著作中都出现了相关的北方主题。作为一个土生土长的北方人，罗蒙诺索夫的人格的形成，个性的成长和学术的发展均受到了北方渔业文化和茫茫雪原的影响。同时也有一个很重要的原因就是18世纪末的职业作家、旅行家们持续关注北方这一主题，进行文学创作，并将人类对于俄罗斯北方的认知发展到了一个新的高度。这一期间典型的代表人物和代表作品有福明（А.И.Фомин）的《白海两岸与诸岛屿》(Описание Белого моря с его берегами и островами вообще)、切里舍夫（П.И.Челищев）的《1791年的俄罗斯北方之旅》(Путешествие по Северу России в 1791 году)、莫尔德维诺夫(Я.Я.Мордвинов）的《瓦拉姆岛旅行记》(Журнал о походах в Соловки и на Валаам острова）等。

19世纪俄罗斯北方文本的发展可谓是迈上了一个新的阶段，这一时期的文本较之以前的作品，一个最大的特点便是体裁的多样化。18世纪时期重要的北方旅行文本依然得以发展，其中最为典型的当属奥泽列茨科夫斯基（Я.Н.Озерецковский）的作品《白海航行及索洛韦茨基修道院见闻》(Плавание по Белому морю и Соловецкий монастырь)，除了上述旅行札记，还有别斯图热夫－马尔林斯基（А.А.Бестужев−Марлинский）的中篇小说《航海家尼基京》(Мореход Никитин)，库科里尼克（Н.В.Кукольник）的戏剧作品《伊万·里亚博夫：阿尔汉格尔斯克的渔夫》(Иван Рябов, рыбак архангелогородский)，苏哈诺夫（М.Д.Суханов）的史诗作品《阿尔汉格尔斯克随笔》(Очерки Архангельской губернии)，韦列夏金（В.П.Верещагин）的短篇小说集，斯卢切夫斯基（К.К.Случевский）的诗集《摩尔曼斯克的回声》(Мурманские отголоски)、《走过俄罗斯北方》(По Северу России)、《走过俄罗斯西北》(По Северо−западу России）等。后来民俗学家谢尔盖·

瓦西里耶维奇·马克西莫夫(Сергей Васильевич Максимов,1831—1901)，于19世纪中期去了阿尔汉格里斯克的旅行，并完成了一部作品《北方一年》(Год на Север)，于1859年首次出版，这部作品获得了俄罗斯地理协会金奖，至今仍然意义非凡，具有很高的艺术价值和实用价值。这一时期的北方文本得到了很大的发展，其创作主题和体裁不再局限于北方旅途中的见闻和旅行札记，而是更加多元化，呈现了诸如诗歌、小说、散文、戏剧、随笔等多种体裁样式的虚构类作品。这一现象的出现其中一个很大的原因是随着俄国世俗化的发展，俄国同欧洲的文化交流得以加强，西方文学多彩的样式也逐渐影响到了俄国文学。于是文本中出现了诸如远足、冒险、开拓未知领域、浪迹天涯、奇遇等不可或缺的叙事元素，从而在体裁和题材方面都大大地丰富了北方文本。19世纪“俄罗斯北方”被一些旅行作家、民俗学家、人类学家和艺术家们发掘出来，彼得·伊万诺维奇·切利谢夫（Пётр Иванович Челищев)，他是拉季舍夫（А.Н.Радищев）的朋友，在1791年的时候踏上了北去的旅行，一路上途经了奥涅加、阿尔汉格里斯克、霍尔莫戈雷，后来著书出版了《俄罗斯北方之旅》(Путсшсствис по Северу России)(1886)。而奇若夫（Н.А.Чижов,1803—1848)，是一名十二月党人，1823年在杂志《祖国之子》(Сын Отечества）中发表了一篇详细描写新地群岛自然风光的文章，这些作品都可谓是为俄罗斯的“北方文本”系列添枝加叶，共同构成了其文本多元化的特点。

然而，也有学者认为，直至20世纪，在作家的创作传统中才形成了统一而又规范的北方文本。[7]后来经过不断地发展，北方文本也得以逐渐被补充完善。但是也有学者对此持有完全不同的观点，他们普遍认为，在19世纪与俄罗斯北方相关的文学中就已经发展出了某些典型的共同特征，因此就可以推断，北方文本作为一个地方超级文本的统一体，其形成时间可能要远远早于20世纪。在研究者看来，形成北方文本的作品中往往具有一些重复的，具有稳定的深层意义的价值，这就是形成地方超级文本的因素之一。但是要对北方文本进行研究，就需要了解构成北方文本的神话化元素，对其进行研究可以证实其深层意义与传统原型，神话元素，象征，形象以及与北方空间的文化和地理特征相关联的所有。

著名学者罗沙科夫认为，北方文本的独特性和内在完整性取决于对俄罗斯北方的认知，一方面，俄罗斯北方被当作是一个充满了神秘、奇迹、谜语一般的神话空间；另一方面，还可以将其视为一个历史上具体的神话化空间，如此一来，对于北方这一语义空间的阐释就充满了各种相互矛盾的语义，比如将其看作是“世界的尽头”“地球的尽头”“地狱的尽头”等。后来研究者继续深化了这一观点，指出了“俄罗斯北方”的语义空间一方面是由“奇幻魔法”“人间天堂”“和谐有序”“家庭房屋”等具有宇宙有序理念的一些概念组成，而另一方面，其语义场中又出现了诸如“地狱”“死亡”“混乱”“极限”等含义，在形成北方文本时就构成了语义上的矛盾与对立。与此同时，罗沙科夫还确定了北方文本的语义矢量，这有助于进一步形成北方文本的完整性，比如他提到的北方文本的神话化使得其“克服了空间和时间”，进而使文本获得了稳定性。对于研究者们来说，北方文本这一概念更多是存在于民间传说和神话创作中。

由此看来，俄罗斯北方能够生成超级文本，因为除了历史文化因素以外，它还具有神话意义。因为在俄罗斯广袤的领土上，北方以其独特的民族历史和民族意识在其他地区中脱颖而出。学者杰明（В.Н.Демин）在自己的扛鼎之作《斯堪的纳维亚的罗斯》(Русь Нордическая）一书中总结道：“俄罗斯，在我看来，这里既不属于西方，也不属于东方，俄罗斯首当其冲应该是北方，这与其是说的是其地理意义，倒不如说是指它的社会文化构造和精神内涵意义的综合。正是基于此，我们可以满怀信心地说，俄罗斯是斯堪的纳维亚极北的纳维亚传统的主要继承人和保存者。”[8]由此可见，在哲学历史研究传统和现代科学中所勾勒出的“北方”这一概念是非常广阔、多层级的，不仅包含着存在边缘的含义，意味着在极其困难的条件下探索着宇宙及开发新大陆的浪漫，以及语义矢量的含义，即缓和和东西方之间的永恒矛盾，保存着古代生命形式，暗示着存在的真实性。

学者波波科夫（Д.В.Попоков）、秋卡舍夫（Е.А.Тюгашев）在自己的作品中阐释了俄罗斯北方的奥秘所在，更准确地说是俄罗斯北方的诱人之谜，后来他们指出俄罗斯北方越来越受到学者、作家、旅行家们的高度关注，主要原因在于“随着科学的发展，人们对极地神秘圈的兴趣越来越浓厚，冰山的不断浮现，这里是冰川、溪流的摇篮，是鲸鱼生活的天堂，在这里风完成了循环，海流形成了循环，在这里晨光熹微，就连罗盘的指针甚至也停摆了，北极圈内也有风极和寒冷极，存在地球极和磁极，这就是一个神秘的圈子，人们被不断吸引至此，并不是因为他们天性狂热，也不是因为他们怀揣着虚荣的野心，事实上是一种崇高的感觉和神圣的冲动激励着一代一代的人前往这里，他们渴望研究上帝在这里造设的一切，渴望理解我们人类生存的星球的构造，渴望获得知识从而变得更加聪慧，更加完美。他们对于北方特性的理解，无疑是对北方文本的主要意识形态和话题进行文学研究的基础。”[9]20世纪伟大的作家普里什文就曾把俄罗斯北方称作是自己的诗意故乡，正是在这里他实现了自己的诗意栖居，并于1906年、1907年、1933年和1935年多次投入俄罗斯北方那宽广的怀抱里汲取养料。鲍里斯·维克多维奇·舍尔金（Борис Викторивич Шергин）也曾说，对他来讲，去书写俄罗斯北方的生活，去讲述俄罗斯北方的故事和它那古老的文化，是他自己终生的使命。俄罗斯北方慷慨博大的自然环境不仅造就了这些人群高大魁梧的外貌特征，也练就了他们豁达宽阔的胸襟气质，赋予他们顽强的毅力和品格，培养了他们超人的天赋秉性以及强烈的民族自豪感。这一块土地上既具有高度发达的物质文明，也有着丰富内涵的精神文明，拥有得天独厚的优势。

综上所述，北方文本的发展呈现出了如下特点：首先，北方文本在主题设定上逐渐从以旅行见闻等纪实性的体裁向描绘俄罗斯北方隐喻和神话空间的虚构类作品过渡。比如17世纪大司祭阿瓦库姆的《自传》是大司祭本人在流放途中的真实见闻，其中尤其是对沿途风景和当地风土人情的描写非常写实。阿瓦库姆在自己的《自传》中如实地呈现了俄罗斯北方的风光景致和风土人情，将自己在北方的漫游传教故事、生活中遭受的磨难与痛苦，慨叹命运的不公、四方游历的“修为”都如实地记载了下来。由此看来，“俄罗斯北方”一方面是大司祭游历的真实地理空间，另一方面这一地方更多成了大司祭寻求精神成长的文化空间和契机。因此，大司祭阿瓦库姆的北方之行更多是带有俄罗斯精神色调的，并且以探索神圣的基督教真理为己任。到了18世纪，更多的职业作家、旅行家、人文学者们加入到对俄罗斯北方的探索中来，他们创作出了更多寄托精神内涵的作品。与之前相比，他们对于北方的探索充满了主动性和创新性，他们锐意进取的精神在北方那尚未开发的土地上显得弥足珍贵。他们的文本在长途跋涉的实践中显得非常充实，在旅行中往往跨越了数个陆地、海洋，到达了各个海岛，途中见闻描述详尽丰富，往往具有很大的叙事时空。这类北方文本通常是从旅行者的视角出发，使用轻松的俄语口语体，生动地描述了沿途北方各地的人和物。为读者呈现了当地的经济状况、宗教信仰、生活方式、婚丧嫁娶等风土人情，具有高度的纪实性写实笔调。因此，这类北方文本可以算得上是名副其实的北方旅行文本。同时，通过文本的描述，读者们还窥视到了俄罗斯北方那古老的、神秘的，甚至是充满了魔幻童话般的景致与民俗，这样一方面可以将人们从北方的文化想象中解放出来，另一方面，这些文本无论是从地理学，还是文化学的角度来看，都具有十分重要的价值和意义。而文学上对北方的掌握始于19世纪末20世纪初。俄国北方那广袤的土地、无垠的原野和敞开的地貌为俄国人的出行提供了很好的便利条件。因此，“俄罗斯北方”一度成为俄国文学中巨大的文化地理空间和故事话语空间，在很多文学作品中都隐含了俄罗斯北方的神话和隐喻空间。

第二节　列米佐夫的北方文本研究

一、列米佐夫与俄罗斯北方

俄罗斯的北方文化对列米佐夫创作的影响很大，很多研究者们，比如罗赞诺夫（Ю.В.Розанов）、特雷什金娜（Е.В.Тырышкина）、格拉乔娃(А.М.

Грачёва）等都对此进行过相关研究。而在列米佐夫一生的创作中，他本人也是十分关注俄罗斯的北方主题，在他的一系列作品，比如《教妹》《走向大海》《钟表》《第五场瘟疫》《循着太阳运行的方向》等中都再现了俄罗斯的北方主题。根据研究者特雷什金娜的研究来看，在列米佐夫早期的创作中，俄罗斯的北方俨然被作家当作是“失乐园”，虽然文本中并未有更加具体的描述去呈现这一特点，但是总体上这块土地“总是与美好的过去或梦幻的未来相联系，主人公们在这片土地上执着于自己的梦想。”[10]因此，在列米佐夫的文本中，俄罗斯的北方这一形象往往象征的是彼得之前的罗斯的精神价值，这些价值在现代社会早已丧失殆尽，但是却完整地保留在了旧礼仪派生活的北方。俄罗斯的北方形象确实是列米佐夫早期创作的里程碑，构成了作家自传体神话最重要的组成部分，而列米佐夫本人的命运在很大程度上都与俄罗斯北方的城市息息相关，比如沃洛格达，乌斯季瑟索利斯克，彼得堡等。

列米佐夫于20世纪初来到了俄罗斯北方。1900年夏天他由于参加革命活动先被发配至沃洛格达州的乌斯季瑟索利斯克（现称为瑟克特夫卡尔），这里被认为是当时济良的首府。后来又辗转来到了沃洛格达生活。1900至1903年流放至沃洛格达时期，列米佐夫对济良的风俗习惯和神话传说以及民俗古籍产生了浓厚的兴趣。列米佐夫在自己的作品中曾描述自己的北方之旅仿佛是从一个监狱辗转到另一个监狱，命运指引着他踏上了“不幸”之路。从针茅草原穿过沃洛格达的刺梨灌木丛，到达乌斯季瑟索利斯克，来到了神秘的乌戈尔。从作家的描述中可以看到沃洛格达地区当时的自然地理环境，而对于当时的乌斯季瑟索利斯克的自然环境，《沃洛格达省公报》（Вологодские губерские ведомости）的记者维切格茨基（Абориген Вычегодский）在1900年的报道中写得非常翔实：“在遥远而又荒凉的北方，几乎在沃洛格达州的东北面，在森林和沼泽间迷失着一座小城乌斯季瑟索利斯克，人们习惯中认为这是位于我国北方边疆的一座城市，那里是熊的天堂，人们可能生活在鸡腿木屋里，身穿着野生动物皮，吃着鱼和鹿。但事实并非如此，乌斯季瑟索利斯克虽然是一个小镇，但是它与大都市沃洛格达并无二致。房屋大多数为两层，人行道虽未用砖铺就，但是比沃洛格达的道路要好得多。本地的土著大多从事农业耕作，很少有人进行商业贸易活动，也有一些居民是政府和公共事务机构的工作人员。城里只有一个俱乐部，一个化妆舞厅和一个剧院。除了俱乐部以外，城里还有一个很棒的溜冰场。这种娱乐活动棒极了，比喝烂酒要健康得多。但是此地的办事效率却极为低下。”[11]还有一份报道是维切格茨基用来批判当地习俗的，作者抱怨那些当地的知识分子囿于环境，不求改善。就连当地的神父也早已不顾体面，即便是在教堂进行礼拜时也会搞一些恶作剧或者玩笑，而列米佐夫在乌斯季瑟索利斯克时正是处于这样一个大环境之下。

而事实上，远离祖国文化中心的北方是大自然原生态的荒蛮之地，天然孕育于沃洛格达这方水土的济良文化为俄罗斯文化的发展无疑增添了更多的绮丽旖旎的地方风韵和神话色彩。而这里所生活的非斯拉夫族的科米－济良人，他们在自己独特的历史长河中养成了解读历史、回味历史、思考历史的习惯，并在不断的幻想中营造了独属于他们的艺术气质氛围。列米佐夫被流放至此时，与他们朝夕相伴，这片广袤无垠的土地，荒凉偏僻、人迹罕至，这种自然环境也培养了作家极具创造力的艺术风格，形成了胸襟坦荡、视野辽阔的创作格局，因此可以说这里的生活必然会直接影响到列米佐夫的创作，尤其是当地浓厚的神话氛围。根据列米佐夫的研究专家罗赞诺夫（Ю.В. Розанов）的观点，列米佐夫对于神话的兴趣主要是源自两个方面的原因：其一，俄罗斯的革命者们对于帝国边远地区受压迫人民的一种天然要保护的使命感；其二，也正是在这个地方，作家列米佐夫萌发出了一种“发现新大陆”的颓废情绪。[12]而作家本人曾在《午夜时分的太阳·史诗》（Полунощное соенце）的评论中，写到了自己在北方这块热土生活的经历，他非常真诚地写道：“当我生活在沃洛格达州的中心时，这里几乎可以算作是济良人活动的中心，在这里我目睹了一个不同于莫斯科、彼得堡这样的一个非俄罗斯的城市，这里好像一个独立的王国傲然立世。我在这里听着当地人所讲的那些故事，与他们在一起时消磨时光，度过北方独有的漫长冬夜。同时，我何其有幸，在这里结识了济良当地的文化名人，读到了他们的作品，了解了太多以前所不熟知的东西。扎科夫（К.Ф.Жаков）的作品、纳利莫夫（В.В. Налимов）的短篇小说犹如赐给我一顶隐形的魔法帽，戴着这顶帽子就可以自由地穿梭于这块奇怪而又陌生的济良土地，可以进入茂密的森林和广袤的田野，可以徜徉在济良的白夜，这里的白夜是多么令人难忘啊！”[13]

事实上，在列米佐夫看来，流放是革命战士英勇抵抗各种困难，磨炼其精神意志，准备与各种规范制度开启新战斗的理想之地，这里生活着对同志像兄弟一样充满着爱与热忱的人。这种情绪，这种流亡者的崇拜在革命诗人的诗歌中体现得淋漓尽致，比如波格拉斯（В.Г.Богораз）的《流亡者之歌》（Песня ссыльных）就是最好的例证：

不，苦难决不会摧毁我们，
我们不是新的试验品。
我们的胸膛依然健壮，
我们不怕流放多年的悲伤。

我们被残酷的敌人带走，
从孤寂的奴役中离开，
从监狱忧愁的高墙中离开，
去往那寒冷而又遥远的地方，
去往那北方冬天的王国。

但是，我们如兄弟一般团结友好，
我们的青春，我们的力量，
沉重的镣铐和苦难净化着，
我们的灵魂，

使我们成为一个不可动摇的联盟。

就让我们在北方的荒漠中变得，
比以前更为团结，
并且永远像一个铜墙铁壁一般，
坚不可摧。[14]

北方那冰雪严冬和荒蛮肃穆一同造就了这个地方不可言状的叙事话语空间，这里不仅留下了那些革命流放者和精神领袖们的身影，而且也成就了他们在苦难面前排解慰藉的文字片段，他们如兄弟一般团结在一起，激情探讨着俄罗斯国家社会体制的问题，他们沉迷于哲学、文学、艺术，在这里更加激发起善于思考的灵感，他们彼此让脆弱落寞的内心得到片刻缓解，用精神的丰盈充实着物资匮乏的艰难岁月。对于列米佐夫来说，北方开启了他文学创作的大门。正如库兹明克所言，列米佐夫在北方所度过的流放岁月，为他专心致志投身于创作活动带来了契机，他在这一时期与别尔嘉耶夫、波格丹诺夫（即马林诺夫斯基）、卢那察尔斯基、萨文科夫等人交往甚密，并且与这些人保持了终生的良好友谊。在这期间，他努力钻研西方和俄国最新的哲学和散文著作，而未来的文学史家和革命运动史学家晓格列夫则自觉担任起了指导列米佐夫学习上的导师。后来在与别人的通信中得知，列米佐夫这一时期的阅读范围很广，比如普希金、果戈理、陀思妥耶夫斯基、别林斯基等人的经典作品，欧洲和俄国一些哲学家们的著作，比如冯特、耶鲁扎列姆的著作，还有当时象征主义者们别雷、勃洛克和梅列日科夫斯基等人的新作。作家曾把这里比作是“北方的雅典”，因为这种环境时时培育着列米佐夫的创作冲动和求知欲望，与其他的流放者们一起创作了俄罗斯北方的奇迹。而列米佐夫本人在流放者中间又是极为活跃的，他不仅与流放者们之间保持积极的交流，而且也乐于融入当地生活，对当地的风土人情、神话传说、民间故事、童谣、谚俗语等表现出极大的兴趣，也许至今在乌斯季瑟索利斯克的居民中间还会流传着这样一件事，20世纪初有一个政治犯在这里走街串巷，他不断收集语言材料、神话传说、记录民间歌谣，对济良神话表现出异常浓厚的兴趣。

而列米佐夫本人却更倾向于将自己的北方经历从一开始就神话化。这一现象的特点都反映在列米佐夫的许多文本之中。现代的很多列米佐夫学家们，由于受到作家创作倾向的影响，对于作家北方流放经历重建了一幅离奇的画面。最早研究列米佐夫的专家格列希什金（С.С.Гресишкин）于1977年写道："由于一场近乎悲剧性的失误，导致他（指列米佐夫　本文作者注）与一群刑事犯（而不是政治犯）一同戴着镣铐行走了一千多俄里。"[15]在研究者看来，这一明显的荒谬就构成了列米佐夫神话的一部分。关于这一点美国斯拉夫学家格列塔·斯洛宾也提到过："列米佐夫被流放时并未和政治犯们待在一起，而是与一群普通的刑事犯们一起戴着镣铐前行。这一可怕的经历在列米佐夫的记忆中留下了不可磨灭的印象，他将其记录在自己的小说《被俘虏中》，后来在自传体随笔《碎片》(Иверень）中也提到这一点。"[16]因此，列米佐夫北方之行从一开始踏上行程便被罩上了一层不同寻常的神秘色彩，而正是这些神秘色彩和北方的特点结合共同构成了列米佐夫北方文本别具一格的特色。

二、列米佐夫的北方文本的主题、特点及语义

列米佐夫创作了一系列的北方文本，既包括早期的《被俘虏中》《午夜时分的太阳》《春粉》(Весеннее порошь)、《钟表》等作品，也包括后期他所创作的自传体作品，比如《前景灿烂》《彼得堡峡谷》(Петербургский буерак)、《碎片》等。接下来我们依托北方文本理论来分析列米佐夫上述创作的主题和特点。

1. 列米佐夫北方文本的主题和特点

在北方流放时期，作家创作的主要成果有《午夜时分的太阳》，中篇小说《被俘虏中》，在创作这些作品时，列米佐夫对济良当地的民俗学和民族志材料进行了加工处理，并且掌握了一种处理民俗学材料的基本技术和方法。这些作品大多形式非常短小精悍，体裁也很不固定，作家自己有时会将其称为“童话”(сказка)、“短篇小说”、有时还称为“史诗”(поэма)或者“中篇小说”(повесть)。[17]最初在《午夜时分的太阳》的集子里包含一个名为《白塔》(Белая башня)的短篇，后来，列米佐夫重新加工修改了这一部分内容，因此便出现了自传体中篇小说《在俘虏中》。而《午夜时分的太阳》最终版本就包含了诸如《北方之花》(Северные цветы)在内的一些作品，还有诸如史诗作品《犹大》(Иуда)，这些作品是以济良民间的神话形象为基础创作的。

在这些作品中出现了济良人的形象，描绘了北方的自然风光，而他公开发表的第一部作品《待嫁姑娘哭婚歌》，正是以济良的民间结婚的习俗为素材写成的。1902年这部作品发表于莫斯科的报纸《信使》(Курьер)，这是列米佐夫对济良民间传说文本的一种独特加工。在此之前，列米佐夫一系列尝试发表诗歌的举措都是失败的。这首《待嫁姑娘哭婚歌》后来收集在《循着太阳运行的方向》这部童话集里，这就成了作家在北方生活的艺术成就。该书于1906年12月下旬在莫斯科出版，后来作家还在不断对其进行注释和补充。在列米佐夫学家罗赞诺夫看来，列米佐夫民间创作风格正起源于《待嫁姑娘哭婚歌》，他也正是通过济良神话来研究民间神话诗学的。《循着太阳运行的方向》甫一出版就得到了读者们的喜欢和热捧，同时也得到了批评家们的高度评价，列米佐夫也因此被认为是“新神话思潮的领袖之一”。维亚·伊万诺夫当时在自己的一篇文章中指出，列米佐夫“对民间创作的源泉有一种生动而又直接的渗透。”[18]

事实上，初涉文坛的作家并未引起批评家们的强烈关注。甚至其中有一篇名为《女妖》(Кикимора)的童话故事还引起了很大的争议。因为大家对于这部作品的褒贬不一。也正因为如此，后来在三个很有权威的杂志上，即《教育》(Образование)、《上帝的世界》(Мир Божий)、《俄罗斯财富》(Русское богатство)都出现了大量的评论性文章，并且也屡次刊登了《女妖》一文。在列米佐夫学家罗赞诺夫看来，这部作品本身就蕴含着非常浓烈的颓废派的堕落思想。作家曾不止一次地提到，正是在这个具有魔力的济良土地上首次遇见了女妖，为了表达对这一人物角色的高度认可，列米佐夫在文本中经常将其首字母大写“Кикимора”。而在《万物的火光》中作家道出了这一角色的来源：“您看看，她（指的是女妖 本文作者注）是如何坐在一个细小的木桩上生活的。有一次我在乌斯季瑟索利斯克的时候，那是一个春日阳光明媚的早晨，我就遇见了她，那时候太阳还未完全爬上山，突然传来了令人窒息的尖叫声！她似乎在专心地清理自己的小蹄子。但率先映入我脑海的却是她脸上那丰富的表情和想象力，她看起来热情洋溢，动作欢快轻盈，总是一蹦一跳的，活脱脱就像一个纺线的锤子。”[19]后来作家在与妻子的通信中追忆起流放生活时，再次提到了女妖，“在这里我基本上过着边缘化的生活，只与流放者之间保持着正常的交往，我的世界里只有那些生活在北方的女妖，她们是属于森林的，也是属于白夜的。”[20]出此可见，《女妖》这部作品是作家与神话化事物相遇的诗体短篇小说，也是一篇改自济良民间神话的童话故事。1903 年 5 月，列米佐夫遇到了济良当地的民俗学家纳利莫夫，当时他正准备将文章投稿至《民族学评论》(Этнографическое обозрение)的手稿，列米佐夫接触到这些之后，在写给妻子谢拉菲姆的信中谈到了自己在读完纳利莫夫的材料之后的印象。列米佐夫在信中同样提到了关于济良的最后一批女妖之死的信息。[21]由此看来，在列米佐夫的认知中，“女妖”这一形象就是来自济良神话。

而针对这一问题，有现代学者指责列米佐夫对于女妖这一形象的民族归属问题的轻率处理。在罗森塔尔（Ш.Розенталь）看来，列米佐夫把一个地地道道的俄罗斯民间神话中的人物错误地当成了济良神话中奥梅尔（Омель）的缔造者，他认为列米佐夫的这种做法是一种“离奇的植入”(причудливое включение)。[22]作家似乎也意识到了这一点，于是他在《夜半时分的太阳》(Чертов лог и полунощное солнце）第二版的注解中特意强调了自己作品中女主人公民族学方面的双重性：“女妖——对我们俄罗斯人来说是非常亲近的形象，可以说是奥梅尔（Омель）的产物。”[23]列米佐夫对于这一问题的另一个说辞就是“有一点很清晰，女妖的故乡就在沃洛格达。”[24]因此，这一形象的民族学起源的双重性并未消除，因为在列米佐夫的流放时期，科米－济良人生活的大部分地区都属于沃洛格达州。现在女妖的斯拉夫血统已无人质疑，有一种最为流行的说法，就是随着多神教的结束，斯拉夫女神摩卡神（Мокошь）[25]转换成了两级神，较高层级的是圣帕拉斯克娃·皮亚特尼察（Параскева Пятница Бабья святая），较低一层级的就是女妖（Кикимора）。[26]与此同时，在当地的神话传统中“女妖”（Кикимора）就拥有了多重含义：“引发癔症的灵魂”“热病的拟人化”“被恶魔代替的婴儿”“家神或者树妖的妻子”“泉水的神话女主人”“豌豆田的守护神”等。[27]20世纪初，还有对于女妖的其他解释，很明显这对列米佐夫来说是极为熟悉的。一些民俗学家们将女妖同法国的沼泽精灵（cauchemar’）相提并论，也有人从这个词里看到了芬兰－乌戈尔语的词根，这与列米佐夫的版本就极为相似。

纵观列米佐夫所创作的北方文本，在1900年至1903年创作于乌斯季瑟索利斯克和沃洛格达时期的作品，包括自传体中篇小说《被俘虏中》、长篇小说《池塘》、短篇小说《新年》侧重于颓废派美学，在这些作品中首先要表达的是不自由、囚禁的主题以及人的个性在荒蛮之地的退化。风景描写中的自然主义与对流放神秘理解相结合，是一个存在主义中绝望的空间。文本中北方自然的描述是极富象征性的，它们刻意强调了悲剧的总体情绪和生存的意义。“那昂贵的淡紫色的地毯，就像溅上了血一样，沼泽上生着一层青苔向四处蔓延，就像死了一般寂静。腐烂物的气味，就像一张大网，覆盖着有毒的果实，到处充满了死亡的味道。”[28]直至过了半个世纪以后，作者在回忆北方的沼泽的植被时，才减轻了那种颓废的气息。1949年8月，他在给自己的传记作者写信时提到：“我被伯朝拉森林中的彩色地衣所震撼，思绪便随着那种丝绒般的东西潜入地底……”[29]这一时期列米佐夫的作品明显地受到了中世纪时期对于俄罗斯北方的认知，即认为北方是死者的王国，是恶魔的居所。恶魔自己统治着这片土地，这里所有的恶行，包括人与人之间的关系，都是由恶魔的意志所决定的。

这一切并非偶然，在列米佐夫的《沃洛格达中篇小说集》（Вологодская повесть）以及《钟表》中，列米佐夫将魔鬼安置在沃洛格达的主钟楼上，钟楼是沃洛格达教区的最高建筑。而他在文本中着力刻画的是教堂西墙壁上的一幅壁画，壁画描绘的是一个异常富有表现力的黑暗大公的形象。后来在彼得堡时期，作家经常忆及自己那"北方囚禁"的生活，以不同的方式将这片土地与"魔鬼"联系了起来。熟悉列米佐夫的拉脱维亚作家在小说《无法逃避的命运》(Неотвратимые судьбы）中以列米佐夫为原型塑造了布布卡（Бубука）先生的形象。这一形象不仅反映了列米佐夫在乌斯季瑟索利斯克的真实生活，而且也再现了他们的思维模式。布布卡先生的讲话常常不合逻辑且语无伦次，可是作者也认为真正的神话缔造者说话的方式就应该像布布卡这样。这里的北方人非常奇特，因为这里不仅生活着蒙古的种族，还有一些斯拉夫人，可怕而又漫长的冬天带来的是无尽的无聊，并且让他们长期处于撒旦的控制之下。因为与撒旦在一起总是充满了欢乐。而相反的是，与天使们在一起常常会因为无事可做而显得寂寥无比。[30]

在列米佐夫创作的北方文本中，作家所运用的另一个方法就是对当地民俗学材料的收集和加工。1905 年在《蝎子》出版社出版的选集《亚述人的北方之花》(下文简称北方之花）第 4 期中刊登了几篇列米佐夫的作品，这些作品大多是根据济良神话母题所创作的。作品《北方之花》是对济良民间母题的虚拟作品。生活在乌斯季瑟索利斯克时，在沃洛格达的济良人居住的中心，我们发现列米佐夫的文献来源大多是济良普通人所讲述的故事。雷特金（Г.С.Лыткин）被称为是"济良的百科全书"，他的著作有《彼尔姆助教时期的济良边区和济良语言·济良人俄语学习指南》(Зырянский край при епископах пермских и зырянский язык. Пособие при изучении зырянами русского языка)。该书于 1889 年在圣彼得堡出版，列米佐夫同时还参考了济良爱国人士纳利莫夫所作的民间田野调查笔记。后来就把这些东西反映在自己的童话诗集《循着太阳运行的方向》中。

2. 列米佐夫文本中俄罗斯北方的语义分析

列米佐夫的创作中有着十分深厚的北方根源，他自己曾接触过 15 世纪基里尔－别洛泽尔斯基修道院的手稿，也参照了奥丘科夫（Н.Е.Ончуков）的《北方童话集》（Северные сказки. Сборник Н.Е.Ончукова）。1915 年作家出版了作品集《春粉》，集子里俄罗斯北方的母题占据了很重要的地位，作家在集子里收录了不同时期的作品，且大部分作品都是之前发表在各类期刊上的，里面的作品题材迥异。《春粉》中与北方的联系是非常广泛的，并且表现形式十分多样，正如特雷什金娜所言，作品的名称让人想起了俄罗斯的北方地区以及与旧礼仪派的关系。“Порошье”一词是列米佐夫从《叶皮凡尼修士行传》（Житие Инока Епифания）中借用而来的，叶皮凡尼是大司祭阿瓦库姆的同志（сподвижник），身上充满了神性的光环，而在行传中写道叶皮凡尼的死亡时，并未像阿瓦库姆《自传》中所说的那样被烧毁，而是以升天告终。在注解中他解释了自己作品名称的来源，“Порошье”一词在《自传》中是“最诱人的片段”，这便引起了列米佐夫的强烈关注。“到目前为止，魔鬼不可能有更加肮脏的伎俩，烧掉我的牢房，否则他就是个恶棍：他在牢房里放了很多蠕虫，而且通常情况下，那些蠕虫令人满身起鸡皮疙瘩，并且会流下痛苦的泪水。”[31]“我会告诉你，关于你的真理、仁慈和保护……他们会痛打我，但我会为了你的真理忍受一切，美丽的荒漠，我最心爱的母亲……我会以轻松的心情跟随你……进入永生。”[32]作家创造了一个真正的俄罗斯人的形象，只坚持了一个原则，即“所有古老的，都是神圣的”，这是属于旧礼仪派的观点，也是列米佐夫的创作艺术思想。就像小说《教妹》中“所有古老的东西”出现在阿多妮娅·伊沃伊洛夫娜·茹拉夫廖娃的梦中，被赋予了田园般神圣的色彩：“她梦见故乡，故乡的河流——奥涅加河、德维纳河、皮涅加河、梅赞河、彼巧拉河以及旧俄国华丽的锦缎衣裳、白色的和粉红色的拉普兰珍珠、鲸鱼、海豹、缆索、萨摩耶德人、童话和古代传说、漫长的冬夜和半夜里的太阳、索洛甫基岛和环舞。”[33]

俄罗斯的北方主题在《春粉》中占据了很重要的地位，这里的“北方”

含义是多样的，既可以指北方的外省城市，因为从传统意义来看，这里就是旧礼仪派们的居住地，也可以是北方首都彼得堡，这座被欧化了的首都城市。但是根据研究者特雷什金娜的观点来看，列米佐夫文本中所呈现的俄罗斯北方主要体现的是“神圣罗斯”的概念，是“失乐园”的形象，但这也并非意味着需要将俄罗斯北方的形象理想化。比如集子中的短篇小说《野人》(Дикие)，故事情节的展开空间是沃洛格达和彼得堡。在这部作品中，作者有意对俄罗斯的北方外省城市和彼得堡进行了对比，但是从文本来看，作家突出强调两个地方外在的差异，而事实上却深化了两者之间内在的一致性，即在作家看来这两个地方都是被上帝剥夺了神圣荣誉的地方。在作品中列米佐夫表达了对于人以及人在世界中的地位非常悲观的态度，一个很清晰的母题就是人在被上帝遗弃之后的失落感和孤独感。

正如上文所言，沃洛格达是列米佐夫命运中至关重要的一座城市，他在这里度过了自己几年的流放生涯（1901—1903），这一时期的沃洛格达被认为是政治与哲学思想交汇的中心，被流放者们认为是“北方的雅典”。在《野人》中列米佐夫写到在沃洛格达出现了一群野鸵鸟，这些濒临死亡的鸟儿引起了讲述者的无限同情，而这里的野人也同样引起了主人公的同情与怜悯，“我时常感到非常的难受，并且都有些心痛，他们是如此轻信别人，就如同孩子一般天真无邪，他们看起来很无辜，想法单纯，我们普通人很难像他们那样去思考、去生活。”[34]在文本中沃洛格达的形象是通过一系列的细节刻画展现出来的，“沃洛格达式的寒冷，这种严寒简直可以要人的命。”[35]相比之下，圣彼得堡虽然没有那么冷，而且娱乐活动会更多，但是究其实质这两个城市之间并无差别。无论是在沃洛格达，还是彼得堡，生活的同样都是那些被上帝所遗弃的不幸之人。“我们比那些野鸵鸟和野人更不幸，更加能够感受到上帝对我们的遗弃。我们没有他们那样的耐心，也没有他们那般灿烂的笑容，没有他们那孩童般的天真无邪，更没有他们那么坚强的毅力和忍耐力，我们的心就像石头般渐渐硬了起来，慢慢地就僵化了……”[36]在文本中俄罗斯的北方城市代表的是整个俄罗斯，然而作家的思绪却超出了俄罗斯的范围，延伸至全世界，因为在文本中他开始担忧起全世界的命运来，“是谁给了我们光和热，谁又净化了我们的灵魂，唤醒了我们的良知，点燃了我们的心灵，为的就是忍受一切，接受一切，直至你自己也离开了我们？”[37]

圣彼得堡，对列米佐夫来说也是一个意义重大的城市，列米佐夫从1905年开始至侨居国外之前一直生活在这里，北方首都的形象对于理解作家的创作过程十分重要。列米佐夫的彼得堡文本意义多样且复杂矛盾的，其中既包含了像《春粉》这样的篇章，也有像《教妹》一样将彼得堡作为反基督的窠臼来表达的作品。

在列米佐夫的早期创作中，彼得堡的形象一般是延续着20世纪初传统的“沼泽神话”(болотный миф)，这种神话是由普希金、果戈理、陀思妥耶夫斯基所共同构建起来的。在小说《教妹》和《哭泣的沟壕》中作家延续了这一神话，用研究者罗赞诺夫的话来说，“彼得堡的作家们对沼泽主题的偏爱，在某种程度上是与彼得堡文本的传统息息相关的，这座建立在涅瓦河畔的城市里创造了属于自己的沼泽神话。”[38]纳博科夫道出了这一神话要素的实质：“俄罗斯的这座主要的城市是一个天才的暴君在一片沼泽和沼泽中无数奴隶的尸骨中建立起来的，因此这就是这座城市充满古怪的根源，也是它原罪的始末。淹没城市的涅瓦河好像是神话般的报应（就像普希金所描绘的那样），沼泽中的魔鬼们不断地试图夺回属于他们自己的东西。”[39]《春粉》中不止一次地出现了“沼泽神话”，比如在短篇小说《怪物》(Чудо）中，对彼得堡的描写中就清晰地再现了果戈理《彼得堡小说集》里出现的母题：所有的一切似乎跟现实中的很不相符，主人公被怪物们包围着，涅瓦大街则揭示了万物的本质：“我一坐到中心广场，就像有意似的，周边的草地上充斥着各种可怕的野兽，而且不仅仅是野兽，是某种长着昆虫头的东西，当漫步于涅瓦大街并遇到这些怪物时，对于刚才遇见的什么，印象一下子就消散了，被其他的东西所代替。”[40]在短篇小说《灾难》(Беда）中，城市被刻画为严酷的、忙碌的、令人担忧的、忧郁的地方，于是列米佐夫的主人公时刻都梦想着要逃离彼得堡这个充满负能量的地方。《小鸟儿》(Птичка) 中的主人公试图逃离彼得堡，去任何一个外省城市都可以。也正是当他离开了彼得堡之后，就进入了一个充满诗意的外省童话世界。

但是作家对于“圣彼得堡”的这一形象的理解与刻画又是充满了矛盾的，《春粉》中还刻画了另外一个不一样的“彼得堡”形象，彼得堡在这里成了神圣的罗斯。比如在《斯帕索夫的火光》(Спасов огонёк) 中列米佐夫同已形成的“沼泽神话”进行辩论，试图剔除这种神话的影响。作家把彼得堡城市的严酷、潮湿以及令人惶恐的特点与先知约翰的精神价值相比较，他认为先知约翰所具有的这种精神价值在彼得堡的修道院里被传承了下来，已经融入俄罗斯民族的骨血中去了。他那关于彼得堡的精神赞歌就是最好的见证，“你是我们的光，赫赫有名的彼得之城，是耶稣庇护的花园之城。”[41]小说中描述了讲述者参观喀山大教堂的情景，去教堂的路上平川旷野，行人寥若晨星，但是到了教堂却发现这里云集一堂，很多人都聚集在此，手持蜡烛：“圣母有很多蜡烛，所有人都举起来，满满一烛台……”[42]列米佐夫描绘了彼得堡圣徒斯帕索夫的火光照耀着彼得堡，甚至也照耀着整个俄罗斯。在这里，作家将俄罗斯看作是一个统一的整体，其中最主要的就是信仰上的一致，无处不在的上帝将整个俄罗斯聚成一团火，就如同那斯帕索夫的火光一样，照耀着所有人的生活。因此在小说的结尾发出了赞叹：“俄罗斯正在燃烧！在那广袤的俄罗斯大地上，星光灿烂，火热的伏尔加河映射着喧闹嘈杂的霞光，俄罗斯正在燃烧！斯帕索夫热情的火焰将拯救俄罗斯的灵魂和可爱的名字。”[43]

还有一篇写于1913年的小说《装饰花环》(Украш-венец) 也证明了列米佐夫对于这种沼泽神话的破除。根据作家的注释，这篇作品是根据卢日支传说中关于基督与门徒的故事，后来这一故事被布斯拉耶夫（Ф.И.Буслаев）改编到《亚库什金收集的俄罗斯民间歌谣》(Русские народные песни, собранные П.И.Якушкиным) 的前言中。在《装饰花环》中，讲述的是基督与使徒彼得游历的故事，在俄罗斯关于基督与使徒游历民间的情节早已十分盛行。在阿法纳西耶夫的《俄罗斯民间传说》(Народные русские легенды)中记录了很多关于基督优良的传说，据传说记载，救世主与使徒化身为可怜的流浪者漫游在大地上。他体验“人性的慈悲……惩罚那些铁石心肠、贪婪自私和吝啬的人，奖赏那些富有同情心的、善良的人。”[44]这一情节自然引起了列米佐夫的关注，作者在借用这一情节的时候将其引入到具体的时空里来，他写到行为的发生地就在俄罗斯，更准确地说就是彼得堡：“基督与一位忠实的使徒走过我们的大地，经过神圣的罗斯，行走在那白雪皑皑的涅瓦河上。”[45]因此，艺术空间被进一步神话化，罗斯，更准确点说就是彼得堡，是基督和使徒游历的圣地。按照多岑科的说法，“从1910年开始，在列米佐夫的意识中，彼得堡的神圣想法占据了主导地位，为了证明这一思想，他将神圣的彼得之城作为自己寓言传说《装饰花环》情节的发生地。”[46]

因此，在《春粉》中，北方文本的主题显得复杂而多义，它不仅包含了俄罗斯北方的外省城市的形象，而且也包含彼得堡形象。正如特雷什金娜所指出的那样，从一方面来看，俄罗斯的北方被神化为彼得之前罗斯的理想之地：“古老的东西就是神圣的。”[47]《春粉》中出现了“失乐园”形象，另一方面彼得堡被描绘成神圣罗斯的一部分。彼得之城，他的后裔就是游历过的圣地。列米佐夫摒弃了沼泽神话，使得圣彼得堡成为新天堂的形象。

其次，在童话集《走向大海》中，阿拉列伊和列伊拉的冰海之旅，以寓言故事的形式获得了真正的信仰，所谓的“圣地”，就是俄罗斯北方的地方，是“基督诞生的地方”，而在《伪经》(Отреченные повести)中有贤士来自冰海，列米佐夫本着民间传统的精神，将圣经的故事情节俄罗斯化。在小说《池塘》中，奥戈雷舍夫兄弟们孩子般的祈祷与关于“印第安王子约瑟夫”诗歌吟诵和模仿教堂“扮演大祭司”的游戏之间形成了鲜明的对比。“荒漠母亲”(Мать-пустыня)的清晰形象，“羊就躺在老虎身边”，将成为亚历山大·奥格雷利舍夫年轻时美好的回忆。在《池塘》中，“失乐园”是传统形象的融合。

此外，在《教妹》中，薇拉·克利卡切娃是垂死的传统文化的象征，在文本中她“是一位瘦削的小姐，如此瘦削，简直让人替她担心，特别是看到她整夜读书。一个人靠着什么才能活着：脸上一点儿血色都没有，目光惘然若失——那是四处飘零的神圣的罗斯的目光。”[48]在文本中列米佐夫多次提到薇拉·克利卡切娃是“神圣的罗斯”，“她那惘然若失的目光——四处飘零的神圣的罗斯的目光却变得像是两堆火，她哭了整整一夜，她不是啜泣，而是哀号，仿佛是绳索套在她的脖子上，勒得紧紧的。”[49]在文本中，薇拉·克利卡切娃是“神圣罗斯”的代表，她代表着逝去的古老罗斯的文化传统和美学象征。她熟读文化经典，崇尚古风，最擅长唱科林特林斯克的古老歌谣，她会用极其古老的方式咏唱那些洋溢着古罗斯气息的歌谣，“她咏唱的楔子讲的是七只野山羊和它们的母亲母野山羊的故事，七只金角野山羊来到蓝色的大海边上，游过了蓝色的大海，登上了美丽的布扬岛，它们在布扬岛上遇到了一只母野山羊——那是它们的母亲。野山羊们向它讲了它们经过基辅，经过沃斯克列先斯克教堂时发生的事情，它们看见了什么样的奇迹：从教堂里走出一个少女，头上顶着一本金书，她走到齐腰深的涅瓦河里，把书放到一块白色的石头上，一边读书一边哭泣。母野山羊向野山羊们解释了这个奇迹：少女就是圣母，她读的金书就是《圣经》，她一边读一边哭泣，是因为她听到了笼罩在基辅和整个神圣罗斯上空的灾难。壮士伊里亚·穆罗梅茨屹立在野山羊的身后，身材魁梧，壮士在斯维亚托戈尔的棺材旁深深吸了一口气——吸进三分之一的棺材白沫，于是他感到浑身发热，力大无穷，伊里亚不知道把力量使到何处去。这时来了内部修道院长邱里利娅——一只火红的狐狸，有 40 个黑衣少女跟随着她，好像是加里西亚人。从鲍戈柳鲍夫修道院里走出凶煞的长老伊格里姆人科洛格列米谢，他敲敲打打，发出隆隆的响声，想要拯救自己的灵魂，进入天堂，用口袋背着一颗白色卷心菜、一个苦涩的萝卜、一个红色的甜菜疙瘩——一个黑姑娘。金角野山羊们又在蓝色的大海上航行，遇见自己的母亲，向她讲了见到的奇迹……薇拉·尼古拉耶芙娜还唱了关于大胡子的好汉的强盗之歌，她也唱了关于江湖艺人——快乐的人们的故事……江湖艺人们，演起来，快乐的人们，耍起来，好让我的头别再疼痛，好让我的心别再愁闷……”[50]这些例子，当然并未穷尽俄罗斯北方文化作为一种特殊的、真实的价值体系。

综上，列米佐夫的对于“北方”空间的定义也是比较广泛，除了俄罗斯北方的外省城市之外，就连北方首都彼得堡也算在其中。同时俄罗斯北方文本的主题也是十分宽泛而复杂的，俄罗斯北方作为“失乐园”“神圣的罗斯”的形象语义被多次反复刻画，可谓是大大丰富了俄罗斯文学的“北方文本”。

三、列米佐夫北方文本中的时空体形式研究

恩格斯曾经在《自然辩证法》中提出过这样一种观点，他认为在希腊哲学多种多样的形式中，差不多可以找到以后各种观点的胚胎、萌芽。而对时间和空间问题的讨论早在古希腊时代就已经出现在哲学家们的研究视野中，因为对哲学中一切重大问题的解决都是从时空问题出发。古希腊哲学家德谟克利特曾认为，空间就是“虚无”，因此是属于没有客观物质属性的时空观念。柏拉图曾在《蒂迈欧篇》中表达了对于时空的观点，他认为理念是永恒存在的东西，但是将这永恒的理念完全赋予客观物体又是不可能的。因此他认为这永恒的理念需要一个活动的形象，就是根据数的规律而持续运动的时间。这样，柏拉图就提出了时间与永恒理念之间的关系，但是他将时间排斥在存在之外并否定其超越性。后来亚里士多德从多时空观以及多个角度对时空进行研究，他提出了运动的数的论点，即时间是通过运动体现出来的，运动完成的数量与时间经过的量总是保持恒定的，因此亚里士多德时空观的特点之一就是以运动来解释时间，并确定了对应关系。这种观点曾在中世纪一直占据着时空观的统治地位。

所以长期以来，时间在历史与进化的图式中得到了足够的关注，而空间却被忽视，或者被当作是一种与时间决然对立的存在，正如米歇尔·福柯在《关于地理问题》中所提到的：“使用空间的词语看起来就具有一种反历史的气息。如果有人开始用空间的词语来谈论问题，那么，这就意味着他对时

间充满敌意。”[51]在传统的文学批评中，时间是优于空间的，尤其是从 19 世纪下半叶开始，“空间再次被当作人物发展的戏剧得以展开的‘舞台’，被当作一种场景，传统在其中显然被看成在重要性方面次于人物的东西。”[52]而随着物理学、哲学、文学批评中对地理和空间这一概念的关注，从诸多角度对此进行了研究，进而也影响了俄国文学批评家巴赫金的时空理论。

巴赫金的时空体理论是基于乌赫托姆斯基生物学中时空体的理论、康德的理论观点和物理学中爱因斯坦的相对论。巴赫金通过对文学中时空体含义的界定来彰显时空体的意义，在他看来时间和空间是一对统一的概念，它们是相互依赖、缺一不可的同一关系。他在《长篇小说的时间形式和时空体形式》一文中提出了“时空体”(хронотоп)，主要指的是文学艺术中的时间关系和空间关系。虽然这一术语是源自数学科学，但是当它被巴赫金借用到文学研究中来时就具有了特殊的含义。他认为，时间和空间具有统一性和同一性，是相互交织在一起的一组概念术语，空间和时间不可分割，并且将时间认为是空间的第四维。在他看来，“在文学中的艺术时空体里，空间和时间标志融合在一个被认识了的具体的整体中。时间在这里浓缩、凝聚，变成艺术上可见的东西；空间则趋向紧张，被卷入时间、情节、历史的运动之中。时间的标志主要展现在空间里，而空间则主要通过时间来理解和衡量。这种不同系列的交叉和不同标志的融合，正是艺术时空体的特征所在。”[53]巴赫金认为时空体在文学中有一个非常重要的特点就是决定文学的体裁意义，题材和体裁类别的确定是由文本的时空体决定的，而在时空体中，时间是其主导因素。除此之外，时空体还能在很大程度上决定文学作品中的人物形象。巴赫金以欧洲不同时期的不同体裁的作品为素材对此理论进行了研究分析，从希腊时期的小说、中世纪的文学作品、文艺复兴时期、18 至 19 世纪的文学作品范畴中的时空题为切入点，总结出了时空体中相对稳定的特性，为后来学者开启研究艺术和文学中的时间和空间形式提供了范例经验和理论依据。

首先，列米佐夫创作的童话文本中，就运用了巧妙精细的传奇时间。这一时空体形象与古希腊小说中的传奇时间特点极为相似。这类作品的情节大多有相似之处，实质上是由相同的成分组成的，只是这些成分的数量变化不定，它们在整个情节中的比重，相互组合的程度等方面不同而已。按照巴赫金的理论观点，一般这种故事中会有“一对婚龄男女，出身不详，带点神秘。两人都美貌异常，又纯洁异常。他们不期而遇，一般是在喜庆佳节。两人一见钟情，势不可遏，如同命运，如同不治之症。可是他们不能马上完婚。男青年遇到了障碍，只得延缓婚期。一对恋人各自东西，互相寻找，终于重逢。而后又失散，再相聚。经历恋人们常见的障碍而后奇遇，结婚前夜新娘被抢，双亲（如果有的话）不同意婚事，而给相爱之人另择配偶（虚设的配偶），恋人双双出逃。他们启程旅行。海上起浪，船舶遇险。人奇迹般得救，复遇海盗，被掳关入囚室。男女主人公的童贞遭到侵犯。女主角经受战争作为赎罪的牺牲。被卖作奴隶。假死。换装。认出或认不出。虚构的情变。破坏纯洁和忠贞。横加罪名。法庭审理。法庭查验恋人的纯洁和忠诚。主人公们找到自己的亲人（如果他们还未出场）。小说以恋人晚婚的圆满结局告终。”[54]列米佐夫的童话集《俄罗斯妇女》里的作品正是属于这种类型，虽然文本中对于上文巴赫金所提到的情节内容并不全部具有，但是其基本成分相同，只是比重不同而已，比如在童话《诽谤者》中情节的出发点正是男女主人公的初遇以及相互爱恋之情的突然爆发，而情节的重点便是“从此幸福地生活在一起”，在这两点之间展开了童话的全部情节，这两个点之间也发生了主人公的全部生活事件。传记生活中的两个相邻点之间所出现的间隔、停顿、旁白并不能列入传记时间的序列，而是置身于传记时间中。因此这种时间不能增加起码的生理上的时间长度、年龄上的时间长度。主人公们是在适合于婚嫁的年龄在开头邂逅，而在结尾时依然是以适于婚嫁的年龄生活在一起，而他们之间所经历的奇遇似乎并不能计算在文本中，这些奇遇范围内的时刻，是完全不计入主人公们的年岁中，是超越时间的空白之上。用巴赫金的话来说：“在这个传奇时间里，什么都不会发生变化，世界依然如故，主人公们的传记生活依然如故，他们的感情也依旧不变，人们在这个时间里甚至都不衰老。这一虚空的时间无论在哪里也没有留下任何痕迹，没有任何标志保存下来说明它过去存在。”[55]

其次，列米佐夫北方文本的空间结构呈现出了一组二元对立，即“宇宙”(космос) 与“混沌”(хаос)。代表宇宙的是“一种有序的、被驯服了的空间”典范，而代表混沌的以“自然力”“旋风”“魔鬼力量”等不受控制的自然力量居多，这是空间神话化的两种典型模式。《北方之花》中的作品，大多是与济良神话中的情节与形象有关。在第一首诗歌《奥梅尔与恩》(Омель и Ен) 的世界构造是在全宇宙的规模上展开的，“苍穹无边无际”“随风绵延开来”，天空和大地是宇宙神话的传统空间，在接下来的诗集中作者描绘了“恩那白色严酷的王国”在广阔的空间中生活着各种各样的神话生物，鲍列茨妮思(Полезницы)、女妖 (Кикимора)，等等。在这个无尽的白色王国里空间形式是相对程式化的，一切都发生在宇宙之中。

《在俘虏中》这部作品的第三章有一篇名为《在午夜太阳的王国里》(В царстве полунощного солнца)，在文本中，其中北方的空间被描述得更为具体可见，该空间具有真实的轮廓和特征，但抒情主人公看到了暴风雪的王国，铺天盖地的雪暴浑然天成，在这里的茫茫大雪将尘世的鲜血覆盖了，宛如盖上了一对白色的蓬松翅膀。[56]为生命带来了死亡，但是在经过漫长的极夜之后，就迎来了具有白夜般灿烂面孔的春天，头戴着白色的浆果的花环，从头到脚都缠绕着白色苔藓的花边。[57]

除了“宇宙”和“混乱”这样一对二元对立构成的空间结构，在列米佐夫创作的神话文本中还有垂直空间的三分法特点：“上为天，中为人间现实世界，下为冥界。”[58]这种空间划分法在童话故事集《循着太阳运行的方向》里比比皆是。比如在童话《库帕拉之火》讲到了死者的盛宴时刻来临，瞬间大地也消失了，魔鬼们从地底下爬起来参加盛宴。而这种几个空间的结合是神话典型的诗学特点。在《循着太阳运行的方向》中的春季系列里，即《明媚的春天》中，根据作者的注释，这一系列的童话大多是根据孩童的游戏进行改编的，比如《色彩缤纷》(Красочки)、《科斯特拉马》(Кострома)、

《猫与老鼠》(Кошки и мышки)，比如在这里面有一个认干亲的仪式，故事就发生在一个非常程式化的自然空间里，这里面有“蓝色的森林”“危险的沼泽”“田野”“陡峭的山脉”等传统俄国民间神话的形象为标志。

此外，也还有一些熟悉的形象，是边界的象征，将自己与他人的空间分隔开来，例如在《灰狼捉天鹅》(Гуси-лебеди）中的“山”就充当了两个不同空间的边界。“一只狼坐在山下，等待着天鹅的到来。”《明媚的夏天》(Лето красное）中的最后一篇童话中也出现了重要的边界形象，标记着属于自己的（内部的）和他人的（外界的）空间，而这种内外对立，或者说他者与自己文化对立的情节元素在神话文本中是非常常见的。苏联学者梅列金斯基认为，在神话中象征分类最原始的元素并不是情节，而是各种语义形态的对立关系，而这种语义对立最基本的，也是最原始的就是空间和感性观感，比如上与下，左与右，近与远，内与外，大与小，暖与冷，干与湿，静与噪，明与晦等；第二种是宇宙的空间及时间连续统中最常见的对立形态，比如天与地，地面与地下，陆地与海洋，南与北，东与西，白昼与黑夜，冬与夏，日与月。在这种对立形态还会加入社会共同体同宇宙、自然和文化之间的对比关系，比如水与火，日火与灶火，生与熟，屋舍与林莽，聚落与荒漠，等等。[59]这种语义对立所体现的是人的空间方位感以及对比感，人往往是通过这种语义对立的关系形态过渡到对其进行宇宙论式的认识，过渡到诉诸人体的各种感官的系统，并过渡到一定的价值化，这样就进入到神话范畴。比如《卡列齐纳－马列齐纳》（Калечина маленина）中的门和篱笆也是承担起了边界和门槛的作用，正是这两个将院子和森林隔开了：

卡列齐纳－马列齐纳

献给谢尔盖·戈罗杰茨基

母鸡从院子里跑来——

卡列齐纳到大门口，

马列齐纳爬上柔软的篱笆，
像小蚊子一样细细地哼着歌曲，
等着：
“是否有人呼唤卡列齐纳来占卜一下夜晚？”

卡列齐纳有一只木脚，
马列齐纳有一只木手，
卡列齐纳－马列齐纳有一只眼睛——
小巧而又大胆的眼睛。

卡列齐纳－马列齐纳，
还有多长时间就到了夜晚？

卡列齐纳－马列齐纳从篱笆上跳下，
整个身子蜷缩着——
一跳，一跳，一跳的，
1，2，3，4，5，6，7！

一下子溜上了篱笆。发起愁来，
像蚊子一样细细哼着歌曲，
等着：
“是否有人呼唤卡列齐纳来占卜一下夜晚？”

卡列齐纳有七个兄弟，
马列齐纳有七个姐妹，
而第八个不是亲生的，是旋风——
乖乖的，却又讨人嫌。

卡列齐纳－马列齐纳，

还有多长时间就到了夜晚？

夜晚的时候闯入森林，旋风在森林里旋转，

夜晚的时候卡列齐纳欢快地游荡在森林。

夜晚天空的月光闪烁着，

穿过一丝丝的黑暗……

母鸡从院子里跑来——

卡列齐纳到大门口。[60]

在上面这篇童话中，院子里的“篱笆”和“大门”就起到了边界的作用，篱笆和大门以内是属于卡列齐纳－马列齐纳白天生活的空间范围，是属于自己内部的空间，而篱笆和大门以外的森林和田野是外部空间，则是他们夜晚生活的空间，是属于旋风的世界，代表着不属于自己内部文化的异己空间，于是森林里的一切全都是不确定的存在，是不熟悉的别人的东西。这里生活的都是一些神话人物，比如森林的卡列齐纳－马列齐纳，她有七个兄弟，七个都是风，第八个是旋风，以及淘气的“女妖”。因此，在这个庞大的时空体中门槛或者边界，都是一个具有神秘象征意义的场所。在此，列米佐夫童话文本中的门槛或者界限就充满了强烈的隐喻意义。就如巴赫金在《长篇小说的实践形式和时空体形式》中提到的“门槛”一样，巴赫金认为，在所有的时空体形式中，“门槛”是渗透着强烈的感情和价值意味的时空体，也是“危机和生活与转折的时空体”，“门槛”一词本身在实际的语言中，就获得了隐喻意义，并同一系列因素结合在一起，比如生活的骤变、危机、改变生活的决定（或犹豫不决，害怕越过门槛）。[61]但是在具体的文本中，门槛时空体总是能表现出一种强大的隐喻意义和象征意义，偶然以公开的形式出现，大多数情况是采用隐蔽的形式，比如在这里列米佐夫的童话中，用篱笆将两个不同的世界分开，篱笆就如同这门槛一样，与之相邻的往往是森林这样的时空体，通常也是情节的展开地，甚至其中还潜藏着一定的危险、堕落、危机以及改变人生重要轨迹的事件发生的重要场所。比如童话《小熊崽》(Медведюшка) 中写到，在一片广阔的田野上，一个洞穴里生活着两只老鼠，年长的老鼠明令禁止年幼的老鼠离开自己生活的洞穴，但是这只年幼的老鼠——长胡子的玛尔新卡却违反禁令跑进了空旷的田野里，它“越过沼泽，穿过森林，沿着河流到达了山岗上，并且到达了扎布鲁加里斯克城堡。”[62]除此之外，在《循着太阳运行的方向》中的空间就完全符合童话的那种明确的对立之上，这种明显的对立是基于自己已经掌握了的、已知的、熟悉的空间与外部充满危险的他者空间之间的对立。根据利哈乔夫的观点，“童话的空间是超乎异常的大，它是无穷无尽的，但同时也是与动作紧密相连，因此，童话的空间并不是独立的，但与真实的空间却没多大关系。”[63]

比如在秋季系列的童话《黑暗的夜》中，包含了一系列传统童话和神话母题与形象，比如说“塔楼”的形象，其中呈现了房子的神话元素。文本中的“塔楼”就是活人生活的世界，与他者的世界相对立，与“银湖”(Серебряное озеро)、“轰隆响的漩涡”(Гремучий вир)、“魔鬼的洞穴”(Чёртов лог) 等空间相对立。这里面的两个世界，即自己的和他者的世界，最后都能结合在婚礼盛宴的场景中，而这恰恰也是因为在神话中婚礼本身就是一种启蒙仪式，可以让人进入到另一种状态中去。而按照梅列金斯基对宇宙末世的分类，一般可分为“水平宇宙模式”“垂直宇宙模式”，而列米佐夫文本中对宇宙空间的三分法的观点，就非常符合梅列金斯基所谓的“三分垂直划法”，他认为垂直宇宙模式的基原是宇宙之树伊格德西拉尔根据方位空间的上与下的双重对立，将宇宙作三分垂直划法，起初在他看来这是将宇宙比作了一棵树，树上的栖息物是各种不同的禽兽，每个层次又有不同，比如在他看来，鹰栖息于上层，蛇盘踞于树底，鹿居于中层。后来这种垂直向宇宙模式逐渐发展成上界、下界之间的对立和区分，上界对应的是生的状态，而下界对应的是死的状态，是亡者的居所，与此同时又衍生出了中间状态，生与死之间的特殊媒介。这里的“塔楼”本身就充当了生与死之间特殊媒介的空间。

在童话《扎伊奇卡·伊万内奇》(Зайчик Иваныч) 中，森林边的小木屋里生活着三姐妹，她们先后随着线团进入到森林里去，来到了熊生活的地方，在这个童话中具有典型的传统童话的情节，反映的就是古老的成年仪式，即为了通过考验，一个人必须要深入丛林，返回时才会具备新的品质，甚至赋予了他们新的身份。而这种考验在童话文本中也很多见，比如在《小兔子扎伊卡》中，小兔子扎伊卡前往黑暗的森林中的地牢里去盗取，而迎接它的也便是严酷的考验。

第三，列米佐夫在《循着太阳运行的方向》中“房屋”和“森林”是两个至关重要的情节空间，这一点在童话里是非常明显的。在童话中，自己与他者的空间往往是通过道路这一形象母题连接起来的。童话情节的发生的场所，主人公离开自己的空间而到了他者的空间往往依靠的就是道路，而且在道路上通常也是充满了重重苦难和考验。在俄罗斯的传统文化中，“道路”是具有仪式和神圣意义的场所，具有多重语义功能。道路与人生的道路以及灵魂通往来世的道路息息相关，并且语义上有过渡仪式的特点。道路母题从广义上来看，拥有着不同的语义色彩：漫游、旅行、奔跑、离去、寻找等。这一母题语义丰富切实，传统上既与人生之路相似，又与启蒙、考验、经历相关，因此选择道路就至关重要。道路母题同时具有民间童话和宗教哲学因素，如若作品的主人公像童话的主人公一样踏入森林，那么道路也是童话空间的形式之一，同样也构成了故事的叙事轴。

这种现实中的道路往往跟人的生活道路结合起来，将其比作人生的基本转折关头。用巴赫金的观点来看，就是在此将“人生道路”这个隐喻变成了现实，这条道路处于自己熟悉的祖国领土之上，没有丝毫的异乡情调，也没有格格不入的异邦事物，这是一种以民间文学为基础的独特时空体。但事实上，民间创作中的道路从来不只是简单的道路而已，它或是整个的人生道路，或是人生道路的一部分，选择要走的路就是选择人生道路，十字路口总是民间创作中人物一生的转折点，离家上路和返乡，通常就是人生中不同的年龄段，路上的标记便是命运的标记。[64]巴赫金在文论中提到了“道路”这种时空体，首先强调了道路时空体的范围广阔，因为道路是文学时空体相会发生的关键场所，也是偶然邂逅的场所。在道路（大道）中的一个时空和空间进程交错相遇；这里有一切阶层、身份、信仰、民族、年龄的代表。在这里通常被社会等级和遥远空间分隔的人，可能偶然相遇到一起；在这里任何人物都能形成相反的对照，不同的命运会相遇一处、相互交织。在这里，人们命运和生活的空间与时间系列，带着复杂而具体的社会性隔阂，不同一般地结合起来，社会性隔阂在这里得到了克服。[65]

同时在巴赫金看来，道路时空体还具有一个很大的特点便是具体性，也正是基于此，日常生活才有可能在这广阔的时空体中得以展现。正如《扎伊奇卡·伊万内奇》中描写的那样，三姐妹自己迈出家门就开始作为一种异己的力量闯入到森林中去，她们自己所经历的都是超出日常生活范围的非常变故。在这种情况下，主人公的命运总是经由过错—诱惑—惩罚—报复—幸福的序列所决定的。三姐妹在打扫卫生时不小心从房梁上弄下来一个线团，线团将三姐妹一步一步引入到森林之中熊的居所里，老大、老二由于好奇心的驱使和诱惑，打开了阁楼上第三间屋子的门，进而发生了蜕变过程，将自己沦为熊的食物，丧失了自己的生命。但是聪慧过人的三女儿却打破了诅咒，经受住了考验，经受住净化的苦痛，最终实现了自我的救赎。在熊的住所里发生的一切，就是三女儿一生中非常特别的时刻，这一时刻决定了她和两位姐姐往后的生活性质的改变。两位姐姐的强烈好奇心是她们自己的过错，她们拥有做错事、入歧途、犯错误的主动性。而三女儿则更能承受住考验，她知道自己应该做什么，怎么做，强迫自己去做出一定的行动来。于是在经历了这一切之后便完成了人生的蜕变，尤其是两位姐姐，她们遭到了熊的吞噬，继而又从其腹中安然脱险，她们姐妹三个完成了英雄神话中的“过渡性”礼仪，这种象征性的暂死是为重生开拓了新的道路。

在列米佐夫的创作中，除了道路以外，还有一个非常重要的空间——房屋。房屋和道路一样，对于古代意识来讲，是非常重要的神话元素，是世界秩序的典范。一般情况下，在童话故事里，通常并未给“房屋”做出具体的特征描述。但事实上，“房屋”这一词蕴含着极大的语义层，因为它往往就是微观宇宙的变体。“房屋不仅仅是一个住所，还是一个避难所，一个承载和平与意志，独立却又不可侵犯的场所。房屋意味着炉灶的烟火气、女人、爱情、生育、永恒、平稳的生活节奏。房屋是一种传统，也是一种传承，同样也是一种小家大国的情怀，民族、人民、历史都包含在其中。房屋是‘祖宅’，是‘富足安乐’的基础，是人性的体现，是一个人伟大的担保，极具存在价值。这是一个本体论的神圣概念，同时也是雄伟平和的，是统一的生存象征。”[66]这主要是因为房屋是人类居所文化的实体存在，人类生存的各种基本活动都以房屋为基点核心，进而在这个实体空间里发生拓展。浪漫主义美学家荷尔德林曾提出让人诗意地栖居于世界的口号，海德格尔在其基础上进行深入研究，提出了诗意栖居所必须具备的两个条件：“一方面，我们要根据栖居之本质来思考人们所谓的人之生存；另一方面，我们又要把作诗的本质思维让栖居，一种筑造，甚至也许是这种突出的建筑。”[67]列米佐夫在童话文本中对于房屋的描写颇有意味。加利琴科（О.С.Гальченко）对列米佐夫的研究中，尤其是对列米佐夫早期的文学童话的研究，在分析了作家童话的空间后得出了一个结论，即列米佐夫所创建的世界中心是“阁楼”，因为房屋对于列米佐夫来讲就是童年的神殿，孩子们便是这神殿的守护神。“房屋”时空体在列米佐夫的北方文本中是牧歌田园式的时空体，具有高度的封闭性和局限性。

综上，列米佐夫所创作的北方文本的时空体决定了文学文本与实际现实生活之间的艺术统一性。时空体在北方文本中包含的价值因素可以从艺术时空体的整体中分解出来，继而可以对其进行抽象的分析。按照巴赫金的理论来看，在这些对艺术作品时空体的分析中，可以把北方文本当作是一个充实的整体，其中渗透着不同程度和不同大小的时空体价值，所以对北方文本中每一个主题、每一个分解出来的元素，都属于这种时空体价值。通过分析北方文本中的时空体关系，以便让读者更好地去了解列米佐夫创作的诗学特点。

参考文献：

[1]Любомудров А.М.Север России в истории русской литературы XX века//Северный текст как логосная форма бытия русского севера.М.2017.С.92.

[2]Лотман Ю.М. Символические пространства // Его же. Внутри мыслящих миров. Человек - текст - семиосфера - история. М.,1996. С. 282.

[3]Лихачев Д.,Янин В.Русский Север как памятник отечественной и мировой культуры // Коммунист. 1986. № 1. С. 115.

[4]Галимова Е.Ш.Поэзия пространства:образы моря, реки,леса,болота,тундры и мотив пути в Северном тексте русской литературы. Архангельск: КИРА,2013. С. 16.

[5]Лошаков А.Г.Еще раз о Северном тексте русской литературы как сверхтексте // Северный текст русской литературы: сборник.Вып.3.Архангельск,2013. С.415.

[6]Куняев С.Мой неизбывный вертоград...// Тряпкин Н.И.Горящий водолей.М., 2003.С.17

[7]Ваенская Е.Ю.,Галимова Е.Ш.,Давыдова А.В.и др.Северный текст в школьном изучении... С.55.

[8]Теребихин Н.М. Метафизика Севера: Монография.Архангельск:Помор.ун -т,2004. С.3.

[9]Попков Ю.В.,Тюгашев Е.А.Философия Севера: коренные малочисленные народы Севера в сценариях мироустройства.Салехард:Новосибирск:Сибирское науч.изд-во, 2006.

[10]Тырышкина Е.В.Мифология Русского Севера в раннем творчестве А.М.Ремизова //Локальные традиции в народной культуре Русского Севера:Материалы IV Междунар. науч. конф. Рябининские чтения-2003. Петрозаводск,2003.С.376.

[11]Вычегодский А.Из Устьсысольска//Вологодские губернские ведомости.1900.11 февраля.

[12]Розанов Ю.В.Фольклоризм А.М.Ремизова:источники, генезис,поэтика:дис....д -ра фил. н.В.Новгород,2009. С.21

[13]Ремизов А.М.Комментарии // Ремизов А.М.Собрание сочинений.Т.3.Оказион.М.:

Русская книга,2000.С.600.

[14]Русский шансон/Авт.-сост.И.Банников.М.:АСТ-ПРЕСС КНИГА.-(1000 советов от газеты Комсомольская правда), С.27-28.

[15]Ремизов А.Огонь вещей.М.:Советская Россия,1989.С.303.

[16]Слобин Г.Проза Ремизова.1900-1921.СПб.:Академический проект,1997.С.29.

[17]同上:592.

[18]Цит.по:Кислицын К.И.Магический реализм//Знание. Понимание.Умение.Вып.1. 2011.С.274 - 277.

[19]Ремизов А.М.Собр.соч.:В Ю т.М.,2002.Т.7.Axpy.С.242.

[20]На вечерней заре.Переписка А.Ремизова с С.Ремизовой-Довгелло // Europa Orientalis. 1985.№ 4.С.154.

[21]同上:160.

[22]Rosenthal Ch.Primitivism in Remizovs Early Short Works (1900-1903)//Aleksej Remizov.Approaches to a Protean Writer/Ed.by Greta N.Slobin.Columbus,Oh.,1987.P. 198 - 199(UGLA Slavic Studies.Vol.16).

[23]Ремизов А.М.Собрание сочинений.М.,2000.Т.3:Оказион.С.603.

[24]Ремизов А.М.Собрание сочинений.М.,2000.Т.8:.С.410.

[25]本文作者注:摩卡神是斯拉夫众神中唯一的女神,相当于希腊神话中的命运女神摩伊拉。

[26]Синявский А.Иван-дурак.Очерк русской народной веры.М.,2001.С.120.

[27]Черепанова О.А.Мифологическая лексика Русского Севера.Л.,1983.С.127.

[28]Слобин Г.Проза Ремизова.1900-1921.СПб.:Академический проект,1997.С.29.

[29]Кодрянская Н.В.Ремизов в своих письмах. Париж,1977.С.129.

[30]Спроге Л.,Вавере В.А.Ремизов в жизни и творчестве В.Эглитиса//Алексей Ремизов:Исследования и материалы/Europa Orientalis(СПб.-Салерно).2003.№ 4. С. 160.

[31]Барсков Я.Памятники первых лет русского старообрядчества.СПб.,1912.С.237 - 238.

[32]Ремизов А.М.Весеннее порошье. СПб.,1915.С.165.

[33](俄)阿·列米佐夫. 教妹[M].刁绍华译,沈阳:辽宁教育出版社,2001:30.

[34]Ремизов А.М.Собрание сочинений.М.,2000.Т.3:Оказион.С.159.

[35]同上:157.

[36]同上:160.

[37]Ремизов А.М.Собрание сочинений.М.,2000.Т.3:Оказион.С.160.

[38]Розанов Ю.В.Фольклоризм А.М.Ремизова: источники,генезис,поэтика.Вологда,

2008.С.160.
[39]转引自 Розанов Ю.В.Фольклоризм А.М.Ремизова:источники, генезис, поэтика. Вологда, 2008. С.169–170.
[40]Ремизов А.М.Собр. соч.:в 10т./А.М.Ремизов. – М., 2000. – Т.3.С.132.
[41]Ремизов А.М.Собр. соч.:в 10т./А.М.Ремизов. – М., 2000. – Т.3.С.175.
[42]同上:176.
[43]同上:178.
[44]Афанасьев А.Н.Народные русские легенды.Лондон, 1859.С.15.
[45]Ремизов А.М. Собрание сочинений.М., 2001.Т.6:Лимонарь.С.62.
[46]Доценко С.От лужицкой легенды к петербургскому мифу:о фольклорном источнике рассказа А.Ремизова Украш–венец // Труды по русской и славянской филологии. Литературоведение.VI （Новая серия):К 85–летию Павла Семеновича Рейфмана.Тарту, 2008. С.264.
[47]Тырышкина Е.В.Мифология Русского Севера в раннем творчестве А.М.Ремизова //Локальные традиции в народной культуре Русского Севера:Материалы IV Междунар. науч. конф. Рябининские чтения–2003. Петрозаводск, 2003.С.377.
[48](俄)阿·列米佐夫. 教妹[M].刁绍华译,沈阳:辽宁教育出版社,2001:42.
[49]同上:47.
[50]同上:53–54.
[51]转引自阎嘉 主编. 文学理论读本[M].南京:南京大学出版社.2013:214.
[52]同上:214.
[53]巴赫金.《长篇小说的实践形式和时空体形式》[M].《巴赫金全集》第三卷,石家庄:河北教育出版社,2000:270.
[54]同上:272–273.
[55]同上:276.
[56]Ремизов А.М. Собр. соч.:в 10т./А.М.Ремизов. – М., 2000. – Т.3:99.
[57]同上:103.
[58]Мифопоэтика прозы северного текста начала XX века А.М.Ремизов, Е.И. Замятин, М.М.Пришвин, А.П.Чапынгин).С.43.
[59]同上:247.
[60]本论文中所有译文均为本文作者译。
[61]巴赫金.《长篇小说的实践形式和时空体形式》[M].《巴赫金全集》第三卷,石家庄:河北教育出版社,2000:442.
[62]Ремизов А.М. Собр.соч.:в 10 т./А.М. Ремизов. – М., 2000. – Т.2.С.58.

[63]Лихачёв Д.С.Историческая поэтика русской литературы.СПб.:Алетейя,1999.С.132.

[64]巴赫金.《长篇小说的实践形式和时空体形式》[M].《巴赫金全集》第三卷,石家庄:河北教育出版社,2000:307.

[66]巴赫金.《长篇小说的实践形式和时空体形式》[M].《巴赫金全集》第三卷,石家庄:河北教育出版社,2000:437.

[66] Непомнящий В.С.Пушкин//Непомнящий В.С.Избранные работы 1960–х - 1990–х гг.:В 2–хт.М.,2001.Т.1 С.26.

[67]海德格尔著.丹明子主编.海德格尔谈诗意地栖居[M].北京:中国工人出版社,2011:58.

第五章　列米佐夫创作的文体学特点研究

韦勒克在《文学理论》这部作品中提到，在当代语言学的发展中，文体学曾经一度不被认为是一门独立的学科，而是被当作语言学下面的一个分支。而文体学所研究的一个重要的问题就是人类口语的范畴。文体学研究的是“一切能够获得某种特别表达力的语言手段，因此，比文学甚至修辞学的研究范围更广大。所有能够使语言获得强调和清晰的手段均可置于文体学的研究范畴内。”[1]由此来看，文体学研究的范畴很广，既包含原始语言中的隐喻意义，也包括各种语言修辞手段以及句法中的结构模式。文体学方面的研究就是对文学作品进行审美功能与意义方面的探索。而对文体学的研究便能界定一部文学作品的特质。按照韦勒克的理论来看，对文体学研究的可行性方法如下：第一，对整个作品的语言系统进行分析，韦勒克从审美的角度出发，把语言系统的特征解释为一部作品“全部的意义”，所以文体就是作品中具有个性的语言系统；第二是运用对比的方法，将作品中那些背离和歪曲语言中一般用法的特殊情形找出来，然后去理解这些特殊存在的审美功能和意义。所以第二种方法重在观察，比如文本中的“语音的重复、词序的颠倒、各种级别的句子的建构，所有这些背离日常语言的情形必然服务于某种审美功能，譬如强调与明晰，或者相反——审美上允许的掩饰与朦胧。”[2]由此看来，对文体学的研究是区分一个作家文体风格、语言风格的重要标志。同样，文体分析能够构建整个文学作品中普遍存在的统一原则和某种一般的审美目的。因此，本章依托于文体学的理论来分析列米佐夫文本中庞大的语言系统。列米佐夫的语言同他本人及其创作一样，充满了个性化特征，在本章我们主要去探讨列米佐夫创作中的语言修辞特点。列米佐夫语言风格的形成并不是一蹴而就的，而是作家笔耕生涯五十余年的结晶，经历了一个动态发展的变化过程。本章主要从列米佐夫作品中的人名学修辞特点，小说《永不熄灭的鼓铃》中的修辞特点，童话集《循着太阳运行的方向》中的文体学特点等方面来透视列米佐夫创作的诗学特点。

第一节　列米佐夫创作中角色的人名学修辞特点

“太初无名，天地未具形迹，万物不可名状，宇宙间只有一片混沌在回荡。世界是从命名开始的，中国圣哲老子在《道德经》第一章劈头就说：‘道可道，非常道；名可名，非常名。无名，天地之始；有名，万物之母。’意思是说，正式命名，才开辟天地，雕刻众形，才使万物从原初鸿蒙中分离出来，于是才有这宇宙间万千气象，大地上花花世界。命名，使世界成为世界。”[3]上述观点表明，命名使一个人成为社会产物中被限定和定型的人，也就是所谓的“名，明也”。名字是一个人的区别性指称符号，或称谓符号。它始终被神秘化和理想化，所谓‘名也者，其人之魂也，其人之生命所系也。’”[4]由此可见，姓名对一个人来说格外重要，正如我国学者李润生在《正体·表德·美称》中所言，姓名是个体作为社群组织成员的一个最重要的识别符号，是社会和家庭给个人规定的一个编码，也是标证个体存在的一个文化印迹。这种观念上的进步，在人类历史上有着极其重要的意义，它是人类文明进化的一个里程碑。关于人名及其文化伴随意义方面的研究古今中外皆有涉猎，可谓源远流长，但是将其作为一门独立的学科进行专业理论的研究也只是发生在近代。

一、人名学的发展及其研究

人名学（Антропонимка）是指称人的独特专有名词或者专有名词的集合。广义来讲，就是包含无论是真实还是杜撰出来的所有人名符号。根据俄罗斯学者雅尔采娃（В.Н.Ярцева）在《大百科词典》(ольшой энциклопе дический словарь）一书中对于该名词的释义，我们可以判断，人名学所研究的对象不仅包含现实人名中的名字、父称和姓氏，也涉及某个人的诨名、绰号、化名、笔名等，甚至是包括民间创作、神话人物名称和童话中人名在内的所有文学作品中的名称均为其研究的对象，所以说人名学从广义的角度来看，研究的就是所有与人的姓名有关的庞杂的语言系统。但是随着社会与文化的发展，人名学不仅仅关注人名的语言系统，在某种程度上来说也能呈现社会民族文化的内涵，正如我国研究者纪秀生所言，“人名学是研究人名的产生、历史发展、现实状况以及人名所反映的社会功能、社会心理和文化信息等内容的学科。”[6]而事实上，学界对于人名学的关注与社会学、心理学、人类学以及民俗学等学科的发展不无关联。同时“人名也是一种文化，它记载着一个民族居住地的风土人情和自然条件，反映民族的生活方式和生产力发展水平，揭示某一时代的社会思潮、审美观点和价值取向。”[7]一个民族的姓名制度可以帮助我们了解透视其民族文化，其中涵盖着重要的社会关系、民族传统、文化精神和民俗风情。

从学科角度来看，人名学其实是语言学中专名学（Ономастика）研究的一个分支学科，这是一门新兴的学科，直到 20 世纪 60 年代才从专名学的研究中脱离出来。而所谓的“专名学”，根据我国学者汤本庆的研究，就是研究专有名词(собственные имена）的学科，可以分为以下几个类别：以地理名称为研究对象的地名学（Топонимика），以人名为研究对象的人名学(Антропонимика)，以宇宙空间、银河系、星座名称为研究对象的宇宙名称学（Космонимика），以动物名为研究对象的兽名学(З оонимика)，以代表物质文明的事物的专有名词为研究对象的文化名称学(Хрематонимика)，以个别天体名称为研究对象的天体名称学(Астронимика)，以各教派神灵为研究对象的神名学（Теонимика），等等。[8]

而学界对于专名理论的研究则一般被认为是发轫于约翰·斯图亚特·穆勒，他于 19 世纪 40 年代在《逻辑体系》一书中提出来对于“名称”这一概念的确定和分类。穆勒在《论名称》一章中率先提出了“名称是事物之名。

而非观念之名”的观点，后来又分析了构成名称的词语与名称之间的关系，指出“词语是名称的组成部分”，而并非名称本身。穆勒在弄清楚名称的含义之后，将名称区分为六大类，即普通名称和个体名称，具体名称和抽象名称，内涵名称和非内涵名称，肯定名称和否定名称，相对名称和绝对名称，单义名称和复义名称。俄罗斯对于专名学理论的关注较早。但是对于人名学理论的分析与研究在20世纪50至60年代以后逐步形成了全新的局面，涌现出了一大批学者和他们的专著，比如奇恰戈夫（В.К.Чичагов）于1959年出版了《俄罗斯名、父称和姓的发展历史（15至17世纪俄罗斯历史的人名学发展问题研究）》(Из истории русских имён,отчеств и фамилий (Вопросы русской исторической ономастики XV－XVII вв.)，捷利亚（Телия）等人于1977年出版了《语言学名称·普遍问题》(Языковая номинация. Общие вопросы)，温达列多夫（Вондалетов）1983年出版了《俄语专名学》(Русская ономастика)，苏斯洛娃（Суслова)出版了《关于俄罗斯姓名》(《О русских именах》)，济宁1994年出版了《俄语专名学与俄罗斯专名学》(Русская ономастика и ономастика России）等。而在人名学研究方面卓有成效的当属于语言学家苏佩朗斯卡娅（А.В.Суперанская)，她于1973年在《专有名词普通理论》(Общая теория имени собственного）一书中率先提出了“专名域”(Ономастическое пространство）这一概念，所谓专名域，就是指一个民族所具有的现实的、假定的或者想象的客体的所有名称综合。后来随着人名学从专名学领域的剥离，她开始致力于“人名学”的研究，并取得了一定的成果：1974年她出版了《专名学的理论问题研究》(Теоретические проблемы ономастики）一书，2005年出版了《现代专名词典：比较、起源与书写》(Современный словарь личных имён:Сравнение. Происхождение. Написание)，2007年她又与思达尔特曼尼（В.Э. Сталтмане）共同合著了《专名学研究的理论与方法》(Теория и методика ономастических исследований)，同年又出版了《俄罗斯人的姓名研究》(О русских именах）一书，在这部作品中她详尽地介绍了俄罗斯人名的产生和发展，包括名、父称和姓的发展沿革和历史特点，分析了缩写名、全名、非正式名和正式名等，以及对俄罗斯的人名进行了统计，颇具学术价值。苏佩朗斯卡娅对“人名”进行了定义并且做出了分类，她认为现存于俄罗斯的人名中共有以下几类：人名是一种社会语言学单位，一个人活着便具有生命的个体所具有的语言标识符号；父称是由父亲的名字演化而来的通用名称；姓则是从祖先那里承袭下来的，表明一个共同家族及祖先的姓；还有一种是由一个词构成的全名，这就突破了传统由名字、父称和姓构成的名字；昵称是人的非官方名字；笔名是一个人在某种特定的公共场所使用的名字，与出生时证件里记录的名字不同。[9]此外，正如前文所言，一个人的名字还能够传递民族与地方特色，反映历史时代特征。在俄罗斯，谢尔巴（А.В.Щерба）、达里尼（Е.Ф.Данинли）和卡尔片科（Ю.А.Карпенко）等学者都认为，名字在语言和言语中都具有非常重要的意义。人物的姓名是构成文学作品所不可或缺的因素，因为在文学作品中，人物的姓名既具有简单的称名功能，还在某种程度上反映着作家的创作意图和世界观。奇恰科夫（В.К.Чичагов）认为：“一位真正的诗人赋予了他的主人公名字一种合理的存在逻辑，而这一切又大多数是在无意识的状态下进行的，这一点或许连诗人本人也未发觉。”[10]因此，人物姓名就成了展现作家语言修辞特点的重要手段之一。人名也就成了文本研究的一个重要方面。根据维诺格拉多夫的观点，他认为作家在构建艺术文本时一个主要的目标就是“使读者在文本中理解并且评价作家预设的思想目标，要引导读者，尽量让他们的情感体验和主观感受都符合作家的思想观念。”[11]而这种人名姓氏反映的正好是作家的世界观和艺术理念。

二、文学人名学及其特点

人名是文本组成中最重要的内部语言手段之一。在我们看来，文学人名学是一种功能语义符号，拥有语义 – 文本组建功能。在艺术文本中正是因为有了人名，作家才能把某些要反映的主人公的特质潜藏在人名中。基于此，我们也能更好地理解展现在我们眼前的人物。中国古典文学中，曹雪芹的《红楼梦》可谓是作家对姓名刻画入木三分的集大成者，其中的甄士隐、贾雨村、薛宝钗、林黛玉、贾宝玉、英莲以及贾府的元春、迎春、探春、惜春等人的名字都是曹雪芹精心打造的，是与故事的情节、人物的性格和命运交相呼应，使得人物的形象更加丰富饱满，富有极强的寓意性。

在俄罗斯文学中同样素有重视塑造作品角色名称的传统。比如果戈理在《死魂灵》中巧妙设计出来的五个地主的名字：马尼洛夫、索巴凯维奇、柯罗博奇卡、普柳什金以及诺兹德廖夫，在角色名字与人物性格和形象特点之间建立起了必然的联系。对于这几个名字所代表的文化伴随意义以及如何折射这几位地主的性格，国内有很多学者做过研究，在此不再赘述。但是有一点很关键，果戈理在文学创作中非常注重为人物角色命名，而且有意无意在文本中也将自己的这种观念流露了出来。比如在《死魂灵》中，当主人公乞乞科夫仅仅花费了一丁点钱就收购了地主柯罗博奇卡、索巴凯维奇和普柳什金的四百个农奴之后，他心满意足地躺在宾馆里睡觉。当他一觉醒来，心中盘算着自己已经得手的四百个农奴，不禁喜上眉梢，兴奋地打开了无限遐思的闸门。于是作家借主人公之口，在乞乞科夫丰富的想象中完成了一次角色姓名、人物性格与其生活状态关系之间的对应。乞乞科夫当时舒适地躺在宾馆的床上，“在这之后他看了一眼这些名单，再看了一眼这些庄稼汉的名字，他们的确曾经是庄稼汉呀，他们做过工，耕过地，撒过野，诓骗过老爷，但也可能就是一些老实巴交的庄稼汉，这当口，一种古怪的、连他自己也弄不明白的感觉揪住了他的心。每一份名单仿佛有一种与众不同的特点。原来是属于柯罗博奇卡的庄稼汉，几乎人人都有附加的称呼和诨名。普柳什金的名单具有文体简洁的特色：经常只写上本名和父名的字首，接着就是两个小点。索巴凯维奇的名册以不同寻常的完整和详尽周到令人惊叹不止：庄稼汉的任何一种值得称道的品德都不曾被疏忽遗漏掉。”[12]而在接下来的行文中乞乞科夫根据农奴的名字在想象中为他们杜撰了生平和性格，“乞乞科夫对着他们的姓名看了许久，不禁动了恻隐之心。”[13]于是他认为一个名字整整占了一行的叫彼得·萨维里耶夫·涅乌伐查依－柯累托的农奴可能有一个好手艺，但却还是只能靠种地谋生，他还揣测此人必将死于非命；还有一个叫丝罗帕卡·斯捷潘的木匠是个滴酒不沾的人，乞乞科夫觉得这人准是个大力士，应该加入近卫军去当兵；他还认为马克辛·捷略特尼科夫是一个贪便宜的鞋匠，等等。乞乞科夫有一种能力就是根据这些死去的农奴的名字来推断出他们的一生经历和性格特点来。关于这一点，果戈理花了很大的篇幅去描写，尤其是写到乞乞科夫看到普柳什金那张逃跑农奴的名单时，更是出神入化："虽说你们都还活着，可是你们又能有什么出息！还不就跟死掉的人一个样，只是现在你们的两条飞毛腿带着你们在一个什么地方奔波罢了……叶列梅依·卡里亚金、尼基塔·伏罗基塔、其子安东·伏罗基塔——单凭他们的绰号就看得出来，这都是一些跑路的行家。波波夫，家仆，一定是个能读会写的小子，我想你未必会动用刀子，而是心地善良地卷逃了主人的财物……阿巴库姆·费罗夫！老兄，你是谁？在哪些地方流浪来着？你是不是漂流到了伏尔加河上，并且爱上了自由自在的生活，加入了纤夫的行列……"[14]作家在这里足足用了五页的篇幅让乞乞科夫对着死农奴的名单根据他们的名字去杜撰其生平经历和性格特征，足以显示作家对于人物角色名称的用心之处，以及他竭力想证明如何从名字中去诞生人物角色，并且加持一些恒久稳定的特征。果戈理在小说中对于人物的名字或者绰号也有了自己的思考，做出了如下的阐释："俄罗斯人民的用词是鲜明有力的！如果他们赐给了谁一个雅号，那么这个雅号便会在谁的家里世世代代流传下去，你进入官场也好，告老回乡也好，上彼得堡也好，到天涯海角也好，你总得带着它去。打这之后，尽管你费尽心机，想给自己的外号掩饰遮丑，哪怕出钱雇佣一批耍笔杆子的，叫他们为它编造出一个出自古老世家家史的典故，也全没有用处：这外号本身就像乌鸦那样呱呱地聒噪着，让人一听就明白，这只鸟儿是打哪一个巢窝里飞出来的。一句一语中的的话，跟黑字写上白纸一样，任凭怎么样也磨灭不了啦。而深深植根于俄罗斯民间的语言，往往是鞭辟入里、一针见血的。在俄罗斯民间，既没有德意志的血统，也没有芬兰的血统，或者任何其他种族的血统，而全是一些土生土长、无师自通的天才，有的是俄罗斯的灵巧的、敏捷的才思，他们妙语如珠，脱口而出，他们不像用母鸡孵蛋那样旷日持久地去推敲琢磨，而是一下子便想出一个词儿来把你刻画得入木三分，就像给你一张得用上一辈子的身份证一样，并且以后不必再做什么补充，说明你的鼻子是怎样的恶，嘴巴又是怎样的——你已经从头到脚被一笔勾画得惟妙惟肖啦！”[15]

作为果戈理文学上当之无愧的继承人，列米佐夫也非常注意人物角色名称所具有的巨大的修辞潜力，也十分关注人物角色名称与人物性格特点、思想品格以及内心精神状态之间的对应关系。在他看来，在乞乞科夫进行的人名学幻想的图景中，那些单薄的农奴形象瞬间因为自己的名字或者绰号而变得有血有肉、灵活生动了起来，甚至有时候还会在文本中成长为重要的叙述者角色。因为在沙皇俄国，绰号所赋予人最大的特点其实是反映了社会的阶级分化，绰号在某种程度来说其实是对人的尊严的剥夺和羞辱的表现。因此，在文艺作品中绰号一直被认为是最具有理据性的专名类型。正如在果戈理的作品中所呈现的那样，大多数时候作者会以讲故事的方式指出绰号命名的逻辑依据。

列米佐夫作品中的人名是非常绚烂丰富的，某种程度来看，这些人物名称本身就构成了十分重要的语言系统。究其原因，除了他自己在文学上对于果戈理的承袭外，还与他平时的习惯不无关系。据说列米佐夫平日里就有收集各类姓名的习惯，尤其是在革命时期，那时候改名换姓是社会中存在的一种非常普遍的现象，更名者会在报纸上公告自己的更名信息，这就为作家见识并收集更多有意思的人物名字奠定了基础。列米佐夫的同时代人斯米连斯基（В.В.Смиренский）回忆道：“列米佐夫的记忆力非常好，或许，可以说他有一种超凡的记忆力也不为过，他能够十分精准地记住所有熟人的名字和父称，包括那些跟他仅仅只有一面之缘的人，他也能够记得一清二楚。他热衷于此，对此津津乐道，每一个代表了不同姓氏的词，他都要小心翼翼地去钻研。他还非常喜欢去翻阅报纸上那些想要更名换姓的名单，甚至把其中那些有意思的姓名摘录下来。有一次他当着我的面读名单，他注意到一个更换姓名的信息，于是就大声喊道：‘某个姓阿法纳西叫德尔卡的人想换姓，你瞧这是不是个怪人？这么好的纯果戈理式的姓，他居然想把它换掉。’说完就感慨一声。”[16]也正是在这一时期，列米佐夫收集了很多罕见的姓名，不仅将其运用在后来的创作中，甚至是连自己的作品名称也是这些姓名。

而关于列米佐夫作品中的人物名称的语言、修辞特点方面的分析研究还不是很充分。主要有达尼洛娃（И.Данилова）的论文《关于列米佐夫作品的姓名：长老格诺西》（Об именах у Ремизова:Старец Гогосий и другие）以及乌克兰学者阿伯涅卡（И.Н.Апопепко）的论文《列米佐夫童话集“循着太阳运行的方向”中人物名称特点分析》（Особенности наименования персонажей в цикле сказок" Посолонь" А.М.Ремизова）等。前者主要有针对地分析了列米佐夫的中篇小说《烟草是什么》（Что есть табак）中四个主要人物名字的来历及其特点，并且展示如何以主人公的视角展开文本的叙事特点。而后者则将视点集中到列米佐夫的童话集《循着太阳运行的方向》中，重点分析了童话集中人物名称的构成以及修辞特点。本文在将此基础上，尝试分析列米佐夫创作文本中人名学的特点。

三、童话集《循着太阳运行的方向》中角色名称的修辞学特点

19 世纪末 20 世纪初，俄国文学界对民间童话、神话和创作产生了浓厚的兴趣，于是新的文学体裁文学童话应运发展，并在这一时期创作了大量的儿童文学作品，不仅仅包括童话创作，还有大量从国外翻译过来的童话作品，以及很多为孩子们创作的科普文学。也正是在这一时期，很多作家开始关注儿童这一阅读群体，把自己的创作与儿童的世界紧紧相连起来。世纪之交所创作的一系列文学童话中，最为杰出的当属于列米佐夫的创作。他的作品无论是从体裁上，还是情节和语言上，都植根于俄国民间传统。尤其是 1907 年完成的童话集《循着太阳运行的方向》是所有作品中最为明快、最为朝气蓬勃的作品。《循着太阳运行的方向》是一部为列米佐夫带来巨大文学声誉的作品，这是列米佐夫对俄罗斯民间传说进行的修复重构。同时也正是因为这部作品使得作家跻身于年轻一代的象征主义者中间。同时代伟大的作家别雷曾对这部童话集予以很高的评价：“《循着太阳运行的方向》是一

本集民间神话传说与儿童童话于一体的神奇作品。其珍贵之处就在于语言，书中的语言如同一个骨质的小匣子里盛满了各式各样珍贵的宝石。语言的瑰宝是这位诗人满含着深切之爱所收集起来的。”[17]列米佐夫深谙斯拉夫神话、古俄罗斯民间传说、俄罗斯传统文学作品，因此他将这些在俄罗斯的文化传统中有着深刻地位、功能和意义的元素解构重新组合编码，使其在上下文语境中获得新的意义。其中的童话故事充满了对宇宙及大自然的向往与珍爱，渴望自由、追求永恒美，尤其是对人生至关美好的童年时代的回忆。整个作品的结构是按照民间历法原则组织起来的，其思想寓于生活表层，因为把日历与东正教节日联系起来的习俗在当时成为人们日常生活的一部分。[18]从童话集的名称来看，“Посолонь”一词从《达里词典》的解释来看，意思是沿着太阳，循着太阳的运动方向，自西向东、从右手的方向向左手的方向运行。童话集根据四季分为“春、夏、秋、冬”四个部分，即“明媚的春天”“艳丽的夏天”“晦暗的秋天”以及“严寒的冬天”。每一部分由 7 篇，共计 28 篇童话故事组成。从这一结构来看，作家此处用该词的意图在于表达一种时间循环流转的观念，四季的更迭则构成了童话集的圆形结构。很多自然现象的周期循环，经常呈现出圆周运动的特点：昼夜交替，四季更迭，十二月依次交替出现。而童话集开首是写给自己女儿娜塔莎的摇篮曲《睡吧，我亲爱的孩子》，结尾是一篇以“熊摇篮曲”命名的童话故事。这一圆形结构不仅仅是叙事程式上的呼应，同时也构成了情节形象上的交相呼应。在童话集的创作中，作家有机结合了俄国民间传统、神话想象、作家个人的文化背景，这为我们对文本进行分析，尤其是进行人名学方面的分析奠定了基础。

接下来我们对童话集中的人物名称从以下几个方面进行分析，包括词源学、语义特征、结构成分的组合特征等。

1. 词源学特征

为了方便分析，我们对于童话集中的人物名称的词源进行了统计，表格如下图所示：

《循着太阳运行的方向》的角色名称词源学统计

序号	人物名称	名称的词源学								
		源自童话	源自神话	动物名称	植物名称	作家自编名称	源自仪式风俗	源自疾病名称或者身体器官	对称词	源自现实生活中的人名	外来词
1	Иван–царевич	+									
2	Иван–поп	+									
3	Снегурушка	+									
4	Водяной		+								
5	Баба–яга		+								
6	Домовой		+								
7	Кощей		+								
8	Кикимора		+								
9	Змей			+							
10	Коща –ведьма		+								
11	Копчушка	+									
12	Лиса			+							
13	Волк			+							
14	Медведь			+							
15	Пёс Фингал			+							
16	Собака Шавка			+							
17	Змея Скорпея			+							
18	Червячок			+							
19	Котофей Котофеич			+							

序号	人物名称	名称的词源学									
		源自童话	源自神话	动物名称	植物名称	作家自编名称	源自仪式风俗	源自疾病名称或者身体器官	对称词	源自现实生活中的人名	外来词
20	Зайчик Иваныч			+							
21	Зайчиха Ивановна			+							
22	Скворец Скворцович			+							
23	Алишка-кургузка									+	
24	Морщина-долгоуска			+							
25	Коза-золотые рога			+							
26	Коза-седоус			+							
27	Петушок-золотой гребешок			+							
28	Белки-мохнатки			+							
29	Леснь-птица			+							
30	Вындрик-зверь			+							
31	Агафья									+	
32	Дарья									+	
33	Марья									+	
34	Пахом									+	
35	Аришка									+	
36	Василиса									+	
37	Кузьма									+	
38	Власьевна									+	
39	Иван Степаныч									+	
40	Фёдор Иваныч									+	
41	Кузьма Демьян									+	
42	Громовник								+		
43	Рагуля	+									

序号	人物名称	名称的词源学									
		源自童话	源自神话	动物名称	植物名称	作家自编名称	源自仪式风俗	源自疾病名称或者身体器官	对称词	源自现实生活中的人名	外来词
44	Фаладей	+									
45	Кудеяр–райбойник	+									
46	Алалей					+					
47	Лейла					+					
48	Калечина–малечина								+		
49	Пери да мери								+		
50	Шуды да луды								+		
51	Карачун	+									
52	Веснянка–Подсенница							+			
53	Подтынница							+			
54	Соломина–ворошина							+			
55	Навозница							+			
56	Веретенница							+			
57	Болотница							+			
58	Фиалка				+						
59	Незабудка				+						
60	Ромашка				+						
61	Гвоздика				+						
62	Кострома–Костромушка	+							+		
63	Егорий									+	
64	Джурка										+
65	Алёна									+	
66	Каин Авель										+

序号	人物名称	名称的词源学									
		源自童话	源自神话	动物名称	植物名称	作家自编名称	源自仪式风俗	源自疾病名称或者身体器官	对称词	源自现实生活中的人名	外来词
67	Петька									+	
68	Кузьма–Демьян										+
69	страшная Бкроба с огромным мешком					+					
70	Червячок，то раздувающийся，то исчезающий в ямке					+					
71	Кучерище, поедающий игрушки					+					
72	Гадкий Зародыш в фонарике					+					
73	Ангел		+								
74	Бес		+								
78	Кот–Котонай				+						
76	Кукушка				+						
77	Морщинка							+			
78	Вольга									+	
79	Долговязый Кузьма									+	
80	Кок–Кокоряшка									+	
81	Лягушка–квакушка								+		
82	Чучело–чумичело–гороховая–куличина					+					
83	Барабанья–Шкурка					+					
84	Артамошка					+					
85	Епифашка					+					
86	Петушок–золотой–гребешок			+							

在童话集中，据不完全统计，共有86个角色名称，其中有9个来自俄罗斯经典童话（比如Иван–Царевич,Иван–поп,Снегурушка等），有8个名字来源于俄国民间神话（比如Баба–яга,Кощей,Кикимора等，以及由它们所构成的变体），22个名称是直接根据动物的名词改编而来的（比如Лиса,Змей,Зайчик,Собака,Червячок,Котофей,Слонович,Петуш –ок,Зайчиха 等），4个来自植物名称（Гвоздик,Ромашка,Незабудка,Фиалка），7个来自疾病名称，从疾病名称改编而来的或者是人的身体状况（Веснянка–Подсенница,Подтынница,Соломина –ворошина,Навозн –ица,Веретенница, Болотница等），16个人物名称是来自俄罗斯现实生活中的人名（比如Агафья,Марья,Дарья,Аришка,Василиса,Кузьма,Петька,Егорий,Алёна,Власьевна,Иван Степаныч,Фёдор Иваныч,Кузьма Демьян等）以及还有一些作家自编名称等。由上述对于人物名称的统计分析可知，列米佐夫的童话集《循着太阳运行的方向》是属于文学童话（литературная сказка）的范畴，是区别于民间童话，经过再次加工创作而成的童话。因此，有很多人物名称（约占总数的20%）来自俄国民间童话或者神话。此外这部作品是作家对于大自然爱恋的写实，其中大自然里的很多动物和植物都被赋予生命，表达了一种“万物有灵”的思想，因此有更大一部分人物（约占总数的30%）采用的是以动物或者植物的名字改编而来的名称。剩下的名称中占了大多数的就是源于俄罗斯现实人物的名称以及作家自编名称（约占总数的20%）。

接下来我们详细分析童话作品中人物名字的组成。

首先，童话文本中有大量的俄罗斯传统童话中的人物名称。在专门的童话名称中有《库帕拉之火》(Купальские огни) 中的人物“Иван–Царевич”(伊凡王子)、“Иван–поп”(伊凡神甫) 这样传统的俄罗斯童话喜爱的男性人物的名称。“Иван”(伊凡) 这一名称经常用在俄罗斯民间童话里，比如“伊凡王子”“傻瓜伊凡”“农民的儿子伊凡”等，这些名字曾出现在诸如《青蛙公主》《小傻瓜伊凡》《矮背小马》《西夫卡－布尔卡》等童话作品。而在俄罗斯，“伊凡”这个名字也是备受青睐的。伊凡这个形象在童话中一般显得比较笨拙，他行事滑稽可笑，常常会为自己和家人招致一些麻烦或者困难，但同时也正是因为他的滑稽为读者和其他角色带来了无限的乐趣。伊凡作为童话的主人公，通常需要战胜很多困难才能达到自己的目标。用苏联文艺理论家梅列金斯基的观点来看，伊凡作为童话人物有其深刻的历史根源，与民间文学的阐释之仪典有关，可以看作是民间神话人物的成年仪式，或者也可以称为“加入仪式”“献身仪式”。但是神奇的是，在经历这种仪典时，伊凡在克服种种困难、历经考验的过程中总能得到各种神奇力量的帮助，并且最终完成常人难以完成的任务。而列米佐夫对于这两个人物的刻画并未延续俄罗斯童话的特点，而是反其道而行之。或者准确点来说，更多的只是借用“伊凡”这个名字来指称角色的名称。

其次，文本中还有很多的神话人物名称。比如《库帕拉火焰》中的“水妖”(Водяной)、“芭芭－雅加”(Баба–яга)、“家神”(Домовой）和“科谢依”（Кощей）等以及《女妖》(Кикимора）中的同名角色“女妖”。除了直接借用上述童话或者神话名称外，列米佐夫还运用了一种特殊的为角色命名的方法，比如“名字＋同位语”，这种方法主要是用来模拟民间创作，使得自己的作品更具有民间风格的特色。比如《黑暗的夜》(Ночь тёмная）一文中的“熏鱼公主”(Копчушка–Царевна）以及“女巫－科谢”(Коща–ведьма）等，在这类名字中间两个名词用连字符连接起来，同时两者又能起到同位语的作用，俄罗斯传统童话或世界经典童话人物的语义特点在此得以映现，比如“Коща–ведьма”这一名字让人联想起了俄罗斯神话中的“不死的科谢依”（Кощей Бессмертный），“Коща”和“Кощей”两个词具有相同的词根是“кость”“касть”“капость”，意即“пакость”(肮脏的东西、龌龊的事、下流话、祸害人的事情等)。所以从词根就能看出来这一人物身上所具有的性格特点。而“Копчушка”一词在俄文中的意思是“被烟熏过的小鱼”，这里作家用这样一个词来代指像西欧神话中的灰姑娘一样的角色。他在借用格林童话中的人物“灰姑娘”时，并未按照传统的俄文翻译法将其译为“Золушка”，而是选用了“Копчушка”这样一个更加符合“灰姑娘”身份的词，因为从词源学来看，“Копчушка”一词来源于“коптеть”，意思是“冒黑烟，烟熏火燎的”等。由此来看，“Копчушка”这一词确实比外来词“Золушка”更符合灰姑娘的身份和特点，而且突出了灰姑娘的日常遭际的范围，也可以将其直译为“熏鱼公主”。

第三，动物专名的使用。传统上童话主人公的名字如果是动物名称时，可以直接使用，比如“狐狸”(Лиса)、“狼”(Волк)、“熊”(Медведь)等。但是在列米佐夫的文本中经常会使用各种手段使得这些名字具有更加特殊的含义。比如说在这些表示动物的普通名词加上一些别的修饰词，进而构成一些专有名词，比如《玛尔新卡》(Морщинка)中的“鼻青脸肿的狗”(Пёс Фингал)，《漆黑的夜》中的“杂种狗”(Собака Шавка)，《库帕拉火焰》中的“蛇”(Змея Скоропея)，《兔子伊万内奇》(Зайчик Иваныч)中的“小熊崽”(Медведюшка)，《小兔子》(Зайка)中的“小蠕虫”(Червячок,то раздцвающийся,то в ямке)等。这里用到了加上修饰限制词来限定动物特征的方法，比如“鼻青脸肿的狗”“杂种狗”“时而鼓起身子、时而缩入小穴里的小蠕虫切尔维业乔克”等，也用到了利用名词指小表爱的形式，比如“小蠕虫”和“小熊崽”等。此外，列米佐夫在给角色命名时还用到了“动物名称”加父称的形式，比如《猫和老鼠》中的“卡塔费伊·卡塔费伊奇”(Котофей Котофеич)、“卡塔菲亚·卡塔菲耶夫娜”(Котофея Котофеевна)，有词型可以看出，“Котофей Котофеич”和“Котофея Котофеевна”都是由“кот”(猫)一词变来的。这种利用动物或者禽类的普通名词加上一定的尾缀构成类人名的专有名词的方式是列米佐夫童话文本中角色命名的主要特点之一。这里动物名称“кот”加后缀“фей”就构成了类似于俄罗斯人名“Тимофей”(季莫费)、“Дорофей”(多罗费)、“Ерофей”(叶罗费)等。类似于此还有动物名称“кот”加后缀“онай”组成“Котонай”(卡塔纳)，这种构词法则类似于俄语人名“尼古拉”(Николай)、“叶尔莫莱”(Ермолай)等。这种利用“动物名称+父称”的结构组合成的角色名称，使得动物的名称类人化，更加具有人物的特点，也体现的是

"万物有灵"的思想。而在文本中利用这种结构构建起来的角色名称则不胜枚举："Зайчик Иваныч,Зайчиха Ивановна,Скворец Скворцович"等。在此，列米佐夫还使用了同义语反复的手段来为童话主人公命名。比如上文提到的"Котофея Котофеевна""Котофей Котофеич""Скворец Скворцович"等。这种名字与父称在音节上相互重叠的方法也不是列米佐夫在命名方法上的首创。列米佐夫的文学导师果戈理就非常热衷于以这种方式为自己的主人公命名，比如他作品中的"Елевферий Елевфериевич"(叶列夫费里·叶列夫费里耶维奇)、"Евтихий Евтихиевич"（叶夫季系·叶夫季系耶维奇)、"Акакий Акакиевич"（阿卡基·阿卡基耶维奇）等。这种名字和父称在音节上明显一致的方法，就造成了非常强烈的语音效果，甚至构成了文本的音乐性，体现了俄语的语音修辞功能。

除此之外，动物名称的构成有时候还会采用"动物名称＋绰号"的形式。而这些绰号大多数是根据角色的特点来确定的。比如《玛尔新卡》中的"Алишка–кургузка"(穿短裙的阿利什卡)、"Морщинка–долгоуска"(长胡子的玛尔新卡)、"Коза–Золотые рога"(金角羊)、《猫和老鼠》中的中"Кот–Седоус"(灰白胡子的猫)、《小兔子》中的"Петушок–золотой Гребешок"(金冠公鸡）和"Белки–мохнатки"(毛烘烘的松鼠）等。这些动物的名称其实大多数是从古人们就已经熟悉的图腾崇拜或者偶像崇拜中流传下来的，大多数都被记录在民间童话作品中，比如在阿法纳西耶夫的作品《三个王国——铜王国、银王国和金王国》中的"Ворон Воронович"(沃龙·沃龙诺维奇)、《猫和狐狸》中的"Котофей Иванович"(卡塔费伊·伊万诺维奇)、《猫、公鸡和狐狸》中的"Петя–петушок"（公鸡彼佳)。

2. 构成及其语义特点

根据俄罗斯语言学家们的研究，从语言学和词典学的角度来看，俄罗斯人名的组成形式有多种分类方法。比如彼得罗夫斯基（Н.А.Петровский）把俄罗斯人名可以分为：(1)正式名字（документальное имя)；(2)名字的民间形式(народная форма имени)；(3)名字的口语形式（разговорная форма имени）；（4)名字的俗语形式（просторечная форма имени）；（5)名字的古旧形式（старая форма имени）。而富尔曼诺夫斯卡娅（Н.И. Формановская）则根据形态－语义特征把俄罗斯人名氛围：（1）正式全名（полное паспортное имя）;（2)简略名（сокращенное имя）;（3)指小表爱名（уменьшительно–ласкательное имя）；（4)表卑名（уничижительное имя）。除此之外，我国学者孙汉军在自己的论文中还提出一种分类方法，即：（1)某些名字的截断形式，即所谓口语中的称呼形式（звательная форма имени）；（2)父称（отчество）；（3)名字加父称（имя отчество）。而事实上如果要分析列米佐夫文学作品中的组成成分的话，还需要研究人物的姓。因此，接下来我们就从人物姓名的各个组成部分及其语义来分析，并且来看看列米佐夫童话文本的诗学特点。

序号	角色名称	名称的组成		
		名字、父称或者姓（只有一部分）	名字+父称	名字+名字名字+同位语名字+修饰语
1	Иван–царевич		+	
2	Иван–поп		+	
3	Снегурушка	+		
4	Водяной	+		
5	Баба–яга			+
6	Домовой	+		
7	Кощей	+		
8	Кикимора	+		
9	Змей	+		
10	Коща–ведьма			+

序号	角色名称	名称的组成		
		名字、父称或者姓（只有一部分）	名字+父称	名字+名字名字+同位语名字+修饰语
11	Копчушка	+		
12	Лиса	+		
13	Волк	+		
14	Медведь	+		
15	Пёс Фингал			+
16	Собака Шавка			+
17	Змея Скорпея			+
18	Червячок	+		
19	Котофей Котофеич		+	
20	Зайчик Иваныч		+	
21	Зайчиха Ивановна		+	
22	Скворец Скворцович		+	
23	Алишка-кургузка			
24	Морщина-долгоуска			+
25	Коза-золотые рога			+
26	Коза-седоус			+
27	Петушок-золотой гребешок			+
28	Белки-мохнатки			+
29	Леснь-птица			+
30	Вындрик-зверь			+
31	Агафья	+		
32	Дарья	+		
33	Марья	+		
34	Пахом	+		
35	Аришка	+		
36	Василиса	+		

序号	角色名称	名称的组成		
		名字、父称或者姓（只有一部分）	名字+父称	名字+名字名字+同位语名字+修饰语
37	Кузьма	+		
38	Власьевна	+		
39	Иван Степаныч		+	
40	Фёдор Иваныч		+	
41	Кузьма Демьян		+	
42	Громовник	+		
43	Рагуля	+		
44	Фаладей	+		
45	Кудеяр–райбойник			+
46	Алалей	+		
47	Лейла	+		
48	Калечина–малечина			+
49	Пери да мери			+
50	Шуды да луды			+
51	Карачун	+		
52	Веснянка–Подсенница			+
53	Подтынница	+		
54	Соломина–ворошина			+
55	Навозница	+		
56	Веретенница	+		
57	Болотница	+		
58	Фиалка	+		
59	Незабудка	+		
60	Ромашка	+		
61	Гвоздика	+		
62	Кострома–Костромушка			+
63	Егорий	+		

序号	角色名称	名称的组成		
		名字、父称或者姓（只有一部分）	名字+父称	名字+名字名字+同位语名字+修饰语
64	Джурка	+		
65	Алёна	+		
66	Каин Авель			+
67	Петька	+		
68	Кузьма-Демьян			+
69	страшная Бкроба с огромным мешком			+
70	Червячок, то раздувающийся, то исчезающий в ямке			+
71	Кучерище, поедающий игрушки			+
72	Гадкий Зародыш в фонарике			+
73	Ангел	+		
74	Бес	+		
75	Кот-Котонай			+
76	Кукушка	+		
77	Морщинка	+		
78	Вольга	+		
79	Долговязый Кузьма			+
80	Кок-Кокоряшка			+
81	Лягушка-квакушка			+
82	Чучело-чумичело-гороховая-куличина			+
83	Барабанья-Шкурка			+
84	Артамошка	+		
85	Епифашка	+		
86	Петушок-золотой-гребешок			+

由上表可知，《循着太阳运行的方向》中名字的构成分为以下几类：

第一，只有单一成分组成的名字，这部分大多数只有一个名字，比如："Агафья"（阿加菲娅）、"Дарья"（达利亚）、"Марья"（玛利亚）、"Пахом"（帕霍姆）、"Аришка"（阿利什卡）、"Василиса"（瓦西里萨）、"Кузьма"（库兹马），或者只有一个父称形式的"Власьевна"（瓦西里耶夫娜）。

第二，由两部分构成的，这种两部分构成的名字又可以分为以下几种情况：

1. "名字 + 父称"的形式，但是大多数情况下用到的民间的口语形式，比如："Иван Степаныч"（伊凡·斯捷潘内奇）、"Фёдор Иваныч"（费多尔·伊万内奇）、"Зайчик Иваныч"（扎伊齐克·伊万内奇）、"Зайчиха Ивановна"（扎伊奇哈·伊万诺夫娜）。这种组成方式都是非常普遍的形式，是适用于比较正式的场合，或者标示了某种地位和距离感。

2. 文本中还有一个非常特殊的名字，即两部分都是由不同的名字组成的，这种情况在现实生活中非常少见，但是在列米佐夫的童话中却常有这样的名字。比如《麻雀之夜》(Воробьиная ночь) 中的"Кузьма-Демьян"(库兹马 - 杰米扬)，该名字源于民间圣徒"Козьма"(科西马) 和"Дамиан"(达米安) 的名字。相传科西马和达米安是生活在罗马时期的亲兄弟，同时也是大公无私的圣徒蒙难者。兄弟俩本来的职业是医生，在罗马卡里努斯皇帝 (283—284) 在位期间为了自己的宗教理想而殉道。他们的父母都是虔诚的基督徒，自小过着一种严厉而又朴素的生活，后来多被认为他们是从上帝那里获得了治病救人的能力。他们对待病人善良而又大公无私，行医看病从不收取任何报酬，是真正的廉洁高尚之人，因此在民间把这两兄弟看作是基督的化身，是真正的上帝。后来这一故事传至东斯拉夫地区，所有的人都对科西马和达米安葆有最尊贵的敬意。在罗斯时期，各地以他们的名义修建了教堂。尤其到了 16 世纪，大诺夫哥罗德出现了圣徒传说《神圣的奇迹创造者——廉洁高尚的科西马和达米安兄弟所创造的奇迹》(Чудо святых

чудотворцев и бессребреников Козьмы и Дамиана в братчине），12 世纪至 16 世纪，大诺夫哥罗德以他们的名义修建了五座教堂，至 17 世纪前，几乎所有的城市都以他们的名义修建了教堂或者修道院。后来在莫斯科、特维尔、霍尔姆、弗拉基米尔、苏兹达里、下诺夫哥罗德等城市也修建了科斯莫杰米扬斯基教堂。而在教堂的圣像中，科西马和达米安手中持有药箱，这既表明了他们的身份，也展示了他们精湛的医术。后来随着发展，民间逐渐将这两人的名字融合成为一个形象，即科斯莫杰米扬（Козьма–Демьян），也作库兹马杰米扬（Кузьма–Демьян），类似于这样的例子在童话文本中不胜枚举。

3. 列米佐夫童话文本中人名修辞学的另一个特点就是对于对称词（парные слова）的使用。比如在“Калечина–Малечина,Шуды–луды, Соломина –Воромина,Купена –Лупена,Каракули –маракули,кострюк –мострюк,фигли–мигли”这类对称词中，第二个词完全是由第一个词的词形变化而来的，唯一需要改变的就是其首字母。类似于这样的词还有很多，比如：“Каракули–маракули,Фигли–мигли,шашлык–башлык”等。在构词形式上，除了用“–”之外，还可以用语气词“да”，比如“Пери да Мери, Шуды да Луды”等。

接下来我们来详细分析《卡列齐纳 – 马列齐纳》中角色名称的特点。先从文本形式来看，这是作家创作的极具韵律、极其富含音乐性的作品。

КАЛЕЧИНА–МАЛЕЧИЕА

Сергею Гродецкому

Курица со двора–
Калечина в ворота.
Заберется Малечина в гибкий плетень,
Тоненько комариком песню заведёт,
ждёт：

" Не покличет ли кто Калечину погадать о вечере?"

У Калечины одна–деревянная нога,

У Малечины одна–деревянная рука,

У Калечины–Малечины один глаз–

Маленький, да удаленький.

–Калечина–Малечина,

Сколько часов до вечера?

Скок Калечина–Малечина с плетня.

Подберется вся–прыг–прыг–прыг...

1,2,3,4,5,6,7!

Да юрк в плетень. Пригорюнится,

Тоненько комариком песенку ведёт,

ждёт:

" Не покличет ли кто Калечину погадать о вечере?"

У Калечины семь братов–

У Малечины семь ветров,

А восьмой неродной–вихорь витной–

миленький, да постыленький.

–Калечина–Малечина,

Сколько часов до вечера?

Вечером врывается, крутит вихрь в лесу,

Вечером Калечине весело в виру.

Ночка по небу лучинки зажжет,

Тёмная, тёмную нитку прядет...

Курица в ворота–

Калечина со двора.

卡列齐纳 – 马列齐纳

献给谢尔盖·戈罗杰茨基

母鸡从院子里跑来——

卡列齐纳到大门口，

马列齐纳爬上柔软的篱笆，

像小蚊子一样细细地哼着歌曲，

等着，

“是否有人呼唤卡列齐纳来占卜一下夜晚?”

卡列齐纳有一只木脚，

马列齐纳有一只木手，

卡列齐纳 – 马列齐纳有一只眼睛——

小巧而又大胆的眼睛。

卡列齐纳 – 马列齐纳，

还有多长时间就到了夜晚?

卡列齐纳 – 马列齐纳从篱笆上跳下，

整个身子蜷缩着——

一跳，一跳，一跳的，

1，2，3，4，5，6，7！

一下子溜上了篱笆，发起愁来，
像蚊子一样细细哼着歌曲，
等着，
“是否有人呼唤卡列齐纳来占卜一下夜晚？”

卡列齐纳有七个兄弟，
马列齐纳有七个姐妹，
而第八个不是亲生的，是旋风——
乖乖的，却又讨人嫌。

卡列齐纳－马列齐纳，
还有多长时间就到了夜晚？

夜晚的时候闯入森林，旋风在森林里旋转，
夜晚的时候卡列齐纳欢快地游荡在森林。
夜晚天空的月光闪烁着，
穿过一丝丝的黑暗……

母鸡从院子里跑来——
卡列齐纳到大门口。[19]

《卡列齐纳－马列齐纳》本来只是孩童时期玩的一个游戏，但是在文本中却被拟人化为一根纤细的，像木棍一样的东西，长着一只眼睛，一只手和一只胳膊的并且具有生命力的东西，她行动敏捷，能从一个篱笆迅速地跳到另一个篱笆上面。卡列齐纳－马列齐纳（Калечина−малечина），这是俄语中的一种对称词，作者会根据第一个词来构成第二个与之对称的词，其方法便是改变第一个词的首字母而保留其他词素。而这一对称词的词根是“калека”，意即“残疾者”，即上述文本中提到的“独眼、独臂、独脚”。此外，其状如木棍，这也是由她所居住的环境所决定的。因为卡列齐纳－马列齐纳晚上生活在森林中，而白天则栖息在篱笆上。列米佐夫在童话文本的注释中曾对这个形象做过非常详细的描述，“卡列齐纳－马列齐纳——当之无愧是森林中的魔鬼，她的兄弟们有七个是风，而第八个则是旋风。她的朋友经常揪着她，拍打她，非常不忠实又令人生厌。于是卡列齐纳整夜整夜都漫步在森林里，而白天就躲在某个篱笆上静静地等待夜晚的降临，以便再次在林中游荡。”[20]文本中的描写仿佛如静物写生般形象，这里不仅描述了她的外表、习性、癖好，还有她的朋友，兄弟姐妹，以及大家平时的日常活动。但综合看来，列米佐夫为何会将这样一个形象与孩童的游戏结合起来，用作家的话来说，是因为在俄国民间文献中所记载的这些艺术形象，是那些孩子们最先看到并且感知到这些形象的存在的，虽然这些孩子们“视力较弱”，但他们善于观察，对待生命中的一切都充满了耐心和好奇。其次能够感受到这些形象的便是那些“被剪断了眼睛”的成人们。作家善于赋予自然界里的一切以生命，擅长将一切人格化。对此作家写道：“这个世界上似乎没有一个角落是没有生命的。”[21]

除了上述非常有规律的名字组成以及语义特点之外，列米佐夫可谓是一位杜撰主人公并为其命名的高手，除了上述特点，在他的文本中还有一类非常特殊的命名方式，比如“Страшная Буроба с огромным мешком”（带着巨大袋子的可怕的布尔巴）、“Червячок,то раздувающийся,то исчезающий в ямке”（时而鼓起身子、时而缩入孔穴里的蠕虫）、“Кучерище, поедающий игрушки”（吃玩具的库切利舍）、“гадкий Зародыш в фонарике”（小灯笼里生出来的可恶的胚芽）等。这些名字都是采用修饰词加名词表特征的方式来呈现的，因此其名称兼具了称名和表义、表特征的功能。但从另一个方面来看，这种命名方式过于烦琐，称呼起来十分不便，所以作家自编名称在某种程度来看只是增加文本语义功能的手段之一。

4. 童话文本命名方式的特点以及文化内涵

20 世纪初，列米佐夫在其创作中不仅从俄国民间文学里汲取养料，还将自己的目光投射到了西伯利亚、高加索甚至我国藏族聚居区的民间神话中。这一切不仅反映在其内容创作中，也表现在童话作品的角色名称里，比如在《库帕拉之火》中出现了俄罗斯与东方风格混融组成的名字，比如“Иван царсвич”（伊凡王子）、“Иван–поп”（伊凡神父）、“Аришка”（阿利什卡）、“Рагуля и Фаладей”（拉古里亚和法拉捷）、“Кудеяр–разбойник”（强盗库杰亚尔）等。在这里的“Фаладей”起源于“Фалалей”，在苏佩朗斯卡娅编纂的《人名参考手册》(Справочник личных имён народов РСФСР）中将这一名字解释为：“愚蠢的人，马虎的人，浪荡公子，不务正业之人。”[22]同时这个名字源于希腊语“thalellaios”，意思是“开花的橄榄树”[23]。此外，作家童话作品中的某些人物的名字与民间的信仰有很大的关系。比如在《黑公鸡》中作家在解释天文现象月食时写道：“像往常一样，在月亮上该隐向亚伯举起了斧子。”[24]而在《胡子》(Борода)中出现了圣徒伊里亚和斯拉夫神话中的雷神佩伦（Перун）相提并论，佩伦是斯拉夫神话中司雷电的雷神，也作格罗莫夫尼可（Громовник），“伊里亚在云彩后面疾驰，而格罗莫夫尼科架着自己的双轮战车轰隆隆而来，吓得人双腿直打哆嗦。”[25]所以在此时基督教信仰中的先知伊里亚和斯拉夫神话中的雷神共同出现在一个画面中，体现了俄罗斯的双重信仰。

童话集在《雪姑娘》中首次出现了“阿拉列伊”(Алалей）这个名字，而这个人物在童话集的续集《走向大海》中就成了主人公。根据作家自己的观点，阿拉列伊是作家自己的名字。而这个名字是他的女儿娜塔莎第一次发音时由于发音不准确错误将“Алексей”(阿列克谢）发成了“Алалей”(阿拉列伊）得到的，作家听到名字后就把它记录了下来，并且引入到自己的童话作品中。这种独具特色的自编名称，也构成了列米佐夫童话文本中人名修辞学的重要特点之一。

四、小说《教妹》中的人名学修辞特点

在列米佐夫的艺术世界里，包括他所创作的诗歌、散文、童话和戏剧作品在内，都集中体现了作为小说家、散文家和童话家于一身的作家关于艺术与创作的思考。列米佐夫在这一点上与象征主义者们十分相近，创造了一套与其神话书写思维模式和象征隐喻体系相适应的语言艺术体系。高尔基曾把列米佐夫比作是“20 世纪的列斯科夫，俄罗斯语言鲜活的实验室”。列米佐夫本人积极借鉴德国浪漫主义的经验，受到了德国作曲家威廉·理查德·瓦格纳（1813—1883）的影响，尤其是对于他所提出的“向综合艺术回归”的理念深表认同，于是作家在自己的文学创作实践中综合起音乐、美术、戏剧等因为艺术细化而失去的原动力。同时他又致力于汲取俄国民间文化传统的养分，形成了自己独有的话语体系，并以此为基构建了一套独特的神话体系和象征系统。

最重要的是，在列米佐夫看来，语言的世界是一种活生生的交流存在。正如列米佐夫研究者齐温阳（Т.В.Цивьян）强调：“词语对列米佐夫来说，首先应该是以理性意义上的语言和言语之和，是一种精神活动的表达，也是对整个世界的描述以及在这个世界里的交往沟通，而说白了，这一切都是人类才具有的功能。”[26]因此，文学作品中的角色名称也并非随意自由的。因为，人的名字不仅可以帮助读者更好地理解作品，同时也能起到构建文本的作用，甚至能够帮助作家透视这一时期写作的思想倾向和态度观点。20 世纪前十年，列米佐夫在创作完《循着太阳运行的方向》《走向大海》和《柠檬园》等一系列作品之后，将自己的创作视线慢慢从民间文化、伪经故事、古斯拉夫神话传说以及各级神话资料中逐渐转向了历史，以及在历史发展中所形成的俄罗斯信仰和俄罗斯骨子里具有的隐忍精神和苦难意识。正是在这种背景下产生了新的中篇小说《教妹》，在国内该篇名也被译为“背着十字架的姐妹”。文中主要介绍了几位女性在当时社会所经受的一切苦难，命运的悲哀以及她们自出生之日起就背负着沉重的“十字架”生活的故事。

小说的主人公彼得·阿列克谢维奇·马拉库林（Пётр Алексеевич Маракулин）本来只是彼得堡官场上一个微不足道的小抄写员。小说就是围绕着他身上发生的变故而展开的，由于失业而引发的精神发展变化是一条主线。这一角色形象发展的动态性被作家恰如其分地隐藏在了他的名字中，使得他的姓名具有了十分强大的语义上的象征意义。在小说一开始，作家写到马拉库林只是一个兢兢业业的小职员，写得一手工整的好字。他热衷于自己的这份工作，于是“每逢过节的时候，都要向经理提交总结报告，这种报告通常都用打字机打印——普普通通的报告，可是不知为什么他必定要亲手抄写遍，尽管使用打字机本来能够更快捷和更省事地完成，而且有这种专用纸，可是他却毫不理会，那怎么能行呢！——于是不分白天黑夜，埋头书写，一笔一画，工工整整，如同绣花一样，而且一连抄写好几次，直到抄写出来的报告无可挑剔才算满意，简直可以拿到展览会上展出了！——马拉库林写一手好字，一向以此而闻名遐迩。”[27]此时文本中作者称呼主人公时只用“马拉库林（Маракулин）”这个姓，这是作家有意为之。因为“Маракулин”这一个词是由两个不同的词根组成的，即“марать”和“каракулить”。根据《达里辞典》的解释，其中“марать”的意思是“潦草地写，胡乱地写或者将报纸上写的东西涂抹掉。”[28]而“каракулить”指的是“潦草地写写画画。”[29]在此时，主人公的名字可以说是他的文学面具，而呈现在读者面前的形象也是一元、单维度的：一个抄写公文的小职员，干着无足轻重的工作，无论是生活、工作还是个性都毫无优势可言，甚至连周围人对他的态度也是。这一点作者也介绍得非常清楚：“人们爱彼得·阿列克谢维奇，虽然不是非常爱而且也不强烈，但毕竟还是爱他的，没有任何原因不爱他——喜悦之情和笑逐颜开的表情并不是平平常常的，而是陶然欲醉的，是马拉库林式的，为什么憎恨他呢！”[30]他所做的工作也丝毫引不起周围人的注意，似乎他干得都是些毫无意义的事。因为马拉库林日复一日写的报告“明天将被放进公文堆里去，不会引起任何人特别注意，任何人都不需要，于是白白地花费了许多劳动和时光，没有收到任何效果。”[31]但是马拉库林本人却不以为然，他最引以为豪的便是抄写工作，自认为字迹工整的抄写首先在别人眼中不会是无用功，其次，通过作者对于他姓“Маракулин”的映射，表达了一种包含了同情式的幽默感。

在马拉库林的命运遭遇了变故以后，他的名字又有了另外一层象征意义。因为在他丢工作以前，马拉库林如同行尸走肉一般，他不会思考、不去理解、不会辩驳，也不争论，他没有自己的思想。他自己坦诚：“他从来都不想任何事，只不过是没有感觉到思考的必要性，如果他走在马路上，那就走吧，只不过移动脚步就是了，而每当向他介绍某一个人的时候，他在这个新认识的人的脸上和动作举止中没有发现任何与别人不同之处和任何特点，只是朦朦胧胧地感受到一个人有吸引力，另一个人不好接近，一个人更亲近一些，另一个人更疏远一些，第三个人——马马虎虎，但在善意中占主导地位的大多是亲近感和自信心。马拉库林有时还承认，自从他开始读书和与人发生接触以来，各种截然相反的意见丝毫没有让他害怕，他随时随地都准备赞同大家的意见，认为任何一个人都自有其正确的方面，因此他从来不进行争论。”[32]而当他因为一次貌似偶然的事件丢失了心爱的工作以后，他的生活状态发生了前所未有的改变，他由一个从来都不思考，不去想问题的人变成了一个“不分白天黑夜苦思冥想”的人，他“觉得今非昔比——那种时候已经成为过去了——如今他也得像真正的人一样，开始认真考虑，起初果断地下了决心，要承受命运的考验。”[33]正是从这一刻起，主人公的日常事务也发生了改变，由原来不舍昼夜地抄写变成了如今夜以继日地思考，他似乎看清楚了这个世界的残酷和不公以及周围人的自私和冷漠，在他看来，正是因为这些造就了弱者的痛苦与苦难。在这种情况下，他的姓“Маракулин”获得了新的文化伴随意义。与此紧密相连的一个词是“мороковать”(由于“о”音的弱化，经常被写成“мараковать”)，其含义为“理解、了解、知晓、思索、阐明”等，同时其同根名词“морокун”被解释为“善于猜谜的人、巫师”等含义。马拉库林对于世界的理解与他生活的布尔科夫大院不无关联，当他开始思索，开始明白事理之后，他眼前所呈现的无非都是生命的失望、焦灼和痛苦。马拉库林在布尔科夫大院里观察着所有住户的生活，很多住户不堪的生活最后让他陷入到自杀的绝望境地中去。尤其是文本中看似毫不起眼的地方，但确实也为情节的发展奠定了一定的基础。小说写道："马拉库林在故居里过的最后一天很有纪念意义。"[34]这一天之所以有纪念意义，是因为布尔科夫大院里一只叫穆尔卡（Мурка）的猫摔死了。马拉库林目睹了穆尔卡备受煎熬的死，而最后猫那喵喵的叫声似乎构成了全部苦难的象征。而猫的死也引出了文本中的"死亡主题"。

因为"死亡主题"是通过主人公的名字与其他名字共用词根被反复强化而呈现出来的。比如上文提到的雌猫穆尔卡（Мурка）与后文的女革命家玛利亚（Мария）、残疾女孩玛利亚（Марья）等，都与"Маракулин"相呼应。他们共同的词根是"Мара"（马拉），在斯拉夫神话中指的是恶毒的女性灵魂，能够为人们带来瘟疫或者死亡，经常在人们熟睡的梦中接近人们并且折磨人。

对于"死亡主题"的隐射，也是逐层强化的，首先写到布尔科夫大院里来了一对乐师。其中有一个是失去了一条腿的女孩儿，她唱着古老的民谣，她的名字就叫玛利亚（Марья）。但是布尔科夫大院里的孩子就像当初围着摔坏了的雌猫穆尔卡一样，"把两个乐师团团围住，围成了一个圆圈，静下来，就像那天看着在石头上痛苦地翻滚着的穆尔卡一样。"[35]在文本中反复强调，小姑娘一瘸一拐地走着，质朴纯净的脸上没有任何笑容，"就像当时雌猫穆尔卡一边在石头上痛苦地翻转着，一边朝上面望着各家的窗户一样。"[36]多次将残疾女孩玛利亚与雌猫穆尔卡做比较，引出"死亡主题"。其次，文中的女革命家玛利亚也与穆尔卡有着直接的联系。马拉库林看到女革命家时，"这个女革命者有个地方让他想起了那个流浪卖唱的小姑娘，要么就是那张质朴的洁净的脸让他想起了玛丽娅，只不过她的脸色红润且身材高大……玛丽娅·亚历山德罗芙娜准备牺牲自己，准备好了，不是一次，而是一次再一次为人类而死！"[37]所有这些都构成了主人公死亡的前兆，因为马拉的灵魂已经笼罩在了主人公的头上。"Маракулин,Мурка,Марья,Мария"等这些名字在上下文中可以被视为是主人公死亡的预兆，让读者感受到死亡的不可避免性。正如女革命家一样，“玛丽娅·亚历山德罗夫娜在那个废弃的有十五个白教堂的古老的白色小城里度过了将近一年的流放生活。过复活节的时候到克利卡切娃家来开斋，据说通晓万事的人在复活节那天特别清醒，能够看出一切来。莉扎薇塔·伊万诺夫娜在自己喜欢的并且选中的人的脸上看见了死亡的预兆。”[38]这种运用人名来揭示文本隐藏含义的修辞手法，不仅与叙述手段相结合，甚至更多的时候人物姓名本身就起到了叙述文本的功能。

在小说的其他角色的名称中，列米佐夫也运用了这种手法。比如说《教妹》中的三个薇拉（Вера）：薇拉·尼古拉耶芙娜·克利卡切娃（Вера Николаевна Кликаева）、薇拉·伊万诺夫娜·威霍列娃（Вера Ивановна Вехорева）和薇鲁什卡·楚德特沃尔纳亚（Верушка Чудотворная）。对作家来说，薇拉·尼古拉耶芙娜和薇罗奇卡·威霍列娃是两种完全不同女性的化身，她们中一个性情温和、忍耐、谦卑地戴着自己的十字架去生活，而另一个热情活泼，对她所谓的信仰总是心猿意马。作家刻意用“Вера”的不同形式，即“Вера”和“Верочка”。而最重要的是她们的姓，“Вера Николаевна Кликаева”的姓“Кликаева”与“Кликушество”有关，而“Кликушество”的含义则是“因宗教狂热而引起的心理病态发作或者癔症”，在民间被认为是一种圣愚的表现，而“Вера Ивановна Вехорева”中的姓“Вехорева”则来源于“вихрь”，指的就是一种不稳定的状态。由此可见，两个“薇拉”俄罗斯文化双重特性的体现，反映的是一种信仰上的二元对立，也就是民间的信仰和东正教的信仰的对立。在俄罗斯这两种信仰也可以体现在地域划分上，根据作者的介绍，两个薇拉来自不同地区：“Вера Николаевна”来自科斯特林斯克，是俄罗斯西北部的一个小城市，她会吟唱古老的俄国民谣和伊里亚·穆罗梅茨的壮士歌。文中写道：“薇拉·尼古拉耶芙娜在客人面前也很开心，演唱了科斯特林斯克的古老歌谣，那是她从自己的母亲莉扎薇塔·伊万诺夫娜那里学来的……她那洋溢着古罗斯气息的古老歌谣里才响着低沉的让人心痛的悲哀。”[39]她那四处飘零的目光就像古老的罗斯一样充满了忧伤。而薇罗奇卡（薇拉·伊万诺夫娜·威霍列娃）是一个南方人，她在莫斯科成长并接受教育。而把她俩结合起来的是薇鲁什卡·楚德特沃尔纳亚（Верушка Чудотворная），在文本中她时而被称为薇罗奇卡，时而被称为薇鲁什卡，有时甚至将这一名字的所有形式都结合起来。比如在小说第四章，阿库莫夫娜不断喊着她的名字："薇拉！薇罗奇卡！薇鲁什卡！"[40]而从这两个名字也可以看出俄罗斯人所喜欢的圣徒"尼古拉"。

小说中的主人公，厨娘阿库莫芙娜（Акумовна），通篇没有出现她的名字和姓氏，独独指称她的却是其父称形式，这就表明了她与父辈之间直接承袭的自然关系。除了"阿库莫芙娜"这个父称之外，她从父亲那里得到的就是父亲临终前对她的祝福，"像块石头在大千世界里滚来滚去。"[41]而这一临终的祝福，从实质来看则与她从父亲血缘那里直接承袭而来的父称是相辅相成的，"Акумовна"词根是"Акум"，这便很容易让读者读出这一父称的隐喻含义："苦难"（мука），因此可以看出阿库莫芙娜这一形象便是苦难俄罗斯的化身。阿库莫夫娜被作家塑造成一个与过去在俄罗斯大地上流浪的圣愚如出一辙的形象。她不仅在外表、生活、思维方式、内在意识方面与圣愚一样，而且也具有先知般的超凡能力。

小说中也多次提到她的人生信条是"不可怪罪任何人"，而整个布尔科夫大院的人都尊称她为"虔诚者"，阿库莫夫娜看人或者笑起来的时候痴痴的，她从不直视别人，而经常歪着头斜视，她从未对任何人生气，性格极其温顺。因此，整个大院的人都很喜欢她。阿库莫夫娜具有"圣愚"的一个特征便是她很喜欢和孩子待在一起。只要她有钱，便经常借给别人钱，而且还无须去偿还。在这里刚好体现了阿库莫夫娜作为圣愚，对于物质俗务的摒弃与自我弃绝。同时，她又非常虔敬，长时间的祈祷，"阿库莫芙娜在厨房里跪在三盏永不熄灭的神灯前祈祷，她在为自己的太太、太太的哥哥、自己的儿子祈祷。"[42]她与列氏作品中的大多数女主人公相似，都具有为别人祈祷的圣母的神性特征。同时也"是基督无限忍耐、宽恕一切的体现，是古代民间智慧的表达。"[43]但是从另外一个方面来看，她又是一个多神教的教徒。

比如她擅长用纸牌去占卜，也为了庇护薇鲁什卡，打算光着身子去见沙皇。赤身裸体出现在公众面前对基督徒来说是不准许的事，但是对异教徒来说却象征着一种仪式。

对于文本中其他次要人物的名称也都富含象征意义。比如小说一开头介绍的格洛托夫（Глотов），其词根是“глотать”，意思是“吞咽、咽下、吃掉”等，这与他的个性非常相似。他本来和马拉库林是好朋友，但是为了自己事业上的晋升，他不惜毁坏自己朋友的名誉，断送朋友的事业，可谓是将马拉库林踩在自己脚底下，或者如巨蟒一般吞掉了朋友的正常生活。此外，文本还多次出现了一个名为“格沃兹杰夫”(Гвоздев) 的老头，这个老头“满脸堆笑，他的嘴唇上的笑容仿佛是那只名叫穆尔卡的雌猫躲在什么地方喵喵叫出来的。”[44]而他的名字也富含深意。“Гвоздев”词根是“Гвоздь”，意思是“钉子”。这老头就像格洛托夫钉在马拉库林生命中的一颗钉子。因为就在马拉库林身无分文的时候，格洛托夫还要委派老头去给马拉库林送信，就在这种情况下，马拉库林把自己的最后一枚铜币送给了老头子。这让他原本就窘迫的生活更是雪上加霜。最重要的是，在格沃兹杰夫出现的那一刻，那只象征着死亡的雌猫穆尔卡在反复出现，文中一直在强调猫在喵喵叫，穆尔卡在喵喵叫，而且马拉库林觉得自己无论如何也无法躲避这只猫的喵喵叫声。这预示着死亡结局的不可避免性。

此外，小说第三章介绍薇罗奇卡收拾好屋子后等待自己的心爱之人瓦库耶夫·阿尼西姆·尼基季奇的到来。可是等到晚上也没见他的到来，到了晚上的时候，一位工科大学生来找自己的朋友柳比莫夫，但是阿库莫夫娜给他解释，这个院子里没有住着叫柳比莫夫的人。此处也充满了象征意义。薇拉是在等待爱情（любовь）的降临，而当工科大学生出现在布尔科夫大院时，阿库莫夫娜却直言“没有叫柳比莫夫的人”(Любимова нет)，于是便否定了爱情，也否定了薇拉对于爱情的无限向往。

综上，列米佐夫创作的文学作品中那些独具匠心的人物名字，不仅仅是一个单纯的代码，而且也是具有鲜活生命的故事承载者，是作者情感的寄托，同样也是对故事情节发展产生的某种隐喻的概念，对人物的性格特点进行提要，甚至是对人物行事为人的绝妙讽刺，因此综合来看这是一部文化的作品。

第二节　小说《永不熄灭的鼓铃》中的修辞特点分析

《永不熄灭的鼓铃》(Неуёмный бубен) 是列米佐夫于 1909 年完成的一部中篇小说。在这一时期，适逢俄国文学中出现了对于 1907 年革命运动进行反思评价的热潮。而 19 世纪俄国文学传统中的“小人物”形象也随着时代的变化，逐渐被冠以“小市民”（契诃夫语）的称号。而《永不熄灭的鼓铃》中的主人公正是这一形象的重要代表之一。

列米佐夫于 20 世纪初进入文学圈，而这种典型的“小市民”形象成为他小说的主人公也并非偶然，作家在很多作品中都关注着这一社会群体。作家对于社会底层人士生活的关注，对于人类苦难主题的反思，都是作家呈现这类人物形象的基础，比如《池塘》《教妹》《第五场瘟疫》等。小说《永不熄灭的鼓铃》反映出了一种“人如蝼蚁”般渺小脆弱的状态，而结合作家的写作时代背景，这种状态无疑不是作家自我人生的反映。小说的情节以爱情为基础，中年小职员伊凡·谢苗诺维奇·斯特拉季拉托夫疯狂地爱上了 16 岁的花季少女娜杰日达，并成功地让她成为自己的未婚妻。但年轻的娜杰日达为了帅气有为的武警普罗库金，携带自己未婚夫的积蓄与他私奔了……小说引起了读者的不同的反响。作家曾在小说第一版发表时，在《阿波罗》杂志上发表了自己的观点：“我自己化身为伊凡·谢苗诺维奇·斯特拉季拉托夫，也成了受难者阿加佩芙娜以及所有小城里形形色色的人。”[45]

文本中的主人公也具有多重身份，就好像是在戴着面具生活一般：时而是唯唯诺诺的小官员，时而是投机倒把的商人，时而是虔诚的基督徒，时而甚至是色欲熏心的男人……总之，在生活中的不同场景中，他自如地切换着自己的身份，佩戴着不同的面具，呈现给读者不同的面目。在故事一开始，小官员斯特拉季拉托夫表现得成熟稳重，在办公室里兢兢业业地干着本职工作，有时也免不了受到上司的屈辱和挖苦讽刺，但是只要一离开上司，进入到普通职员的圈子里，他就开始变换成另外一副模样。作者强调了主人公身上的瞬间变化，就如同“变脸”一样，在朋友公司的斯特拉季拉托夫，他开着玩笑，讲着笑话，谈笑风生，幽默风趣。

当他的朋友季马列夫——一个文物收藏家出现时，伊凡·谢苗诺夫自己也成了一个上瘾了的收藏家，他甚至学会了打理自己的财务，从倒贩古董中牟取暴利，还在银行里为自己存了不少积蓄。当他从单位回去时，也在不停地“变脸”中，在家里和女仆阿加佩芙娜和其他仆人在一起时，他就不再是那副可怜的小官员形象，而是忽然趾高气扬起来，老爷子的派头十足。有时候甚至还会独断专制，像个暴君一样大发雷霆。文中的其他配角就跟观众一样，时时刻刻都在感受着主人公的“变脸”，但是他们却有点“身在此山中”的感觉，不像普通读者一般，在作者的叙述下完全可以拥有全知的上帝视角，洞悉一切。因此，这就是为什么当他忠实的女仆阿加佩芙娜目睹他疯狂而又贪婪地追求娜杰日达，亲眼所见他的疯狂与色欲熏心后，他毫不留情地将其赶走。对于主人公的描写，作家一直执着于外表书写，很少波及其心理层面，更不用说深入心理去剖析了。这就涉及文本的修辞特点。列米佐夫的语言修辞特点，自他的文本一发表，就获得了很多人的讨论评介。对一些人来说，他的语言风格在当时颇显奇怪、怪诞，也有一些人认为他的作品语言就是单纯对于其他作品的风格模拟，而有相当一部分人则认为在他的创作中看到了俄罗斯文艺作品的复兴。阿·伊兹马伊洛夫把列米佐夫的作品称为是“一种以古老的语言精华淬炼而成的散文。”[46]同时代的勃洛克、别雷等作家也都非常珍视他的作品。别雷在谈到列米佐夫创作中的民间风格时，认为他的这种独具特色的创作是对时代的一种个性抵制。他认为在列米佐夫的童话中，有一种“轻松、清澈而又令人愉悦的语言风格，是一种锻造产生的文体，因为在他的文本中，一些新词中间还夹杂着那些被遗忘的，优秀的俄罗斯古词语。”[47]格列塔·斯洛宾指出，列米佐夫认为自己的使命就在于“复兴那些被深埋在地底下被人们所遗忘的俄罗斯语言的精粹。”[48]在众多的研究者中间，有两部作品，即《自古代至1925年俄罗斯文学史》(История русской литературы с древнейших времён до 1925 года)、《列米佐夫的散文研究：1900—1921》(Проза Ремизова.1900—1921)，在这两部作品中同时强调了列米佐夫在文学语言领域的实验为20世纪前15年俄罗斯散文的发展奠定了基础，产生了影响。也有很多研究者把列米佐夫的文体与“сказ”相提并论，因为“сказ”被算作是口语讲述，主要价值在于语言的语音之中，正是声音使我们感受到了文艺词汇的饱满度。作家也不止一次地强调，作家应该检验所有写出内容的声音。基于此，作家语言的规则就既是词法学上的，也是句法学上的。

接下来对《永不熄灭的鼓铃》中作家的词汇修辞特点进行分析。

首先，在文本中作家大量地运用了俗语词汇。比如“пятерня”“проволочка”“яз ык-лопотун”，俗语词汇占据了很大的篇幅，据不完全统计，其中中篇小说有二百多个俗语，曾有研究者表示，列米佐夫的文本当之无愧就是了解民间谚俗语活用词典。

其次，口语的使用以及具有口语特色词的使用。在句子表达中，作者经常使用一些活生生的民间口语词汇。比如在表达比较从句时，经常不用“как”，而用“будто”，比如经常出现类似“И уж не пришёптывает,а словно в бубен бьёт,Бегает, будто безглвзый”这样的比较短语。同时也可以运用后缀“-ка, -то, -либо”，这些都是富有特性的口语词汇，比如“Столы-то,поговорка-ка,успел-таки”等。另外在文本中还有大量副词，在一般情况下会用到其重复的形式，如“мало-мальски,Кого-кого,всего-навсего,нежданно-негаданно,любо-дорого”，所有这些都呈现了地地道道、活生生的口语效果。

但是，列米佐夫的革新并不局限于仅仅打破常规的语法来拓宽词义。更重要的是从文本的句法结构开始，为书面语彻底引入了口语体系。从文本的第一行就提出了独特的韵律，列出了主要人物，目的在于指出其不寻常性，表现第一个韵律重复。句子的句法结构的重复可以减缓时间进度，感受到运动和韵律。墨丘利斯基在《列米佐夫的创作研究》(О творчестве Алексея Ремизова）中指出："他的句法，是对口述短篇的记录，是一系列音符标注了活生生语言的韵律和语调，其结构灵活，饱满，自由，有的词、有的感叹反复（一直重复，而一些长篇大论也常常复现，就如同歌曲的副歌一般。）"[49]

此外，句法的另一个显著特点就是累赘的结构复现。这一特点使得列米佐夫的文本就像童话或者壮士歌一样：

Как яйцо круглый и полеый,во всю щёку...да наливное，сахарное.

Всякий день поутру часов в семь,когда по домам ещё...лицо к лицу с Стратилатовым.

在《永不熄灭的鼓铃》前后不同的几个版本中，列米佐夫逐渐让自己的语言风格更加趋于完美。列米佐夫在创作中钻研词源学，寻找所谓的俄罗斯语言的自然韵律，竭力去揭示地道俄语的语音和语调规则。而他所提倡的"自然风格"（природный лад）吸引了很多俄国作家，毫无疑问，列米佐夫的这种语言风格也影响了后来的普里什文、皮里尼亚克、扎米亚京、阿·托尔斯泰等人的创作风格。普里什文曾经回忆道："列米佐夫就如同一个艺术家一样，他有属于自己的工作室，有真正的流派，在他那里给他读自己的小说，然后列米佐夫进行了很多的修改，直到面目全非，自己已经很难辨认，这还是自己的那篇小说吗？当然，在老师那里获益匪浅，因为列米佐夫的这种创作风格在当时是一种独一无二的现象。"[50]而他这种语言风格正如作家本人所言："我并不想复活任何风格，我遵循俄罗斯语言的自然规律，就像是俄罗斯大地上的每一个俄罗斯人一样自然得体，这种风格应该是属于每一个俄罗斯人所具有的。"[51]这就是列米佐夫所谓的创作信条，也是列米佐夫文本语言特色的源头。

第三节　童话集《循着太阳运行的方向》的文体学特点分析

《循着太阳运行的方向》于1906年发表，是列米佐夫对俄罗斯民间传说进行的修复重构，也是一部为列米佐夫带来巨大文学声誉的作品，同时也使得作家跻身于年轻一代的象征主义者中间。同时代伟大的作家别雷曾对这部童话集予以很高的评价："《循着太阳运行的方向》是一本集民间神话传说与儿童童话于一体的神奇作品。其珍贵之处就在于语言，书中的语言如同一个骨质的小匣子里盛满了各式各样珍贵的宝石。语言的瑰宝是这位诗人满含着深切之爱所收集起来的。"[52]列米佐夫深谙斯拉夫神话、古俄罗斯民间传说、俄罗斯传统文学作品，因此他将这些在俄罗斯的文化传统中有着深刻地位、功能和意义的元素解构，然后重新组合编码，使其在上下文语境中获得新的意义。其中的童话故事充满了对宇宙、大自然的向往与珍爱，渴望自由、追求永恒美，尤其是对人生至关美好的童年时代的回忆。诚如俄罗斯的学者格尔奇科所描述的那样，作家列米佐就是一位斯拉夫"神话的缔造者"，"他自己创作主要的意义和价值就在于自己内心与斯拉夫神话世界的契合度。他本人就是一个神话创造者，从他美妙的童话中吹出了所有的神清气爽和大自然陶然欲醉的状态，所有民族精神的非理性、智慧、仪式、蛊惑术、咒语，所有这一切在他的创作那里都依然鲜活，不容置疑。"[53]

一、童话集《循着太阳运行的方向》的出版概况

列米佐夫的第一部作品《循着太阳运行的方向》于1906年12月下旬在莫斯科出版，书的扉页中标注的正式出版时间是1907年。而回溯书的出版历史，该书的出版与杂志《金羊毛》(Золотое руно）及其出版商里亚布申斯基（Н.П.Рябушинский）之间有着密切的关联。里亚布申斯基出生于一个显赫的工业家族，是典型的"旧礼仪派"教徒。因为本人热衷于艺术，因此便成为当时重要的艺术赞助商（他的弟弟巴维尔曾出版过旧礼仪派的期刊并出版了自由派出版物，他的另一个兄弟弗拉基米尔则赞助出版了报纸《莫斯科之声》(Голос Москвы)，并在上面刊登了很多“颓废派”的作品)。

1905 年 9 月，列米佐夫开始逐渐意识到，自己所供职的杂志《生活问题》(Вопрос жизни) 即将面临停刊。如果杂志停刊，对于作家来说就意味着要失去很多现有的便利，比如编辑部提供的住宿、秘书的职位，最主要是认可作家创作的杂志平台。因为在当时的环境下，有很多杂志，比如当时比较畅销的杂志《天平》(Весы) 和《新方向》(Новое направление) 等都并不认可接纳列米佐夫的创作风格。因此,《生活问题》的停办对列米佐夫来说无疑是致命的打击。与此同时，在象征主义的圈子里，尤其是在彼得堡，各种提上议程的期刊项目总是因为资金问题不断搁浅。象征主义的文学圈曾一度与彼得堡的资本圈完全割裂。所以这一时刻杂志的停办对于初涉文坛并获得一点成就的列米佐夫来说无疑是雪上加霜。

同时，在一个偶然的机会下列米佐夫了解到里亚布申斯基有意在莫斯科开办一家象征主义的文学期刊。1905 年 11 月，开办杂志的构想已经颇具雏形，列米佐夫出席了当时的作家分会，并将事件始末记载于自己的日记之中，在日记中他写道，杂志创建的构想已完全成型，杂志社的工作人员基本到位，索科洛夫 - 克列切托夫会在《金羊毛》中出任总编，而其他人，诸如勃洛克、索洛古勃、梅列日科夫斯基、德莫夫、巴克斯特等人都会在杂志社里担任文学编辑，里亚布申斯基自己是出版商，而唯独列米佐夫的名字并不在其中。这件事情对作家本人打击很大，他的写作事业在小有成就的情况下不得不面对戛然而止的尴尬局面。但是为了挽回错失的良机，在得知杂志社人员的构成后，列米佐夫寄给《金羊毛》编辑部自己创作的几首小诗和短篇小说。1906 年 1 月初，杂志的第一期出版。杂志以其华丽的装帧和精美的版式赢得了圈内人士的高度关注，杂志里附有大量精美的彩色插图，同时杂志的出版语言选择了俄文和法文两种语言。所有这些都使得《金羊毛》优于当时其他的杂志，同时也令读者叹为观止。而当作家列米佐夫翻开第一期杂志时，发现自己的名字赫然位于文学编委之列，这意外的惊喜使得作家在新杂志中看到了希望的曙光。与此同时，他的朋友舍斯托夫写信激励他："我在《金羊毛》的文学编委中看到了你的名字，顿觉你的事业会出现很大的改观，毕竟里亚布申斯基作为出版商，手里拥有真正的'金羊毛'……你应该去莫斯科发展，那里将会有你的一席之地，使你的才华得到真正的发挥。"[54]此后，列米佐夫前往莫斯科，并准备与出版商之间进行沟通。后来在1906年3月2日和3月3日给妻子的信中也记载过这件事情："我已经与里亚布申斯基约好于次日在《金羊毛》碰面，总编索科洛夫打电话告知，我的小说《火灾》(Пожар）将以每版75卢布的稿费发表于杂志第三期。"[55]不久，短篇小说《火灾》和诗歌《在这个可怕的夜晚》(Этой ночью странной）刊登在杂志上。正如作家所言，当时出版社认定列米佐夫是属于普通作家，只能按照每版75卢布的标准来付稿费。而据资料记载，同时期杂志社给较有名气的作家，比如索洛古勃、勃洛克等人的稿费是每版180卢布。

在这种情况下，列米佐夫便把童话集《循着太阳运行的方向》的全文交给了杂志社以便发表。后来在杂志的第7、8、9期上选刊了诗集中的春季系列的四篇童话，在第10期上刊登了秋季系列的6篇童话。随着1906年《循着太阳运行的方向》部分章节的出版，作家在文坛的声望不断提升，被誉为是"新神话"潮流的领军人物。这一切也就巩固了他在《金羊毛》的地位。后来，他的短篇小说《小鬼》(Чертик）发表，并在杂志社举办的散文大赛中斩获一等奖。同时，作家在《金羊毛》出版了自己"新神话主义"作品《走向大海》(К морю-океану）的部分章节，于1907—1908年间被刊登在杂志上，这部作品被视为是童话集《循着太阳运行的方向》的续篇。而研究者罗赞诺夫认为，《金羊毛》对列米佐夫艺术创作中的民间风格与神话色彩的关注，不仅与当时流行的文学风尚有关，而且也与出版商的个人品位脱离不了关系。文学批评家萨多夫斯基（Б.А.Садовский）对此则坦言道："里亚布申斯基，作为一名年轻而富有活力的百万富翁，可谓是兼具文学品位与才华。他虽然偶尔会在自己的杂志上出版一些颓废派的作品，但也时常非常真诚地流露出自己的困惑不解，总是感慨为什么现在的作家就不能像‘屠格涅夫’那样去写作呢？为什么现代作家不能从民间文化着手进行创作呢？”[56]毫无疑问，以列米佐夫为代表的“新神话主义者”们无论是在创作内容还是形式上都植根于民间创作，在自己的写作中十分关注民间传统文化和仪式，这一点也正契合了里亚布申斯基所谓的“屠格涅夫”式的写作。因为对于里亚布申斯基来说，作为旧礼仪派的信徒，他本人在体验到时代精神风尚的同时，更加深刻地被民间神话主题所吸引。而他同时也更加关注同是旧礼仪派信徒的列米佐夫的创作，被其文本中的“尚古”的这种民族独特性所征服，其表现形式就是童话文本中对古老传统、仪式、风俗等非常强烈的追求上。

基于上述原因，杂志社决定于1906年年底出版《循着太阳运行的方向》的全文。由于文本出现了中大量读者所不熟悉的古斯拉夫民俗和传统，因此在出版时附上了作者注解，用以解释读者阅读时产生的疑惑。此后，作家一直致力于对书中的内容做一注释，直至1912年作家的六卷本文集出版时，《循着太阳运行的方向》再版时加进了全部的注释。

二、《循着太阳运行的方向》的体裁界定

俄语中“体裁”(жанр)一词源于法语词汇“genre”，而法语中的“genre”则源于拉丁文的“genus”“generis”。“体裁”一词在俄语中的释义比较广泛，可以运用在各种艺术形式与内容的样式研究中。比如在《苏联百科词典》的解释为：“各种艺术形式的内部分类：艺术作品形式和内容具有统一特征的一种样式。如在文学中按作品的文学种类、主要的美学性质和塑造方法可分为叙事体裁（英雄史诗、长篇小说、短篇小说等）、抒情体裁（颂诗、哀诗、诗、曲等）、戏剧体裁（悲剧、喜剧等）。”[57]而在汉语中，“体裁”一词是单纯按照文学作品的属性来进行研究的，比如在《现代汉语辞海》中将“体裁”为：“文学作品的表现形式。可以用各种标准来分类，如根据有韵无韵分为韵文和散文；根据结构可分为诗歌、小说、散文、戏剧等。”[58]我国学者张会森也认为：“体裁原本诗歌古典语文学的概念。在古希腊诗学中，在我国的文化中一直是用来指文章体式，指文学作品的样式。

巴赫金创造性地使用了这一术语，赋予了它新的含义，将它从文学领域引入了语言学，使之指称一切口头和书面的言语 / 语篇类型。”[59]

在俄罗斯文学中，长期以来体裁都是文艺学非常重要的研究概念。而且文本的体裁是随着文艺发展的过程而逐渐形成的，因此体裁体现的是文学发展的轨迹和明显的逻辑构造。而某种体裁在文本中的具体表现以及随着历史发展出现的新的体裁形式等，一定是在文本里具有某些特定的因素，进而丰富着体裁的表现形式。

在现代文艺学中形成了一种独特的体裁形式，而这种新的体裁形式，在发展中其类型特点还没有被完全固定下来。因为在传统的文艺学中，体裁被当作是某种完结的具有固定类型特点的形式，因此，在现代文艺学中关于“体裁”这一概念的稳定性问题和结构就变得尤为现实。关于“体裁”的形成及其特点，学者大致有以下几种观点：从波斯佩洛夫（Г.Н.Поспелов）的观点来看，“体裁并不是一种存在于历史上的具体现象，而是一种类型学上的概念意义。”[60]而列伊杰尔曼（Н.Л.Лейдерман）认为“在体裁构造中有一种思想上或者内容上的能量将文本组织起来，这就被称之为‘显性的结构体裁形式’。”[61]而在另外一些学者看来，体裁的形成是文本中内容与形式方面达成的一致，而在体裁的形成过程中则是内容和形式两方面不断地协调，彼此之间的斗争、吸引、排斥，和谐与不和谐之间的斗争形成的。[62]

而现代学者认为，“体裁是历史和历史发展所派生出来的东西。”[63]因此，在每种文学流派中都出现了形式和手法，它们是“一种在体裁中分解世界的手段”。同时，在每一个文学时期都存在着一系列独特的体裁形式，而每一位作家都是自己体裁上前辈的志同道合者和继承者。在 19 世纪末的文学进程中，正如帕利耶夫斯基（Т.В.Палиевский）所指出的，在这一时期的文学中体裁领域中出现了一些有意识的实验。[64]因此，在世纪之交就出现了一种独特的作家体裁，这种独特的体裁里出现了历史上该有的各种体裁之间的相互渗透，以及不同艺术形式之间相互的影响。正如俄罗斯著名批评家所言，“这一时期的许多创作与神话诗学的想象作品、象征派的哲理寓言、传说、故事等纠缠在一起。”[65]从而对文本的体裁出现了难以界定的局面。也正是因为如此，在诗歌和散文中的多成分的形式就构成了一种新的所谓的元体裁。白银时代许多散文家创作的显著特点就是创作的文化背景不断被加入到创作本身中来，于是便形成了一种大趋势，即从单独的小散文体裁（随笔、短篇小说、童话）逐步到一种多层级的结构（文集、童话集、汇集、部）等。

在俄罗斯针对列米佐夫创作的研究中，从体裁角度出发的研究比重是较大的。尤其是对现存的《循着太阳运行的方向》的各个版本的研究中，存在着如下几种观点：第一，认为《循着太阳运行的方向》是童话书（книга сказок），持有这种观点的有奥巴特宁娜（Е.Р.Обатнина）、达尼洛娃（И.Ф. Данилова）、乌沙科夫（А.Н.Ужанков）、采洛瓦利尼科夫（Н.В.Целовальников）、多罗日金娜（В.Ю.Дорожкина）、纳戈尔纳亚（Н.А. Нагорная）；第二，认为这部作品就是童话集（Сборник сказок），持有这种观点的有格拉乔娃（А.М.Грачёва）、日利亚科夫（А.С.Жиляков）、罗赞诺夫（Ю.В. Розанов）、加利琴科（О.С.Гальченко），而认为是童话汇编（цикл сказок）的则是德米特里耶娃（Т.Г.Берегулева–Дмитриева）、科洛索娃（В.Б. Колосова）、科罗廖娃（С.Ю.Королева）；第三，以基特（Кит Трибл）为代表的学者则把这种体裁形式看作是短篇小说集（собрание рассказов）。而对于这部作品的体裁界定，作家本人更倾向于认为是童话作品或者史诗作品（книга сказок или поэмой）。

我们从一个方面来分析《循着太阳运行的方向》的体裁定义问题及其体裁构成，尝试着去分析文本的抒情开头，去理解《循着太阳运行的方向》，关注其艺术整体的结构形式。由于列米佐夫独特的世界观和他含混的思维模式，使得其作品出现了体裁形式的动态变化。这种独特的体裁形式最主要的一个特点就是其不可思议的完整性。穆罕默多夫（Д.М.Магомедов）指出，童话作品尤其独特的内部规律，是具有诗歌文本和文集文本之上的情节，由其结构逻辑所确定，也再现了其创作方法的特点。[66]在《循着太阳运行的方向》中，有一种集子里各文件之间的高度的内在联系性，也是一种完整性。其中《循着太阳运行的方向》中的“情节”与“母题”就构成了文本理论范畴上完整性的基础。因此，其母题就具有情节构建和文本生成的功能。因此，固定的母题成分的发展和变化是确保童话作品内部上下文统一的主要因素。童话集中母题的语义类似于确定的抒情母题，是主题的载体。在这些母题下，我们理解了文本的结构语义统一体，这是情节构建中的最小因素，代表的是一种能够传达、能够表达一系列形象的体系，具有本体论的含义。这些母题在其内部是变化多端的，它能够独自出现在文本中，也能够转换为复杂的、多层级的结构并形成统一的含义。所以《循着太阳运行的方向》的文本更接近于抒情散文，在文本中起主要作用的并非情节上的连贯性，而是母题。正如洛特曼在分析文本时指出了垂直层面的聚合性和水平层面的组合性。因此，在童话中除了母题、情节、结构之外，还有另外一个重要的现象，即文本的节奏感。而在《循着太阳运行的方向》中节奏的体现则是重复与变化，就强化了彼此之间那些独立的片段之间的联系，也正是因为节奏而得以强化。可以说，节奏推动了文本结构的发展，赋予其强大的延展性，因此节奏和结构是互为条件的一组概念。

相应的，《循着太阳运行的方向》作为自成一派的一个独特而又稳定的体裁形式。其文本组成、情节与结构、韵律与结构、文本布局与结构之间的内部与外部的相互关系都组成了体裁形成所必需的统一而又稳定的特点。因此，我们将《循着太阳运行的方向》当作是抒情散文作品（лирическая книга в прозе），一种元体裁（метажанр），一种抒情的语境形式（лирическая контектовая форма）。[67]作家的创作意图表现在文本的各个层间，列米佐夫创作个性的印迹在上下文语境的行程中被逐渐确定下来。这也就是说列米佐夫文本中各个孤立的故事可以组成一个集子的主要原因。

因此，可以从系统性的范畴出发再去分析作家抒情散文作品的组成，在文本中从一个独立的篇目到一章，从一章到一本书，从一本书到一卷或一个作品集，无一例外，体现的都是列米佐夫艺术世界中的语义结构变化。这些变化可以帮助读者去了解文本形成的原则和手法。列米佐夫在自己的创作中运用了民间创作的不同体裁特点，根据自己的理解认知对其进行加工变形。据不完全统计，《循着太阳运行的方向》中就曾出现了童话、儿童数字游戏、咒语、儿童游戏等传统的民间口头创作的体裁，但与此同时，作家也创作了一系列新的、作家独创的体裁，其中综合了音乐、舞蹈、美术、文学等多种艺术形式，正如作家所言："语言、音乐、绘画、舞蹈，这就是一个包罗万象而又高度统一的综合体，每一种都有自己的韵律、自己的方法，这就是艺术的融合，是艺术在韵律结构上的相互联系。因此在每个创作者那里，所表达的内容和手段也是不尽相同的。"[68]而关于列米佐夫文学创作与戏剧之间的关系，正如史料所记载的，1910 年列米佐夫与梅耶霍德（Вс.Э. Мейерхольд）共同为芭蕾舞剧《阿拉列伊和列伊拉》(Алалей и Лейла）创作脚本，其核心部分就是列米佐夫的作品《循着太阳运行的方向》以及《走向大海》。众所周知，利亚多夫（А.К.Лядов）于 1909 年创作了《女妖》(Кикимора）的交响乐，作为上面提到芭蕾舞剧的音乐。而在列米佐夫创作的脚本中渗透更多的是自己的创作意图，作者在此尤其关注了芭蕾舞剧的场景部分。而列米佐夫在文本的韵律结构上所追求的一种平衡感则是整个时代的印记。1916 年列米佐夫创作了一系列包括前面提到的舞台剧的脚本。1912 年，洛夫茨基（Г.Л.Ловцкий）根据列米佐夫的《循着太阳运行的方向》的《明媚的春天》系列中的《色彩绚烂》(Красочки）一文创作了交响乐哑剧。艺术韵律结构上的相互联系几乎反映在列米佐夫戏剧作品的所有场景中，而他 1923 年创作的《路萨莉亚》(Русалия）完整的文本就是这一理念的最高展示，体现的正是象征主义所提倡的"综合艺术"。而所谓"综合艺术"，指的是音乐、美术、舞蹈、造型等与文学的结合，是整个白银时代所宣扬的艺术理念，而列米佐夫在自己的创作中正在践行着这一观点。这些理念在某种程度上促进了白银时代新的体裁形式的出现，比如别雷创作的"交响乐"体裁，斯克里亚宾（А.Н.Скрябин）所创作的"音乐史诗"体裁等。韵律、声音、舞蹈、造型、绘画、音乐不仅能体现在戏剧这种舞台艺术中，在这一时期的文学印刷排版中也将这一切也都体现得淋漓尽致。但是总体来说，这一切大胆的尝试并不总是能够得到大众读者和批评家们的认可。据作家自己坦言，他所有的这些创作经验和理念都与国外作家们的创作探索有着非常密切的关系。列米佐夫的创作灵感源于法国象征主义代表诗人马拉梅（С.Малларме，1842—1896）的影响。列米佐夫在创作之初，大量地翻译了上述国外作家的作品，其中大部分是属于“散文诗”（стихотворения в прозе）和“散文小品”（прозаические миниатюры）的范畴。在列米佐夫的译本中，一个显著的特点就是他强化了文本的抒情成分，在散文形式中扩大了史诗的开合方式。除此之外，列米佐夫的读者圈子在世纪之交也是非常独特的存在，他们是符合时代特点的。列米佐夫曾不止一次地提到这样一种观点，与其说自己是一位史诗作者，倒不如说自己是一位名副其实的散文家。

《循着太阳运行的方向》艺术空间的时空体形式主要表现在一些“圆圈式”“螺旋式”等方面。据米罗什尼科夫（О.В.Мирошников）的观察，这种“圆圈式”的模式的构成主要是基于创作者一种“循环的思维模式”，因此理解文本的方式并不是单项的矢量，而是从整体多维度地去把握。[69]这一形式的基础便是对于历史发展的循环形式的认知。此外，日利亚科夫（А.С.Жиляков）详尽地介绍过轮舞（хоровод），他认为轮舞体现的是一种俄罗斯民族的集体无意识，是一种非常古老的仪式和集体组织形式。

而我们在谈到作品的抒情风格时，不得不去关注巴赫金曾经提出的“抒情调性是基于轮舞音乐的开头之上”[70]这一论调，而在另一位学者巴尔布洛夫（А.Э.Бальбуров）看来，列米佐夫的这种抒情风格其实是作家自我的一种表达方式，是竭力追求自我界限感的方式之一，也是一种客观的或者绝对的知识，是完全融入到作家自己的主观体验之中。抒情风格就是“人格化”看待和理解世界的方式之一。由此看来，抒情诗本身就是一种混合的艺术，其中包含了主体和客体之间的相互融合，在某种程度来看，其主体就是客体，客体也是主体，似乎文本中直接传达就是自己，而又不是自己，同时在文本中还缺乏一个独立存在的客观讲述者的角色。[71]而列米佐夫在童话集

《循着太阳运行的方向》的注解中也特意强调了讲述者就是在首篇童话中出现的“小修士”，尽管小修士这一形象也只是在第一篇童话中出现。他就像一个统领全文的统帅，在首篇出现后，读者们便跟着他开启了春夏秋冬四季童话世界中的游览。其实，小修士这一形象不止一次地出现在列米佐夫的创作中，比如在他晚年时期的回忆随笔《用稍加修正的眼睛去看》，在此文本中讲述者的出现被贴上了梦的世界的标签，“夜晚时分，小修士踩着银白色的月光翩然而至，最终来到了我的阁楼上。”[72]这个在如梦幻中出现的人物便引发了作者的创作激情，开始了对《循着太阳运行的方向》的创作。“夜幕降临，我开启了自己的田园诗作品的创作，而这一作品恰好是以小修士开始的。”[73]由此看来，文本中的“小修士”是作家思想意识的传声筒，在文本中承担起作家使命的角色，他的一言一行都代表着作家自己的观点，是作家的代言人之一。而从整个童话故事集来看，文本中起到这种作用的角色还有卡塔费伊·卡塔费伊奇以及《走向大海》中的阿拉列伊等。至于文本的抒情风格，正如维·别林斯基所言，在一种独特的史诗类别中存在着的一种抒情风格，而这种独具特色的抒情风格是支撑这一体裁的独特手段，因为一旦抒情风格进入到文本之中，便如同火焰一般激发并复活很多作家对于生活的体悟。[74]列米佐夫的《循着太阳运行的方向》中同时结合了抒情诗和散文的特点，这种结合中诗改变了散文的特色，并且也会创作出一些不一样的新意来。这种所谓的“新意”便是抒情散文，是一种综合了印象主义的、散乱的、主观的环境等。

在列米佐夫对于《循着太阳运行的方向》体裁形式的反思中，我们发现了作者的审美的独特性以及他对于传统的借鉴。用维谢洛夫斯基（А.Н. Веселовский）的话来说，就是拓宽了“传说中个人创作的界限”。而他这种抒情作品中的“循环形式”也出现在其同时代人的散文中，比如布宁、普里什文、霍夫曼等。而这一原则在文本中的贯彻则体现出了一种“自然性”的特点，作者这种收放自如的叙事方式尽显了自己的世界观。而文本的特点之一便是加强了抒情风格，削弱了事件的叙事因素，加强了文本建构的韵律性。因此，无论将其视为短篇小说、童话抑或是抒情散文小品，抒情风格的加强使得这一体裁形式别出心裁，而且也在结构韵律和变体中得以巩固。列米佐夫所创作的文本的韵律统一体，即文本的韵律结构、文本结构的韵律性以及节律等，使得我们得出如下结论：韵律是作家所有创作的基本性和普遍性的概念，因此便是文本创作贯穿始终的基础。根据作者自己的观点来看，“散文中的韵律与诗歌如出一辙，但又有自己的特色。”[75]所以，列米佐夫的抒情散文，首先否定的便是传统散文那强烈的情节性，即文本中叙事事件动态发展的基石。由此来看，便不难理解为何《循着太阳运行的方向》中的情节和叙事特点，似乎一切都是自发的、任意的、不合逻辑的。所以，从表面来看，文本的连续性似乎被打上了马赛克一般含糊不清，也就造成了文本叙事话语的非连续性特点。而这种叙事话语的非连续性则是以作家独特的世界观为条件，正如作家所言，“用稍加修正的眼睛”去看这个世界。关于“稍加修正的眼睛”这一作家独创的文学现象，其理论根据在列米佐夫研究学家格拉乔娃的作品中都曾出现过。列米佐夫自己曾在康德梁斯卡娅（Н. Кодрянская）的采访中，对自己这种独特的世界观做过解释：“眼睛可谓是心灵的窗户，我生下来虽然双目健全，但不幸的是我自己却是先天近视的。上帝对于我的这一馈赠，便要求要用一种稍加修正的眼睛去看待这个世界，于是我眼中的世界便成了多维的，天空的星辰云朵，地上的大海万物，以及芸芸众生脸上的那些表情，对我来说都是不一样的。对一些普通人的眼睛来说，空间是未被填满的，而我这种稍加修正的眼睛则是没有空缺的。‘稍加修正的眼睛’也意味着整个世界是颠倒的，由此，欧几里得的定理被推翻了，从三维世界过渡到了四维世界，因此也让我进入到梦境的世界里，甚至也为我打开了通往地下世界的道路。”[76]20 世纪 20 年代初的自传体文章中，列米佐夫又解释了自己的“创作之眼”的本性特点：“我曾经一度，现在一直都在向果戈理学习，学习他的创作眼界、自我牺牲的精神和忍耐力。”[77]对于白银时代的文学来说，其特点就是在艺术领域内的探索，帮助透过文本的表层去窥视内部的世界，同样要了解万事万物内部形式的变化。列米佐夫少年时代就佩戴起了眼镜，因此看到的世界是很奇怪的，有时候昏暗不清，有时候模模糊糊。作家认为这不是常人眼中的世界。但列米佐夫在自己内心中所构建的世界模型却是万分有力的，即便是用矫正过的视力去看这一切也并不能将这一模型改变，通过矫正重新获得的外部视力就是对本身视力的一种补偿。列米佐夫甚至以这种独特性来衡量自己的文学谱系，“我和霍夫曼是极为相似的，因为我们连眼睛的颜色都是相同的，而这种颜色是一种巨大差异的，如月亮的光芒一般的存在。”[78]

综上所述，几乎所有研究者都倾向于认为，《循着太阳运行的方向》是一部童话作品。所谓“童话”(сказка)，这一概念作为一种通俗的民间文学体裁被固定下来是在 12 世纪，在此之前所有的与“童话”相关的民间创作都被认为是“小寓言”故事（байка, басень）。而这一词的词根则是“баять”（说话），这也就不难理解为什么童话讲述人也常常被称为是“说书人”（б ахарь）了。[79]

在俄罗斯，针对《循着太阳运行的方向》的研究中，从体裁角度的研究比重是非常大的。在一些研究者看来，整部作品就是一部有着严谨的逻辑关系和内部联系的童话书，而更多的学者则认为《循着太阳运行的方向》是属于文学童话（литературная сказка）的范畴。所谓文学童话，很多研究者都对此做过表述，根据布劳德（Л.Ю.Брауде）的定义，指的是经过作家艺术加工的具有散文或者诗歌特点的童话故事。其内容要么取材于民间口头创作，要么是作者原创出来的神奇的故事，作品充满了想象的意味。童话的主人公或是作者杜撰出来，或是沿用传统童话的主人公形象，或者就是普通的儿童等。在某些文学童话作品中，魔法和奇迹都起到了构建情节的作用，也成了刻画人物性格特点的出发点。文学童话就跟其他文本一样，根据其语言特点和形式结构可以分为三类：散文童话（прозаическая сказка）、戏剧童话（драматическая сказка）和诗体童话（стихотворная сказка）。文学童话是在民间童话的基础上发展起来的，因此基本上继承了民间童话的一些特点，并在不同程度上将其表现了出来，比如经常基于现实之上构建起想象的情节，通常是幸福的结局，童话中蕴含的道德规范意义，并不是强加于读者，而是通过“润物细无声”的方式融入到内容之中，最终良善会战胜邪恶，其艺术特点是具有民间童话所有的传统格式的开头，文本中的三次重复律，固定的结尾，常用的修饰语，具有隐喻性，夸张的手法以及幽默等特点。

作家对民间文学浓厚的兴趣可以使之不断地超越传统语言艺术的框架，因为传统的语言艺术在一定程度上就不足以表达新思想。因此，对民间文学的关注则是一种艺术复兴，是创建新的艺术风格的重要手段。文学童话的一个显著特点就是它既属于民间创作的范畴，也属于普通文学创作，因此两者的特点兼而有之。所以民间创作风格依然是它最主要的特点之一。

文学童话自由地组合了神话主义（尤其是新神话主义因素）、民间童话的传统，即歌谣、传说等。因此文化同化就有赖于一切文学形式的成就，可谓是一种独特的风格模拟。正如普罗普所言：“文学童话从艺术的起源上来看是独一无二的。”因此文学童话是虚构的民间故事，其基本的美学原则特点就是童话情节与现实的不符。这是它区别于一切其他叙事艺术体裁的特点，转变成文学童话，就有了短篇小说的特点。在俄国文学中，别林斯基作为批评家，他坚持认为俄国童话具有道德礼仪、教育、美学等方面的特点。他所依赖的文本是普希金、茹科夫斯基、叶尔绍夫（П.П.Ершов）、奥多耶夫斯基（В.Ф.Одоевский）以及欧洲文学中的霍夫曼和格林兄弟的作品。他指出，培养作家的儿童品味是一个童话作家该有的素质，在他看来，“儿童作家是天生的，而不应该去培养，这是他们天生的使命。因此需要的不仅仅是才能，还需要某种天赋，比如说美好而又充满慈爱的心灵，温和而又安详的赤子之心。”[80]因此，道德高尚、充满智慧、不仅仅需要丰富灵动的想象力，而且还要拥有儿童般的心灵，这对一位童话作家来说是至关重要的。

而在 19 与 20 世纪之交，当西方的工业文明大肆入侵，俄国的传统人文道德和精神品格受到全面挑战的时候，俄罗斯文学艺术创作的体裁和题材都发生了很大的变化。19 世纪现实主义发展到了方兴未艾之际，小说这种体裁在现实生活世界中遭遇了很大的挑战。其一部分原因就在于小说文本所呈现的现实生活世界中的情节内容难以表达作家所要展示的传统文化底蕴。于是很多艺术家们都将自己的创作视线转移至俄罗斯民间神话与童话，以期给读者带来强大的感召力。尤其是以列米佐夫为代表的艺术家们一头扎进民间传统神话、歌谣、壮士歌、伪经故事、童话等中去，以此为基进行日臻成熟的创作，并最终形成独具特色的艺术理念。他们以非常真诚的态度守护着日渐远离的俄罗斯传统精神，以抱残守缺的执着向现实发出震聋发聩的质问，对俄罗斯民间传统文化精神进行传承发扬。也正是因为列米佐夫作为艺术家的责任感和使命感，才使得作家形成了一种文化上的固守，竭力保持自己的艺术特质。诚如俄罗斯著名的作家茨维塔耶娃所言："在捍卫俄罗斯的传统文化方面，列米佐夫所做出的功绩甚至远远超过了历来的所有政治家们，他的作品可以与那些坚守在自己岗位上的战士的功勋相提并论。"[81]

正如上面所言，在这一时期，其文学的一个重要特点就是作家对于民间文学创作的关注，尤其是对于童话体裁的关注，以及对此进行了大量的实验，将童话母题、情节、形象进行神话化和个性化。正如伊万诺夫所言："民间创作作为民族神话的源泉，吸引着白银时代的散文家、诗人、作曲家、艺术家，使他们有可能触及俄罗斯民族生活的根源。"[82]因此，俄国社会整个文化生活的氛围都是指向民间创作，尤其是童话这种体裁。比如弗鲁别尔（М.В.Врубель）就以童话情节创作了自己的画作《天鹅公主》(Царевна-лебедь)。瓦斯涅佐夫（В.М.Васнецов，1848—1926），他是俄国首位将民间童话展现在画布上的艺术家。他在自己的作品中再现了俄国民间创作中的勇士形象，童话作品里的魔法世界，他还为普希金和莱蒙托夫等人的作品做过插图。从1880年开始，艺术家的创作呈现了一个重要的变化，那就是他开始摆脱日常题材的创作，继而关注起民间史诗题材来。1881年完成了作品《阿廖努什卡》(Алёнушка）和《阴间三公主》(Три царевны подземного царства)，1882年完成创作《十字路口的勇士》(Витязя на распутье)，1881年至1889年完成了《三勇士》(Богатыри)，1926年创作了《沉睡的公主》（Спящая царевна）等作品。还有其他一些画家，比如戈洛温（А.Я.

Головин)，廖里赫（Н.К.Рерих），伯努瓦（А.Н.Бенуа），巴克斯特（Л.С.Бакст）等，都曾经以神话为题材进行了创作，所有这些艺术家所创作的作品都是以民间创作为基础，在汲取民间创作养料的基础上进行想象的创作，而也正是以因为这群艺术家们的创作，使得俄国的绘画艺术呈现出非同寻常的特点来。

在音乐作品中，根据民间传说里姆斯基－科萨科夫（Н.А.Римский－Корсаков）创作了音乐剧《雪姑娘》(Снегурочка)、《萨特阔》(Садко)、《不死的科谢依》(Кащей бессмертный)、《金公鸡》(Золотой петушок)等一系列颇具民间特色风格的作品。此外，斯特拉文斯基（И.Ф.Стравинский）以民间童话为题材创作了《火鸟》(Жар－птица)、《小公鸡》(Петушка)、《春之祭》(Весна священная)等作品。《火鸟》是斯特拉文斯基对于民间音乐运用的经典之作，在斯特拉文斯基之前，很多科班出身的作曲家只是把民间音乐作为一种主旋律的材料，斯特拉文斯基是第一个将民间音乐作为一种风格因素融入到自己的创作中的作曲家，他在此所借鉴的不仅仅是民间音乐中的曲调，而且还保留了其旋律部分，由此便形成了一种自己所具有的独特风格。因此，《火鸟》在某种程度来说则是一场重大的突破。这种风格后来延续至《春之祭》(1913)和《彼特鲁什卡》(1911)中。在斯特拉文斯基所有源自民间的作品中，最具颠覆性的作品就是《春之祭》，这部作品的灵感源自画家廖里赫的绘画作品，作品表现的是一系列的宗教仪式，包括多神教时期对于大地母神和太阳神的崇拜，以及一些库帕拉节时期的仲夏献祭仪式。而在俄罗斯在东正教的影响下，库帕拉节和圣约翰节结合在一起，多神教的传统仪式都留在了典礼仪式中，尤其是轮舞和对太阳的崇拜。

1905年革命之后，主要是1905年至1914年之间对童话的兴趣加剧，诞生了诸如列米佐夫的童话《循着太阳运行的方向》《童话》《人鱼的演出》(Русальи действа)，阿·托尔斯泰的《喜鹊的童话》(Сорочьи сказки)，勃洛克的《大地的气泡》(Пузыри земли)，其中充满了童话－神话的形象，别雷的抒情诗集《女王和勇士》(Королевные и рыцари)，巴尔蒙特的《火鸟》，阿赫马托娃的《在大海边》(У самого моря)，戈罗杰茨基《野蛮的自由》(Дикая воля. Стихи и сказки)，索洛古勃的《童话书》(Книги сказок) 等作品。这一时期很多作家、艺术家、音乐家的作品在文学童话的艺术结构中呈现了一种艺术和美学的规律性。

三、《循着太阳运行的方向》中的“Посолонь”的含义

列米佐夫作为俄罗斯现代派的经典作家之一，他的作品自侨民文学的“回归热潮”以来，就受到了俄罗斯学界的强烈关注。而其文学创作的文化生成背景离不开他那来自卡卢加农村的奶娘所讲述的童话故事的熏陶，也离不开他后来的妻子在古罗斯文字学方面的帮助，列米佐夫大量阅读教会斯拉夫文献和古罗斯文学，熟读俄国经典文学，对于德国浪漫主义文学更是耳熟能详，这所有的一切都构成了他文学创作强大的文化背景。正因如此，列米佐夫创作了大量的伪经故事、童话、散文、回忆录等。《循着太阳运行的方向》是为列米佐夫文学生涯带来巨大荣誉的作品，对其体裁的认同争议较大，但是笔者认为将其作为一部童话集来看更加具有理据性。

从童话集的名称来看，“Посолонь”一词从《达里词典》的解释是：沿着太阳，循着太阳的运动方向，自西向东、从右手的方向向左手的方向运行。童话集根据一年四季“春夏秋冬”共分为四个部分，即“明媚的春天”“艳丽的夏天”“温润的秋天”以及“严寒的冬天”。每一部分由 7 篇，共计 28 篇童话故事组成。从这一结构来看，作家此处用该词的意图在于表达一种时间循环流转的观念，四季的更迭则构成了童话集的圆形结构。所以文本的讲述就是按照四季的变迁，“沿着太阳运行的方向”旅行而展开文本。文本从很久很久以前的早春时节开始，而结尾的《熊谣曲》（Колюбельная песня）结束时则正好是隆冬时节。童话集的主要情节和形象都比较简单，主要涉及一些儿童游戏、民间歌谣、梦、成人仪式、征兆、谜语、民间俗语和谚语等。比如在童话《色彩绚烂》中进行的就是一个非常古老的天使和魔鬼之间争夺小花们的民间游戏。天使手拿着铃铛，魔鬼带着木槌去收集那些色彩绚烂的花朵们。按照游戏规则，如果说天使的花因为魔鬼所扮的鬼脸而

捧腹大笑的话，那它就应该去魔鬼的花朵一边。在作者的文本中游戏童话中的角色就如同孩子在真正做游戏一般，后来在《猫与老鼠》《灰狼捉天鹅》等篇章中这些游戏转变为猫与老鼠、灰狼与天鹅、蓝花与白花、天使与魔鬼等。

同时，作家赋予了民间仪式以神圣的诗意，通过人与自然的融洽结合将整个仪式提升至一定的高度，但同时，这种仪式又完全是以孩童的意识所进行的。比如在送冬迎春之际一个重要的仪式——焚烧科斯特罗马，在文本中列米佐夫将其刻画成一个盛大的儿童节日，在大自然绿色的怀抱里尽情畅玩。科斯特罗马复活了，其名字便获得了意义。童话集中也有关于孩子的，比如在《朝圣》(Богомолье）和《蛇》(Змей）中所描述的是一个吵闹不休的男孩别奇卡和他那虔诚的祖母，以及《小熊崽子》中的阿廖努什卡。这就使得童话集一半具有了现实主义文学的特点，而一半则有虚构童话的性质。《小兔子扎伊卡》是童话中非常重要的篇章，因为其中的主人公随后成了其童话集的续篇《走向大海》中的叙述者。这就是那只可爱的小兔子扎伊卡和它的知己卡塔费伊·卡塔费伊奇。这篇童话可谓是关于早期童年的散文史诗，这里的童年就如同一个美妙的梦境，在老猫卡塔费伊·卡塔费伊奇的庇护下，置身于那些大自然里活灵活现的玩具里，看到了那些未知的野兽，甚至接触到了神话世界里的人物。

而关于文本的叙述进程，正如作家在注解中所言："在 12 月 12 日这天，太阳开始转向夏令时（冬至）直到库帕拉节（6 月 24 日），而从库帕拉节开始又逐渐转向了冬令时（夏至）。文本中讲述者正是循着太阳运行的方向来组织其讲述的内容，就像太阳一般，从春至冬。"[83]

而"Посолонь"一词在民间谚语中也多表示积极正面的含义："Борони по солнцу (посолонь)，лошадь не вскружится"，意即"沿着太阳运行的方向犁地，马儿也不会感到疲倦。"同时，俄罗斯民俗学家阿法纳西耶夫还从地方志的通用俗语中搜集了大量的例子来证明这一词的文化伴随意义。比如"在婚礼上，新郎和新娘的亲朋好友会按照'太阳运行的方向'

离席；买主拉起新购买的牛绕着柱子沿‘太阳运行的方向’转三圈，寓意是为他带来好运；人们在占卜时，会用手指举起黑面包，看看面包会朝哪个方向转动，如果‘沿着太阳运行的方向’，那么就意味着诸事顺遂，反之则一切不顺利。”[84]

而“Посолонь”一词也频繁出现在象征主义者的圈子里，比如在维亚·伊万诺夫的诗集《花坛》(Цветник Ор. Кошница первая, 1907）中写道：

Оры,щедрые Оры,с весеннею полной кошницей!

Шепотом легких часов,топотом легких шагов,

Радуйте чутких,плясуньи,любезные Вакху и Музам,

Верные Солнцу,–ведя посолонь свой хоровод!

此处的奥雷是古希腊神话中专司四季轮回的女神。同时“Посолонь”一词在宗教礼仪中也具有一定的意义。比如在尼康大主教改革时期，以前的宗教仪式被逐渐否定，从此在朝拜时不再按照“太阳运行的方向”，而是逆向行驶。但是“旧礼仪派”并未接受这一礼仪形式，他们依然按照之前的传统来进行。1856 年政府严令禁止旧礼仪派的礼拜仪式，于是便下令“封印”了很多旧礼仪派的教堂祭坛。从此，“Посолонь”一词也逐渐退出了教堂礼拜仪式。1905 年春天的时候，一切都发生了翻天覆地的变化。第一次俄国民主革命的成果使得旧礼仪派完全合法化。4 月 29 日，罗戈日斯科耶公墓上被封印的祭坛重新启用，这就意味着旧礼仪派的礼拜仪式活动完全恢复，而“Посолонь”作为旧礼仪派的象征符号也获得了现实意义。

现代主义时期俄国的知识分子对宗派主义的兴趣日渐浓厚，他们寻求各种机会与其接触，试图了解并交流，研究他们的仪式并将其引入到文学艺术的创作中去。比如新艺术人物尼采的“永恒回归”的思想就与鞭笞派的旋转仪式之间有着非常密切的联系。根据一些批评家们的观点，列米佐夫在构思和创作《循着太阳运行的方向》时，积极地参与了“宗派主义”的形式，甚至还有资料显示他参加了 1905 年 5 月在明斯基（Н.М.Минский）那里举办的“鞭笞派狂跳”活动。同时在我们看来，阿法纳西耶夫的作品《斯拉夫人的诗意自然观》(Поэтические воззрения славян на природу）一书对列米佐夫创作的影响很大，尤其是其中所流行的宗派文化中民族起源的观点。阿法纳西耶夫认为："鞭笞派以'循着太阳运行的方向'跳的轮舞以及快速的旋转舞蹈取代了公共场所的祈祷。因为在舞蹈中他们唱着充满了民间诗歌精神与内容的歌曲，这些歌曲是以纯正的民间语言创作而成的，混合了教会斯拉夫语的表达，风格与普通歌曲十分近似。而他们所唱的祈祷词和誓词都被赋予了多神教色彩。宗派主义者来自社会下层，因此它们更容易理解世界的起源以及世界是由人类所创造的观点。而这一点完全符合儿童的自然观。"[85]而这种"循着太阳运行的方向"旋转跳起来的轮舞，同时也是维亚切斯拉夫·伊万诺夫在 1905 年"个人主义危机"的纲领性文章中所提倡的思想之一："谁不想唱轮舞曲，那么就让他双手掩面，离开这个大圆圈吧！"[86]

四、《循着太阳运行的方向》的语言修辞特点

韦勒克在《文学理论》中曾提出，语言是文学艺术的材料，所以说文学作品都是在一种特定的语言中进行文字语汇的选择，正如一件雕塑是一块削去了某些部分的人理石一样。很多评论家和研究者们发现，列米佐大的创作中兼具了象征主义、浪漫主义、颓废主义、印象主义和魔幻现实主义的特点，因此这些不同流派艺术的综合便让我们很难去判断列米佐夫的诗学特点。

作为白银时代的著名作家，列米佐夫在自己的创作中很好地融汇了各种艺术的综合。正如研究者所言"白银时代俄罗斯的文化高涨是一种整体现象……在'文艺复兴'或'文化复兴'这一总体图景之中，哲学、文学、戏剧艺术、绘画与音乐等各领域，都以其自身的发展参与到那个时代的精神文化创造，又渗透到其他领域，对其他领域的创造活动发生着直接的或潜在的作用。"[87]因此，在 20 世纪之初，俄罗斯文学与艺术的融合呈现出非常繁荣的景象来，而其中"声音和颜色成为恢复艺术的表现力运动中最重要的因素"。[88]因此，《循着太阳运行的方向》一个重要的文本语言特点就是颜色词汇的运用。

1. 童话文本的色彩韵律

童话集中的颜色词汇与文本结构相结合，构成了强烈的“色彩韵律”，因为色彩的变化不仅赋予了文本强烈的风格，还形成了独特的结构，进而确保了文本的完整性和统一性。“色彩韵律”有机地构成了作品的统一空间，整幅图景的韵律基础就是圆形运动的循环原则。这种循环性不仅表现在作品的宏观构建层面，而且也体现在微观表里的组成之中。正如前文所述，童话集的讲述方式是按照四季轮回的环形模式构建的，这完全符合古代神话中的宇宙观。

童话集根据一年四季“春夏秋冬”共分为四个部分，即“明媚的春天”“艳丽的夏天”“晦暗的秋天”以及“严寒的冬天”。每一部分由7篇，共计28篇童话故事组成，构成了一部充满了幻想富有神话韵味的作品集。作品中“一年四季周而复始，围绕每个季节都有许多童话，时间与存在和谐一致。”[89]开篇是明媚的春天里的景象，而在童话结尾之处的童话《小兔子》和《熊谣曲》都指向了春天的到来——旧历新年的开端。因此，这种环形结构不仅仅表现在情节、形象方面，而且也使文本的首尾呼应。在童话集开头部分是作家自创的摇篮曲，结尾则是借鉴了拉脱维亚的民间谣曲，构成了不同文化之间的呼应。在童话的开头部分，作家写道：

睡吧，我亲爱的孩子！
带着小木棍的男孩子来到茂密的大森林里，坐在石头上，
怀中紧紧抱着受了惊吓的小鸟，
我们将会离开这里，永远地离开。
鲜红的罂粟花将会热情地迎接我们，
带刺的蔷薇不会划破我们的手，
不祥的鸟儿也不会带来厄运，
头发蓬乱的女巫一闪而过……
睡吧，我亲爱的孩子！

在睡梦中让你的心儿飞到很远很远的地方……
没有寒冷，太阳奉献着自己耀眼的光芒，
那金色的太阳就像巨大的环，放射出光芒。
看一看吧，有多少晶莹的宝石在闪闪发光！
我们推开了那鸡腿小木屋的门，
那雕刻着花纹的窗户，
可爱的脸庞印在上面，
那明亮的眼睛比天使的还美丽，
散发出安静的童话……
暮色苍茫，
黑色的影子投射在小径大道上，
风儿轻轻地拍打着，
风儿……你不会离开我吧？
孩子……我亲爱的。[90]

而在童话集的结尾部分，则是引用了拉脱维亚的民间歌谣《熊谣曲》（Медвежья колыбельная песня）：

睡觉觉吧，熊孩子们，睡觉觉吧。
毛烘烘的小熊们，睡觉觉吧。
妈妈采集了很多浆果，睡觉觉吧。
爸爸收获了很多蜂蜜，睡觉觉吧。
妈妈提着满满一篮子浆果，睡觉觉吧。
哪些是小鹿的，哪些是小熊的，睡觉觉吧。
勇敢的战士走了出来，睡觉觉吧。
睡觉觉吧。[91]

在此作者从文本形式上完成了首尾呼应的环形结构。

而在构建文本的和谐艺术空间时，作家有意引进了一个基本的母题形象，比如水、火、土、风等元素。各个元素之间的交替、相互影响甚至相互渗透形成了文本的主要韵律特点。情节主题的重复和相互作用确定了作品中的宇宙在时空连续体中的运动。因此，在文本中，作者逐渐将一种无秩序（хаос）转化为宇宙（космос）模式。从色调来看，就是从光明到黑暗复至光明的运动，构成了一个无休止的循环运动，也被理解成创造宇宙整体性和价值的韵律基础。接下来按照童话集的四个系列来分析作品色彩和光线两个方面的语言特点。

在春季系列《明媚的春天》中的“красный”一词本意是“红色的”，后来就被引申为“美丽的”，如俄语中的“красная площадь”（红场），意即“美丽的广场”。而该词也用在民间语言和民间诗歌中，表达了“明朗的、艳丽的”意思。因此，整个春季系列的童话的一个语义特点便是“万物复苏、春回大地、万象更新”，充满了“朝气蓬勃、积极向上”的语义色彩。其中表示颜色的词汇有：白色的（беленький）、灰白色的（белёсый）、绿色的（зелёный）、绿油油的（зелёно-масляный）、蓝色的（синий）、微黄的（жёлтенький）、五光十色的（пёстрый）、蓝蓝的（голубенький）、温暖的（тёплый）、粉红色的（румяный）、乳白色的（молочный）、暗色的（тёмный）、黑色的（чёрный）、金黄色的（золотой）、浅紫色的（сиреневый）、浅蓝色的（васильковый）、红色的（красный）、玫瑰色的（розовый）以及灰色的（седой），而在这些色彩中占据主色调的是绿色、蓝色等亮色调的颜色。从文本看来，复苏的春天的空气里也充满了苹果、蜂蜜以及鲜花和牛奶的味道。比如春季系列开篇的童话《小修士》（Монашек）中写道：

有人跟我说，来了一个人，一直在门厅里站着。

我从房间里走出来，远远看去，那里站着一个小修士。

——你好！他向我打招呼时认真地盯着我看，似乎在检查着什么东西。

小小的小修士，脸色白白的。

——你好，你需要什么呢？

——我沿着屋子转了一圈—给了我一根春天的枝条。

——枝条，什么枝条！

——小枝条，说完他笑了。

而我也有些莫名的愉快，但却不知道该怎么做。房间，窗户以及这突然出现的绿枝条，上面长满了完完全全绿油油的树叶。

——小修士，你想来块土耳其小面包吗，我们这里正烤呢。

——不需要。

——那你想要什么，牛奶吗？

——不想要。

——那么苹果呢？

——刚吃了一点蜂蜜。

——蜂蜜……上帝啊，小修士！我曾在哪里见过你……

小修士笑而不语。

紧紧地抱着绿枝条。树叶们从怀里露出了头。

我的小枝条，我的树叶们！

小修士站着，笑而不语。

由此看来，春天系列的文本中占据主色调的是“绿色、黄色、蓝色”，这些颜色词汇以及它们的同义词汇同时都在刻画春天“万物复苏”时的景象，因此在此这些颜色词汇具有积极向上的文化伴随意义。但是到了夏季系列的童话中，这些词就被赋予了消极的含义，比如“巫婆那绿色的眼睛”预示着她的危害性和危险性，以及当纳薇约（Навьё）出现时，蓝色的森林就变得更加幽暗了。

那么夏季文本中的主色调又是什么呢？《艳丽的夏天》(красное лето)整个文本的基调就成了繁花盛开的景象，这是富足的时刻，同时也是繁荣和财富的象征。文本中多出现的颜色词汇如下：红色的（красный)、暗色的(тёмный)、白色的（белый)、鲜红色（алый)、天蓝色的（небесная синь)、深蓝色的（голубой)、金黄色的（золотой)、银色的（серебряный)、绿色的(зелёный)、黄色的（жёлтый)、灰色的（серый)、珍珠白的(жемчужный)、绛红色的（рябиновый)、深绿的（тенистый)、灰蓝色的(сизый）等。

在《幽暗的秋天》(Тёмная осень）系列中，秋季是成熟丰收的季节，因此主色调是泛黄的（пожелтевший)、珍珠白的（жемчужный)、火红的(огненный)、蜂蜜色的（медовый)、银色的（серебряный)、苍白的(бледный)、幽暗的（тёмный)、黑色的（чёрный)、白色的（белый)、蓝色的（синий）等。而在冬季系列中出现的颜色词汇是红色的（красный)、清澈的（хрустальный)、透明的（прозрачный)、蓝色的（синий)、淡绿色的（бледно-зелёный)、浅绿的（бархатисто-зелёный)、蓝色的（синий)、银色的（серебряный)、白色的（белый)。

纵观上述文本中对于颜色词汇的选择，我们发现颜色韵律具有如下特点：首先，很多色彩在文本中重复出现，它们一般是按照黑白、深浅进行过渡的，从黑色到灰色，甚至再到银色、灰白色、珍珠白色直到纯白色；从光线来看，呈现出来的变化规律是从暗沉到暗淡及至清澈的、清如水晶的和明亮的变化。作家列米佐夫在童话创作中使用画家的技法来强调更深沉、更饱满的色彩，在油画般深沉的背景下突出色调，这种现象在文本中非常常见。一般情况下，这种背景的替换是预示着有新的人物出场，比如在《库帕拉之火》《黑暗的夜》《玛尔新卡》(Морщинка）以及《小兔子扎伊卡》中都是如此。

此外，作家为了更加突出色调，在构成颜色修饰词时经常会采用一些颜色词汇的同义语反复结构以及重复结构和指小表爱形式等。比如“Там распаханные поля зеленей зеленятся"(那曾被犁过的绿茵茵的田地显得更绿了)，这里的"поля зеленей зеленятся"就是同义语反复，这种同义语反复在语义和感情表现力上都有递增的效果。在此读者能够明显地感受到，如果去掉同义词，直接用"поля зеленятся"(田地变绿了）来表达的话，句子的力度大大减弱，画面感也瞬间消失，语言就变得失去了鲜活的表现力进而显得十分贫乏。类似于这样的例子还有，"Тёмная темь залегла по путям и дорогам."（漆黑黑的黑影投射到小径和道路上)，在此用"тёмная"来修饰"темь"，使得语义更加强化，从而让读者能够体验到小径和道路上到处是漆黑一片。而文本中，颜色修饰词的指小表爱形式更是屡见不鲜，比如"маленький монашек, беленький"(小小的小修士，小脸儿白白的)，在此用到了"белый"的指小表爱形式"беленький"用来修饰"монашек"；"Вышла фмалка, кивнула голубенькой головкой"(紫罗兰走了出来，点了点她那蓝蓝的小脑袋)，这里的"голубенький"是"голубой"的指小表爱形式；"Пощекотал Бес ромашке жёлтенькое пузичко"(魔鬼挠了挠洋甘菊那晃晃的小肚子)，此处的"жёлтенький"就是"жёлтый"的指小表爱形式。此处对于颜色词汇指小表爱形式的使用，一方面是符合俄罗斯人的口语习惯，尤其是对于童话文本的阅读对象来说，更加符合儿童心理认知和接受。另一方面，主要使用这些修饰词汇发达的主观评价色彩的后缀体系来构建童话文本的形象性。

颜色修饰词的使用大部分情况下是用来加强语义，凸显主题。比如说"приплыла тёмная тучка,пошёл дождик"(飘来了乌黑的乌云，下起了小雨)，在这里用"тёмная"来修饰"тучка"，就像上文所说是为了加强语气和情感的张力。此处可以将读者的情感渗透。于景物之中，增强了语言的抒情气氛，具有非常好的修辞效果。而在有些情况下，文本中的修饰语与被修饰的对象在语义上是相互矛盾的，通常把这种修辞方法称作是"逆喻"或者所谓的"矛盾修饰法"(Оксоморон)，意为"明显的荒谬"。这种修辞手法最大的特点就是看起来似乎不合逻辑，但是往往却能传递出一种独特的语言效果。比如在文本冬季系列的童话中，作家写道："золото не простое, а серебряное"（黄金不是普通的，而是银色的），这里用"серебряное"来修饰"золото"就是一种典型的矛盾修饰法。这种初看好似不合逻辑的修辞方法，是需要结合上下文来理解的，在文本中冬季系列的主色调是"白色的、灰白色的"，因此也就可以理解为什么会采用"серебряное"来修饰"золото"了。

色彩修饰语还有另外一个重要的特点就是揭示被修饰对象的性格特点。比如在童话《猫和老鼠》中，为了展现老鼠的敏捷与灵活，文本中多次用到"розовый"（玫瑰色的，亮色的）来修饰它，如"розовая лапочка"（粉红色的小爪子），而年老的猫的特点是暮气沉沉，丧失了青春活力和敏捷灵活，因此在刻画老猫卡塔费伊奇的形象时多用到词素"сед-"（灰白色的），如"седые усищи"（灰白色的胡须）等。这里体现的不仅仅是猫和老鼠之间的游戏，更象征着代表年轻青春的老鼠必然会战胜苍老的猫，而青春活力才是最终的战胜者。

2. 童话集《循着太阳运行的方向》的韵律特点

在韦勒克看来，每一件文学作品首先是一个声音的系列，从这个声音的系列出发才能再生出意义来，因此包括诗歌和散文在内的很多文学作品中，声音的层面引起了人们的注意，构成了作品审美效果不可分割的一个部分。在语言各种复杂的声音模式中，还包括押韵这种复杂的现象。押韵，或称节律（ритм）或韵律（рифмы）原本是诗歌中的术语，节律一词来源于希腊语的"reo"，俄语中的含义为"течь,литься"，指的就是诗歌文本中的语言现象有规律的"流动"；而韵律"是一种声音的重复（或近似重复），具有和谐悦耳的功能。"[92]押韵这种语言表现手法在诗歌文本中呈现时，其在审美上最为重要的是它的格律的功能，它以信号显示一行诗歌的终结，或者以信号表示自己是诗节模式的组织者，有时甚至是唯一的组织者。但至为重要的是押韵具有意义，因此，它是一部诗歌作品全部特性中重要的一环。押韵把文字组织到一起，使它们相联系或相对照。

接下来分析列米佐夫童话文本《循着太阳运行的方向》中语言的韵律特点。《循着太阳运行的方向》中的韵律特点不仅表现在童话结构的宏观层面，体现出一种环形的韵律特点，比如其中的一些形象是从一个童话故事过渡到另一个童话故事，甚至是从该童话集延伸至续篇《走向大海》。列米佐夫在文本中采用了一些民间歌谣和传统童话的手法，比如引用了民间非仪式歌谣的抒情结构的引子，而副歌部分无论是从结构上还是功能上都接近于民间歌谣的歌词，采用俄罗斯童话的经典开头作为开端，而且也表现在童话语言的微观层面。韵律结构在微观层面的表现主要分为以下几个方面：

第一，在童话的文本形式层面采用诗歌的设计，比如利用诗歌的诗节形式，体现出诗节之间的空格。比如秋季部分的第一篇童话《小阳春》(Бабье лето)，其形式结构布局完全采用诗歌的形式。如下所示：

БАБЬЕ ЛЕТО

Унёс жаворонок тёплое время.

Устудились озера.

Цветы,зацветая пустыи цветами,опадают ранней зарей.

Сорвана бурей верхушка ёлки.Завитая с корня,опустила верба вялые

листья.Высохла белая берёза противсолнца,сухая,небелая пожнлтела.

Дует ветер,надувает непогоду.

Дождь на дворе,в поле–туман.

Поломаны,протопаны луга,уколочены зелёные,вбиты коле –сами, прихлыснуты плёткой.

Скоро минует гулянье.

Стукнул последний красный денёк.

Богатая осень.

Встало из−за леса солнце−не нажить такого на свете−приобсу−шило лужи,сгладило скучную расторопицу.

По полесью мимо избы бежит дорожка, −мхи,шурша сырым серебром среди золота,кажут дорожку.

Лес в пожаре горит и горит.

В белом на белом коне в венке из зелёной озими едет по полю Егорий и сыплет и сеет с рукава бел жемчуг.

Изунизана жемчугом озимь.

И дальше по лесу вмиг загорается красный−солнце во лбу, огненный конь,−раздает Егорий зверям наказы.

Лес в пожаре горит и горит.

И птицы не знают,не домекнуться певуньям,лететь им за море или вить новые гнезда и водные−лебеди−падают грудью о воду, плывут:

−Вылынь,выплывь весна! −вьют волну и плывут.

Богатя осень.

Летит паутина.

Катит пенье косолапый медведь,воротит колоды− строит мохна − тый на зимовье берлогу:морозами всласть пососет он до самого горлышка медовую лапу.

Собирается зайчик линять и трясется,как листик:боится лисицы.

Померкло.

Занывает полное сердце:

" Пойти постоять за ворота!"

Тихая речка тихо гонит воды.

По вечеру плавно вдоль поля тянется стая гусей,улетает в чужую сторонку.

–Счастлива дорожка!

Далеко на селе песня и гомон:свадьбу играют.

Хороша угода,хорош хмель зародился–золотой венец.

Богатая осень.

Шум,гам,–наступают грудью один на другого,топают,машут руками, вон дед под хмельком с печи сорвался...

Кипит разгонщица каша.

Валит дым столбом.

Шум,гам,песня.

А где–то за тёмною топью конь колотит копытом.

Скрипят ворота,грекают дверью–запирает Егорий вплоть до весны небесные ворота.

Там катается по сеням последнее времячко,последний часок,так не своё житьё–бытиё испроведывает,там не можно думы раздумвть...

" Ей глаза,почему же вы ясные,тихие,ненаглядные не источаете огненных слёз?"

Мать по–тёмному не поступит,вернет теплое время...

Сотлело сердце чернее земли.

–Вернитесь!

И звезды вбиваются в небо какгвозди,падают звезды.

小阳春

云雀带走了温暖的时光，

湖水已经变得清凉。

花，空空花开，在黎明时分纷纷落下。

暴风雨冲刷着云杉树的头，

根部卷曲的柳树，垂下了枯萎的叶子。

白桦树在烈日下干枯，憔悴，变得发黄。

风吹着，吹来了坏天气。

院子里下着雨，田野里起大雾。

草地被车轮轮番践踏，青草被鞭子竞相抽打。

游园会很快就会过去，

最后那美好的日子已经降临。

丰润的秋天。

太阳从森林后面缓缓升起，

你不该在这世间招致万物，干涸了水洼，枯萎了草地。

一条小路经林间，穿过小木屋，

苔藓如同金子一般在小路上沙沙作响，

着火的森林在燃烧着。

头戴绿色花环的叶戈里，身着白服，骑着白马穿过田野，从袖子里洒下珍珠般的种子。

珍珠铺满了整个秋播地。

沿着森林往前走，突然亮起了一片红光，太阳在额头上，如一匹火红的马，叶戈里正在惩罚着牲口。

着火的森林燃烧着。

鸟儿们也不知道，它们的歌声是否嘹亮，它们能否飞跃海面或者去构筑新巢，而水上的天鹅们，胸口浮在水面上不停游动：

——游出去，去追赶春天。挥动着水花漂浮着。

丰润的秋天。

蜘蛛迅速结网。

笨拙的熊翻动着棉片和木料，为冬天的小屋建造一个温暖的穴。天气转冷，它便会吮吸干净爪子上的蜂蜜。

兔子要蜕皮了，因为惧怕狐狸，它像树叶一样在风中颤抖。

暗沉。

忧郁的心满怀丧气。

“去门外站着!”

一条安静的小河水流淙淙。

傍晚时分，一群大雁沿着田野四散开来，飞向了陌生的彼岸。

一路顺风!

村子里远处传来了莺歌燕舞：他们正在举行婚礼。

通宵达旦地享乐，一番醉态，一顶金冠。

丰润的秋天。

喧闹声，嘈杂声。

人们拥挤在一起，跺着脚，挥着手，年轻的新媳妇大胆而又绝望地旋转着，脸色苍白。

突然间醉态萌发的祖父从炉子上摔了下来……

粥沸腾着。

烟雾缭绕。

嘈杂声，喧闹声，唱歌声。

在黑漆漆的沼泽之外，一匹马正在疾驰。

大门吱吱作响，吱吱作响，叶戈里关上了通往春天的大门。

最后的一段时光，最后的一刻钟。

他坐在过道里，好像自己并不存在似的，在这里丧失了思考的能力。

"嘿，眼睛，您为什么如此澄澈，如此安静，从不流下火热的泪水啊?"

母亲以温柔回报所有的时光，从不会变得冷漠。

枯萎的心比大地还黑。

——回来吧!

星星就像钉子一样镶嵌在天空里，正在坠落的是星星。[93]

从童话的形式结构层面来看，这种语言结构的组合方式是为内容所服务的，正如朱光潜先生曾说的，诗的实质是语言所表现的情思，形式是情思所流露的语言。而分行排列这种特点就是区别于其他体裁的最基本外形形式，因此就完全符合诗歌的布局结构，全文共分为五个诗节；其次，诗歌语言作为一种特殊类型的语言，其特点之一就是凝练性，而《小阳春》的语言凝练概括，高度体现了这一原则。此外，在《小阳春》中所运用到的标点符号，比如感叹号、破折号、冒号等都像在诗歌文本中一样，帮助读者理解了复杂的句法关系、独特的韵律特点甚至体现了诗意，而这正是诗歌中的标点符号所具有的特殊性以及修辞功能。在童话集《循着太阳运行的方向》中类似的童话文本有很多，比如《狐狸的舞会》(У лисы бал)、《卡列齐纳－马列齐纳》、《哭诉歌》以及童话集《祭祀节日》(Радуница) 等，在此就不一一列举。

第二，文本中多采用平行的句法形式和对称的语调，用以加强其结构的韵律性。

第三，词汇或者句子的重复出现，甚至构成同义重复，一方面是用来加强语义，另一方面就是为了体现韵律结构。

比如在《科斯特拉马》中反复出现的一个对话：

—Дома Кострома?

—Дома.

—Что она делает?

—Спит.

在文本中该对话重复出现了四次，前面三句都是一样的，只有最后的答句不同而已，答句分别是“睡觉”(спит)、“起床”(встаёт)、“挠痒痒”(чешется)、“死了”(помнрла)，前面三个都用未完成体动词的现在时来表达科斯特拉马的日常生活，而最后一个动词用完成体的过去式来表达科斯特拉马已经死去的事实。在这个简单的重复的对话中，读者仿佛看到了科斯特拉马那漫长的一生。这种前后呼应、贯穿始终的重复，从内容上来看，来回往复，大大增加了文本的语义功能，使得文本具有强大的语义场，同时也加强了读者阅读时对于科斯特拉马日常生活的了解和熟悉的递进效果。从结构上来看，连贯紧密的口语对话则属于过渡穿插，而且每一个对话的场景感十足，让读者犹如身临其境之感。从诵读来看，同一句式此起彼伏，遥相呼应，读起来掷地有声，极具有节奏感。这种整齐排比的修辞方式，使各节内容不仅并行排列，而且层次上逐步递进，衔接自然，前呼后应。

此外，在《哭诉歌》中整个文本更好地体现了重复的意味。

Плача

Красное солнце,высоко ты плаваешь в синих сумрачных реках небес–там волнистые поля облаков неустанно бегут.

И ты,сын красного солнца,белый мой свет,ты озаряешь мать – землю.

И ты,ухо ночи,подруга–луна,ты тихо восходишь,идёшь над землею, следишь за ростом трав,за шумом леса,за плеском рек,за моим сном.

И ты,семицветная радуга,бык –корова небесных полей,ты жадно пьёшь речную студеную воду.

Пожелайте счастья мне от матери–земли,сколько на небе осенних звезд!

Пожелайте счастья мне от светлого востока,сколько белых цветов земляники!

Пожелайте счастья мне от синих сумерек запада,сколько алых лепестков диких роз!

Пожелайте счастья мне от ледяного севера,сколько зелёных цветов смородины!

Пожелайте счастья мне от знойного юга,сколько на ниве золотого зерна!

Пожелайте счастья мне от широкой рекисколько рыб на глубом дне!

Пожелайте счастья мне от дремучего леса,сколько скрыто вольных птиц!

Пожелайте счастья мне от тёмного бора,сколько зреет ягод в бору!

Пожелайте счастья мне от топких болот сколько сосен стоит кругом!

第四，句首句尾采用相同的词来加强韵律结构。比如在下面的例子中都是句首句尾用相同的词来加强韵律结构。

“И звезды вбиваются в небо,как гвозди,падают звезды.”“星星镶嵌在天空了，就如同钉子一般，然后又从高空掉下了星星。”[94]

“Померла Кострома,померла!”“死了科斯特罗马，死了！”[95]

第五，对称词的使用。在《循着太阳运行的方向》的童话文本中，列米佐夫大量地使用了对称词。所谓对称词（парные слова）指的是一对词构成的一个用连字符或者是语气词“да”连接起来的一个词，在这对词中第二个词完全是按照第一个词的词形变化来的，往往只需要改变第一个词的首字母便能形成一个新的词，在文本中这类词常用在专名学中，比如“Калечина-Малечина,Шуды –луды,Соломина –Воромина,Купен –Лупена,Каракули –

маракули,кострюк –мострюк,фигли –мигли,Каракули –маракули,Фигли –мигли,шашлык–башлык,Пери да Мери,Шуды да Луды”等。这类词的使用在文本中就形成了很强的韵律性，是文本语言音乐性的体现之一。

第六，语音层面中，在同一个文本中会大量出现相同的元音和辅音，造成一种语音上相同声音合体出现的情况。比如在《猫与老鼠》中有这么一段：

Кошка за мышкой,мышка от кошки,кошка налево,мышка направо,кошка оапкой хвать мышку,а мышка:

–Брысь,кошка! –да за ворота,– что,кошка,сьела?

Крутится,вертится мечется кошка.

Крутятся,кружатся,вертятся мышки,держатся крепко за лапки,да дальше по полю,да дальше по травке,да дальше по кочкам.

在这段猫与老鼠的游戏中，出现了大量的清辅音“к”与元音“а”，以及语音中含有“а”音的音，比如擦音“тся”，这就不仅在语义层面形成了一个完美的猫鼠游戏的圆圈式结构，在语音层面也非常好地体现了这一点。而元音“а”在发音时口腔大开，特别适合描写这种猫鼠游戏中骤然而来的感觉。

文本中大量使用了词的指小表爱形式。我国研究者张会森曾在《修辞学通论》中提到：“俄语与其他西方语言相比，有一个鲜明的特点，就是在名词、形容词领域拥有极为丰富多彩的主观评价后缀系统。”[96]在列米佐夫的童话文本中大量使用了词的指小表爱形式，这种极具有主观评价色彩的词汇，往往能够更加强烈地表达作者感情色彩，同样也是文本的语言特色之一。最主要的是这一指小表爱形式不仅体现在具体名词和专有名词上，就连一些抽象名词，甚至是形容词和副词也用到了指小表爱形式。现将文本中春季系列童话中的前三篇童话故事《小修士》《色彩绚烂》以及《科斯特拉马》中出现的词的指小表爱形式列举如下表。据不完全统计，在这三篇篇幅短小的童话故事中出现的名词的指小表爱形式就有三十多个，由此足见作家对于这种语法形式的酷爱。

词的原形	文本中的指小表爱形式
солнце	солнышко
монах	монашек
дом	домик
лист	листочка
баран	баранок
молоко	молочка
яблоко	яблочка
мёд	медка
пузо	пузочко
крыло	крылышко
луг	лужок
туч	тучка
цветы	цветочки
сторона	сторонка
птица	птичка
дождь	дождик
рука	ручка
платье	платьица
лапа	лапка
ребята	ребятка
Кострома	Костромушка
песня	песенька
лес	лесок
болото	Болотца
морда	мордочка
день	денёк
время	времечок

列米佐夫文学创作中语言的一个很大的特点便是“致力于丰富俄语词汇，寻求新的语言表达方式，把富有诗意的幻想带入创作中，这是列米佐夫散文的主要特点，也是他的贡献。他的散文创作，对于扎米亚京、皮里尼亚克、列昂诺夫、阿·托尔斯泰等人，都产生过直接影响。”[97]而我们通过对列米佐夫创作中语言特点的分析，可以得出以下结论：列米佐夫在创作中所倡导的“俄罗斯风格”是俄罗斯文学中不容忽视的一个现象，其语言是一种“尚古”的纯净的语言，而列米佐夫创作的核心是浓缩的语义。他以自己的作品展现着俄国民间的现实生活，民间流传的童谣、神话、童话、伪经故事等都是俄罗斯古代生活的一种反映。列米佐夫作品的语用意义在于更大程度地让读者深入民间智慧的结晶，并使读者对俄罗斯本民族的语言与文化充满信念，表达了作者独有的一种选择和世界观，也体现了作者在语言选择上打破现有标准的禁锢，在创作中灵活地将语言形式与题材、体裁和主题相结合，构成了文学创作中独树一帜的现象。

参考文献：

[1](美)勒内·韦勒克 奥斯丁·沃伦.《文学理论》[M]. 刘象愚 等译. 杭州：浙江人民出版社. 2017:167–168.

[2]同上：170.

[3]刘宗迪.《姓氏名号面面观》[M].济南：齐鲁书社.前言. 2000:1.

[4]转引自邢福义.《文化语言学》[M].武汉：湖北教育出版社.第一版序.2000:181.

[5]纪秀生.《汉语人名学论纲》[M].长春：时代文艺出版社，2007：10.

[6]孙汉军 张玉柱.《俄罗斯人名的文化信息》[J].外语研究.2003(5)：23.

[7]汤本庆.《专名学(Ономастика)》[J].中国俄语教学，1983(04)：41.

[9]Суперанская，А.В.Общая теория имени собственного – М.:Эксмо –Пресс，Апрель –Пресс. – 2007.

[10]Чичагов，В.К.Антропонимика – М.:Наука. – 2002.С.137.

[11]Виноградов В.В.О языке художественной литературы.М.:Гослитиздат，1959.С.39.

[12](俄)果戈里.《果戈里文集》[M].第四卷. 满涛 许庆道译，北京：人民文学出版社：180.

[13]同上:181.

[14]同上:181–185.

[15]同上:146–147.

[16]Смиренский В.Воспоминания об Алексее Ремизове/Прдисл.,публ.и коммент.Е.Р. Обатниной//Лица:Биографический альманах. М.;СПб.,1996.Вып.7.С.170

[17]Гречишкин С. С.,Лавров А.В.М.Волошин и А.Ремизов // Волошинские чтения: Сб.научных трудов.М.,1981.С.92 – 104.

[18]Грачева А.М.1)Революционер Алексей Ремизов:миф и реальность//Лица: Биографический альманах.М.;СПб.,1993.Вып.3.С.439;2)Приложения: Автобиог – рафии // Ремизов.С.457.

[19]本作品中所有译文均为本文作者译。

[20]А.М.Ремизов.Собрание сочинений.Т.2.Докука и балагурье.–М.:Русская книга,2000. С.166.

[21]同上:174.

[22]Справочник личных имен народов РСФСР/[под ред.А.В.Суперанской,Ю.М. Гусева]. – М.:Рус.яз.,1979.С.531.

[23]同上:530.

[24]А.М.Ремизов.Собрание сочинений.Т.2.Докука и балагурье.–М.:Русская книга,2000. С.24.

[25]同上:33.

[26]Цивьян Т.В.О концепте слова у позднего Ремизова // Славянское и балканское языкознание.Проблемы лексикологии и семантики. Слово в контексте культуры. М.,1999.С.231.

[27](俄)阿·列米佐夫.《教妹》[M].刁绍华译,沈阳:辽宁教育出版社,2001:3.

[28]Даль.Т2.С.299.

[29]Даль.Т2.С. 90.

[30](俄)阿·列米佐夫.《教妹》[M].刁绍华译,沈阳:辽宁教育出版社,2001:4.

[31]同上:3.

[32](俄)阿·列米佐夫.《教妹》[M].刁绍华译,沈阳:辽宁教育出版社,2001:2.

[33]同上:7.

[34]同上:11

[35]同上:122.

[36]同上:122.

[37]同上:128.

[38]同上:46.

[39]同上:52–54.

[40]同上:63.

[41](俄)阿·列米佐夫.《教妹》[M].刁绍华译,沈阳:辽宁教育出版社,2001:124–126.

[42]同上:54.

[43]Бунчук Т.Н.Лингвостилистические свойства имен персонажей в повести А.М. Ремизова Крестовые сестры//Слово и текст в контексте культуры,М,2017.С.13.

[44](俄)阿·列米佐夫.《教妹》[M].刁绍华译,沈阳:辽宁教育出版社,2001:135.

[45]Ремизов А.М. Петербургский буерак. Шурум –бурум.(Стернь)/А.М.Ремизов// Ремизов А.М.Собр. соч.:В 10 т. – Т.10. – М.:Русская книга,2002.С.178 – 416.

[46]Измайлов А.Пёстрые знамёна:Литературные портреты безвременья/А.Измайлов.– М.:Тв–во Д.И.Сытина,1913.С.512.

[47]Грачева А.М.Повесть А.М.Ремизова "Савва Грудцын" и ее древнерусский прототип/А.М.Грачева //ТОДРЛ.– Л.,1979.– XXX2I.С.389

[48]Слобин Г Н.Проза Ремизова 1900–1921/Г.Слобин;пер.с англ.Г.А.Крылова.–СПб.: Академический проект,1997.С.45

[49]Мочульский К.В.О творчестве Алексея Ремизова//Русская речь.1992.№ 5.С.31.

[50]Соколов А.Г.История русской литературы конца XIX–начала XX века. Москва, "Высшая школа",2000.С.407.

[51]Кодрянская Н. Ремизов в своих письмах.– Paris,1977.

[52]Гречишкин С.С.,Лавров А.В.М.Волошин и А.Ремизов//Волошинские чтения:Сб. научных трудов.М.,1981.С.92 – 104.

[53]Герцык А.[Рец.] Алексей Ремизов.Посолонь.М.,1907 г.Изд.журнала Золотое Руно //Русская мысль.1907.Кн.II.С.35.

[54]Переписка Л.И.Шестова с А.М.Ремизовым/Вступительная заметка,подготовка текста и примечания И.Ф.Даниловой и А.А.Данилевского//Русская литература. 1992.№ 3.С.161.

[55]На вечерней заре... // Europa Orientalis.1990.№ 9.С.472–473.

[56]Садовской Б.А.Ровесник Серебряного века/Публикация С.В.Шумихина И Встречи с прошлым. Вып. 6.М.:Советская Россия,1988.С.126.

[57]苏联百科词典[Z].北京:中国大百科全书出版社,1986:1294.

[58]现代汉语辞海[Z].沈阳:辽海出版社,2003:1023.

[59]张会森.《从语体到言语体裁》[J].修辞学习,2007(5):3.

[60]Поспелов Г.Н.Проблемы исторического развития литературы.–М.:Просвещение, 1971.С.155.

[61]Лейдерман.Н.Л.К определению сущности категории "жанр"//Жанр и композиция литературного произведения.Калиниград:Калиниград.гос.ун–т,1976.–Вып.3.С.12.

[62]Копыстянская Н.Ф.Понятие "жанр" в его устойчивости и изменчивости // Контекст1986:литературно–теоретическиеисследования.М.:Наука,1987.С.185.

[63]Теория литературы:в 4 т.Т.3 Роды и жанры(основные проблемы в историческом освещении). М.:ИМЛИ РАН,2003:4.

[64]Палиевский П.В.Внутренняя структура образа//Теория литературы.Основные проблемы в историческом освещении.Образ, метод,характер:в 3 т..М.:Наука, 1987.С.185.

[65]Берегулева–Дмитриева 1997 – Т.Берегулева–Дмитриева. Чувство таинственности мира//Сказка серебряного века/Сост. и примеч.Т.Берегулевой–Дмитриевой.М., 1997.С.7.

[66]Магомедова Д.М.А.А.Блок "Нечаянная радость"//А.А.Блок и основные тенденции развития литературы начала XX века:Блоковский сборник VII.–Тарту:ТГУ,1986. С.48.

[67]Мирошникова.О.В.Лирическая книга как устойчивая многокомпонентная структура.Проблемы изучения книги стихов в современной филологии// Лирическая книга в современной научной рецепции.–Омск:Изд0во омГПУ,2008.

С.5.
[68]Трибл К. “Ритмическое соприкосновение искуссив”:творческая история цикла пьес “Русалия”//Алексей Ремизов.Исследования и материалы.–СПб.:Салерно,2003. С.71.
[69]Мирошникова.О.В.Анализ лирического цикла и книги стихов. Канонические структуры и маргинальные формы циклизации в поэзии последней трети XIX века.– Омск:омГУ,2001.С.16–17.
[70]Бахтин.М.М.Эстетика словесного творчества.–М.:Искусство,1979.С.148.
[71]Фрейденберг О.М.Миф и литература древности.–М.:Наука,1978.С.213.
[72]Ремизов А.Взвихренная Русь.–М.:Сов.Писатель,1991.С.177.
[73]Ремизов А.Взвихренная Русь.–М.:Сов. Писатель,1991.С.179.
[74]Белинский В.Г.Собрание сочинений: в 3 т.–Т.2.Статьи и рецензии 1841–1845.М.: ОГИЗ Худ.литературы,1948.С.12.
[75]Ремизов А. Взвихренная Русь.–М.:Сов.Писатель,1991.С.174.
[76]Кодрянская Н.Алексей Ремизов.–Париж,1959.С.96.
[77]Грачёва А.М.Множественность миров в книге А.Ремизова “Подстриженными глазами”//А.Ремизов Собрание сочинений:в 10 т.–Т.8.Иверень.–М.:Русская книга. 2000.С.530.
[78]Ремизов А.Взвихренная Русь.–М.:Сов.Писатель,1991.С.184.
[79]Шанский Н.М.Краткий этимологический словарь русского языка. Просвещение. М.1971.С.39.
[80]Белинский В.Г.Собр.соч.:В 9–ти т.Т.3.М.,1978.С.58.
[81]Цит.по:Федякин С.Р.Особенности авторского сознания в литературе и критике Русского зарубежья//Впоисках новой идеологии:Социокультурные аспекты русского литературного процесса 1920–1930–х годов//Отв. ред.О.А.Казнина.М.: ИМЛИ РАН,2010.С.455.
[82]Иванов 1909 – Иванов Вяч.По звездам:Статьи и афоризмы. СПб.,1909.С.255.
[83]Ремизов А.М.Собр. соч.:в 10 т. / А.М.Ремизов. – М.,2000. – Т.2.С.162.
[84]Афанасьев А.Н.Поэтические воззрения славян на природу.В 3–х т.Т.1.М.:

Современный писатель, 1995.С.93.

[85]Афанасьев А.Н Поэтические воззрения славян на природу.Т.1...С.171.

[86]Иванов В.Родное и вселенское. М.:Республика, 1994.С.24.

[87]汪介之.《远逝的光华 白银时代的俄罗斯文学与文化》[M]. 福州:福建教育出版社,2015:23.

[88]管海莹.《建造心灵的方舟》[M].北京:人民出版社,2012:220.

[89]俄罗斯科学院高尔基世界文学研究所.《俄罗斯白银时代文学史(1890年代—1920年代初)III》[M].谷羽、王亚民等译,兰州:敦煌文艺出版社,2006:325.

[90]Ремизов А.М. Собр. соч.: в 10 т. /А.М. Ремизов. - М., 2000. - Т.2.С.7–8.

[91]同上:89–90.

[92](美) 勒内·韦勒克.《文学理论》[M]. 刘象愚等译. 杭州:浙江人民出版社,2017:148.

[93]Ремизов А.М.Собр.соч.:в 10 т./А.М. Ремизов. - М., 2000. - Т.2.С.35–36.

[94]Ремизов А.М. Собр.соч.:в 10 т./А.М. Ремизов. - М., 2000. - Т.2.С.37.

[96]Ремизов А.М.Собр.соч.:в 10 т./А.М. Ремизов. - М., 2000. - Т.2.С.36.

[96]张会森.《修辞学通论》[M],上海外语教育出版社,2002年版:24.

[97] 汪介之.《远逝的光华:白银时代的俄罗斯文学与文化》[M],福州:福建教育出版社,2015:225.

结　语

列米佐夫的创作发生于世纪之交，这既是一个百年的结束，也是一个新纪元的开端。在这个社会思潮中激荡着“末世论”色彩的时代，人们的信仰发生危机甚至坍塌，列米佐夫铁肩担道义，扛起了书写民族文化的重任。同时列米佐夫是一位跨界大师，以华丽多变的风格著称。他以自己的创作架设起俄国古典文学与现代文学之间的桥梁。回眸其创作的思想发展轨迹，不难发现，他在精神世界的探索经历了由民主革命到斯拉夫主义的转向，经历了由对科学真理的探索向精神世界的发掘。

在流派归属上问题上，列米佐夫也并非一成不变。他的创作风格在象征主义、魔幻现实主义、神秘的浪漫主义以及自然主义之间摇摆。列米佐夫是一位伟大的现实主义作家，他初涉文坛，就显示出深厚的现实主义创作功底，他秉承了俄国经典文学大师果戈理、陀思妥耶夫斯基和列斯科夫的创作理念，完成了具有现实主义特色的小说《池塘》《钟表》和《教妹》，对俄国文学中“小人物”形象的创作贡献了自己的力量，并给予他们人道主义的同情，同时批判和讽刺社会弊端，针砭时弊，充满了力量。同样列米佐夫在创作中与象征主义的关系也是十分有趣的，在国内时期他供职于象征主义刊物，与别雷、勃洛克等人交往甚密。在象征主义整体艺术氛围的熏陶下，列米佐夫从现实主义创作的手法出发，力图在挖掘隐藏于表面现实背后的本质，从而形成了既有别于传统现实主义，也有别于象征主义的诗学特征，而他这种新的艺术理念更多是借助于时空体的构建、文本的梦境、象征等手段。在语言风格上，他又十分接近象征主义，其创作的童话在结构和语言上也十分接近于象征主义的诗歌语言特色，在创作中构建起一套属于自己的神话系统和象征形象，也有一套与之相对应的话语体系，比如其语言中的神秘色彩、古语词汇以及抽象化和反衬手法等。此外，列米佐夫创作中与象征主义密切相关的另一个特征便是象征形象，这种对生活印象进行抽象和概括的过程，使得作家笔下的象征产生了“言有尽而意无穷”的意味。同时其作品中象征的隐喻性也是异常突出且不言而喻的。而文本语言和结构的音乐性以及颜色象征也是其重要特征之一。列米佐夫在文本中积极探索语言词汇的绘画效果，使得颜色词汇同时传达出强烈的情感和心理状态，使得颜色词汇成为其艺术理念形成的重要组成部分。而且列米佐夫同法国象征派诗人一般，具有一种非常强烈的“颜色听觉”，把这种理念贯彻到具体的童话写作中，在这方面可以说列米佐夫受到了象征主义大师别雷的影响。

他本人又十分重视俄国民间创作的精华，尤其是对济良神话的汲取，为他带来伟大声誉的作品《循着太阳运行的方向》就属于此类作品。但这并不是简单的对民间童话故事的整理改编，而是基于稳定的民间童话故事的基础结构之上，对其民间传说母题进行整理并再创造，具有十分独特的艺术魅力。他在童话中对于古老的神话母题进行了置换变形，尤其是对于希腊神话母题“已故的新郎”在童话文本中进行了剪辑式地加工运用，将其与俄国民间独有的特色文化相结合。而事实上，他对民间文学在题材上的创作直接效仿了果戈理的创作原则，也对同时代人影响深远。因此，在列米佐夫的创作中出现一种溯古探源的特点，而这一点与俄国的“旧礼仪派”和大司祭阿瓦库姆的思想有着紧密的联系，也正是在他们的影响下，列米佐夫后来成长为一名真正的新斯拉夫主义者。北方流放的经历对列米佐夫的影响直接反映在他所创作的北方文本中。在艺术手法上，他在对真实的现实进行细致刻画的同时，北方旖旎的风光和不同寻常的风俗习惯赋予了他神奇瑰丽的想象空间，同样基督教与多神教双重信仰的交叠，使得其作品中不断再现的是现实与梦境、此岸与彼岸，它们时而交叉出现，时而又在多时空里分布融合，再现了列米佐夫别具一格的艺术特色。

列米佐夫作为大文体家，大修辞家，他的作品中往往有一种引人入胜的力量，他那敏锐的艺术嗅觉，在文学上孜孜以求的执着精神，对民间文化的珍视态度使得其创作为白银时代的俄国文学开辟了一股清流，具有重大的时代启示特点。他的创作中多元化的特点造就了不同寻常的艺术世界，也为读者了解俄罗斯传统文化打开了一扇大门。